하이쿠 俳句

조용한 매미의 울음소리

박소현

서울출생, 문학박사
현재 강릉대학교 교수
논 문 「하이쿠와 메타포적 변환에 의한 유체감각」
　　　「하이쿠 본질과 예술성에 대한 고찰」
　　　「하이쿠 표현과 그 한국어역」
　　　「하이쿠의 회화성에 대한 고찰」등
번역서 『옛날 이야기집 – 민담편』
　　　『옛날 이야기집 – 전설편』
　　　『옛날 이야기집 – 동물민담편』
　　　『헤이안의 어둠』
저 서 『일본어기초문법』
　　　『일본의 이해』(공저)

하이쿠
조용한 매미의 울음소리

초판 인쇄 2008년 9월 5일
초판 발행 2008년 9월 10일

저 자 박소현
펴낸이 이찬규
펴낸곳 북코리아
내지 디자인 노승희

주소 121-020 서울시 마포구 공덕동 115-13번지 201호
전화 02-704-7840
팩스 02-704-7848
Home Page sunhaksa.com
E-mail sunhaksa@korea.com
ISBN 978-89-912521-76-5　93830

정가 13,000원

하이쿠 俳句

조용한 매미의 울음소리

박 소 현

북코리아

조용한 매미의 울음소리

조용한 매미의 울음소리라니, 매미가 울어대는데 어떻게 조용할 수 있는지. 무슨 엉터리 같은 소리. 이것이 시詩인지 아닌지, 이것이 시라고 하면 도대체 시란 무엇인지, 그렇다면 하이쿠 표현은 어떤 수사법에 의한 것인지, 모순 어법도 비유법도 아니고 도대체 무슨 표현법을 사용한 것인지, 실제로 일본어가 모국어인 일본인조차 하이쿠의 표현형식이나 내용을 알기 어려운 경우가 많다.

처음 하이쿠를 접하는 사람이라면 아마 이런 의문을 한번 쯤 가질 것이다. 어쩌면 이 의문점에서 출발하여 그 의아스런 표현이 궁금해지고 흥미로워 질 수 있다. 우리를 자극하는 이런 하이쿠에 대한 지적 호기심이 충족된다면, 하이쿠와의 만남이 더욱 즐겁게 지속될 수 있을 것이다.

시詩라고 할 때, 우리가 떠올리는 것은 우리의 정형시나 서양시이다. 17자 운율의 일본 하이쿠를 시로써 이해하고 받아들이기란 그다지 쉽지 않을 것이다. 그러나 하이쿠를 알게 되면 될수록 하이쿠 매력에 빠지게 되고, 자신의 뇌에서 모든 상상력이 동원된 창작 해석의 활동을 하고 있다는 것을 문득 깨닫게 될 것이다.

일본 대중문화가 이미 우리 문화 속에 깊숙이 들어와 자리를 잡고 있지만, 그 범위가 특정한 분야에 한정되어 있고, 청소년을 비롯한 많은 사람들이 일본문화나 일본인에 대한 지식을 접할 수 있는 기회가 많지 않다.

일본 문학, 특히 하이쿠는 일본인의 자연관이나 일본인들의 시상[詩想]을 이해하는 데 많은 도움을 준다. 간결하고 압축된 형태를 통해 세상의 이모저모를 순간 순간 담아내는 하이쿠는 마치 한 폭의 그림이나 사진을 보는 듯한 인상을 준다. 그 표현은 자연의 섭리와 세상을 살아가는 이치, 그리고 우주의 질서를 새삼 느끼게 한다. 이런 일본의 짧은[短] 시, 즉 하이쿠를 독자들에게 쉽게 전달하고자 시와 시학사의 계간지 『시와 시학』의 지면을 빌어 몇 년간 소개한 적이 있다. 이 계간지에 실린 내용을 간추리고 더하여 하이쿠 텍스트로 꾸며 보았다.

이 책은 하이쿠에 대한 전문적인 내용을 가능한 한 줄이고, 하이쿠의 계보나 역사적 흐름을 간략히 설명하여 놓았다. 따라서 구성은 하이쿠를 처음 접하는 독자의 입장에서 출발하여 하이쿠 감상하는 법을 익히고 하이쿠에 대한 간단한 용어를 살펴 본 후, 하이쿠에 관심이 있거나 그에 대한 지식을 갖고 있는 독자의 영역으로 확대하여 가는 방식을 택하였다.

그리고 본서에서의 하이쿠 작품 번역은 하이쿠의 특징을 그대로 살리고자 될 수 있는 한 직역을 하였다. 구간의 의미나 독자의 상상력이 한국어로 번역될 때 상실되지 않도록 하이쿠 형식 그대로 담아냈다. 따라서 하이쿠의 특성에 따른 비논리적인 문장도 의역하지 않고 그대로 옮겼다. 이런 부분이 매끄럽지 못한 한국어 표현이라고 생각할 수도 있지만, 그 자체를 하이쿠 문장이라고 이해하는 것이 하이쿠 특성을 파악하는데 중요한 점이다. 또한 일본어 발음의 한국어 표기는 현행 외래어 표기법을 따르지 않고 원음 표기를 원칙으로 하였다.

가능한 한 쉽고 재미있게 시작하여 하이쿠의 표현형식이나 이념을 이

해할 수 있도록 하였다. 그럼에도 불구하고 하이쿠의 표현 특성상, 해석
이나 설명이 처음 의도와는 달리 부득이 전문적 내용을 추가할 수밖에
없었던 점에 대하여 독자들의 넓은 양해를 바란다.

더불어 일본인의 자연관이나 삶의 태도를 가장 밀도 있게 이해할 수
있는 하이쿠를 통해, 그들의 과거와 현재의 삶을 접하고 즐길 수 있는
기회가 되길 바라며 이 책을 낸다.

| 차 례 |

제1장

하이쿠란

1. 일본의 짧은 시

일본의 짧은 시, 하이쿠는 일본문화를 이해하는 자료로서 서구 등 여러 지역에서 연구대상으로 하고 있다. 일본문화를 연구하는 데에 있어서 하이쿠는 빼놓을 수 없는 텍스트로 존재하지만, 실상 일본인에게 있어서도 하이쿠는 어려운 장르로 인식되고 독자층도 한정적이다. 더구나 실제로 일본어를 모국어로 하지 않는 외국인이 하이쿠의 의미를 이해한다는 것은 쉽지 않다.

일본은 '하이쿠 왕국'이라는 방송매체를 통해 하이쿠 전문인들이 하이쿠에 관한 담화나 응모된 독자들의 창작 하이쿠에 대한 설명으로 대외적인 하이쿠의 보급과 독자층의 확보를 꾀하고 있다. 또한, 매달 하이쿠 응모작을 선정하고 전철 안에 게시하여 누구나 쉽게 접할 수 있도록 하고 있다. 이런 노력의 배후에는 일본 내에서도 하이쿠의 독자층이 한정적이며 소수의 그룹에 지나지 않는다는 점이 내포되어 있는 것이다. 즉, 다방면에서의 많은 노력은 일본의 전통문화 보존과 자구책의 모색이라고 할 수 있다.

하이쿠 언어의 형태와 의미는 일본 전통적인 예술언어에 속하면서도 새로운 언어세계를 이끌어내 왔다. 언어는 인간이 사용하고 있는 기호의 일종이므로 언어의 본질을 추구하려면 언어의 의미와 사물과의 상호관계를 명확히 해야 한다.

그러나 하이쿠는 극도로 압축된 표현형식을 통해 심의心意를 나타내기 때문에, 대상對象과 심의의 상호관계가 극단적인 연결 관계를 형성하고 있어 직접적인 의미파악이 불가능할 때도 있다.

대상과 심의의 관계를 파악하려면, 주체가 대상을 어떻게 실물과 관계시키는지 작가의 인식 문제까지 거슬러 올라갈 수밖에 없다. 이 인식의 문제가 하이쿠의 압축된 표현양식과 결합되어 하이쿠는 애매모호한 문학, 선문답禪問答의 문학 등으로 취급되기도 한다. 그러나 하이쿠가 애매모호한 의미구축이라든가, 선문답의 세계라든가, 하는 식의 정의는 하이쿠 이해에 아무런 도움을 주지 못한다. 따라서 독자의 입장에서 연구된 수사학적修辭學的 방법론의 꾸준한 천착穿鑿이 요구되고 있다.

2. 하이쿠 즐기기

작가는 새로운 자기표출로 외부세계를 차별화해가면서 새로운 세계의 질서를 형성한다. 작가가 외부세계를 차별화해갈 때, 각 개인의 시공감각은 자기표출을 나타내는 중요한 감각으로 작용한다. 시간의식이란 시간에 대해 인간이 의식하는 방법 및 태도이다. 시간은 그 자체로서는 분절分節이 없는 것으로 인간이 측정을 위해 설정한 단위로서 존재할 뿐이다. 인간이 인식하는 시간은 과거·현재·미래의 단위로, 그 가운데에 어떻게 시적 자아를 형성하고 미적 창조를 발휘하는가에 의해 나타난다. 또한, 공간의식이란 자기 위치에서 대상을 파악하고 인식하여 가는 것이다. 그 상대적인 관계를 토대로 하는 인간은 각각 살아가는 모습을 투영해 낸다.

따라서 하이쿠 표현에 있어서 개인의식을 미적美的 가치로 끌어올리기까지의 과정을 고찰하기 위해서는 대상에 대한 작가 위치를 파악하는 것이 선행조건이라고 할 수 있다.

그러므로 하이쿠 중에 가장 일반적으로 알려진 작가 마츠오 바쇼松尾芭蕉의 대표적인 작품을 살펴보고, 우선 하이쿠의 특징을 이해할 수 있는 방법을 익힌다면, 누구나 하이쿠를 친숙한 일본 문학으로 접근할 수 있을 것이다.

古池や蛙とびこむ水の音
오래된 연못이여 개구리 뛰어 드는 물소리

이 구句는 미국이나 프랑스 등 여러 지역에 번역되어 알려진 작품이다.

하이쿠를 이해하기 위해서는 우선 시간적 상황과 공간적 상황을 파악해야 한다. 이 작품도 마찬가지이다. 공간적 배경은 오래된 연못이고 시간적 상황은 연못에 뛰어들 때이다. 과연 오래된 연못에 작은 몸짓을 가진 개구리가 인간의 청각에 풍덩하고 들릴 수가 있는가하는 문제를 생각하게 된다. 이 때, 구의 심의를 읽어낼 수 있다. 연못과 작가와의 거리 설정도 이 작품을 파악하는데 관건이 된다.

바쇼가 머물렀던 암자 부근에 연못이 있었으나 실제로 그 연못이 보이지는 않았다고 하는 문헌 기록이 있지만, 구의 의미를 즐기는데 있어서 연못이 실제로 보이는 것인지 그렇지 않은 것인지는 그다지 중요한 문제가 아니다. 문헌에 의존하지 않고 오래된 연못의 상황을 이끌어내는 것이 하이쿠를 읽는 우선적인 방법이다. 이러한 상황을 유추해내는 과정에서 독자는 스스로의 상상력에 대한 즐거움을 얻게 될 것이다.

이 작품은 고요함을 노래한 것으로 해석되어 왔다. 문헌이나 해석의 도움 없이도 오래된 연못이 함축하고 있는 일반적인 상황을 추정할 수 있다.

오래된 연못이 있는 곳은 인적人跡이 없는 한적한 장소이거나 역사적 장소이다. 개구리가 뛰어드는 소리를 청각적으로 구별해 낼 수 있는 상황은 지극히 조용한 곳, 즉 정적靜寂의 세계이다. 그 정적의 세계를 깨뜨리는 개구리의 동작이 찰나에 지나지 않기에 다시 정적의 세계로 환원되는 것이다. 즉, 이것은 일반적으로, 정靜 → 동動 →정靜의 순서로 구가 순환하고 있다고 설명되기도 한다.

따라서 이 구는 정체되어 있지만, 역사적인 시간의 연속성을 가진 연못이라는 공간에 개구리가 뛰어드는 동작과 파장의 소리, 즉 순간적인 시간과 연속적인 시간이 연못이라는 공간 속에서 조율되고 있는 것이다.

뛰어드는 개구리의 동작으로 조용한 연못에는 소리가 나고 잠시 파문波紋이 퍼진다. 인적이 없는 정적의 오래된 연못에 개구리가 뛰어들 때 나는 물소리는 일시적으로는 커다란 소리일 수 있다. 그러나 개구리가 뛰어드는 찰나의 시간은 정적의 오래된 연못에 흡수되어 영겁永劫의 시간으로서 한층 더 조용한 세계를 형성하게 된다. 장소와 시간의 조화로운 결합에 의한 소우주小宇宙 질서의 발견인 것이다.

한편, 연못과 개구리의 생태적 관계는 이 작품의 해석 확대를 가능하게 한다. 통시적通時的인 역사의 진행과정 속에서 한 생명체로서의 몸동작 하나가 역사의 한 부분으로 흡수되어 간다는 작가의 사고를 읽어낼 수 있다. 이와 같은 시공감각時空感覺은 다음 작품에서도 찾아볼 수 있다.

閑かさや岩にしみ入る蟬の聲
고요함이여 바위에 스며드는 매미 울음소리

이 구도 조용한 산중을 노래하고 있다. 앞의 작품은 연못에 뛰어드는 개구리 동작의 리얼한 묘사에 여운이 있는 반면, 이 작품은 매미의 울음 소리를 통해 조용한 산중을 나타내는 역설적인 표현에 묘미가 있다.

매미의 울음소리가 바위에 스며드는 상황이란 있을 수 없다. 이것은 작가 상상력에 의한 가공의 현실이다. 한여름의 매미 울음소리는 상당히 자극적인 소리 중의 하나이다. 그럼에도 불구하고 매미가 우는 바위로 둘러싸인 산중이 조용하다는 것은 매우 역설적인 표현이다.

매미의 울음소리와 조용한 산중의 상대적인 관계에서 전체의 분위기 가 고요한 산이 되기 위해서는 매미의 울음소리조차 아주 미세한 일부분 으로 흡수할 수 있는 조용하고 거대한 산이어야 한다. 이런 조건을 갖춘 조용한 산은 더욱 정적의 세계로 향할 수 있는 것이다. 이렇게 대상과의 관계에 의해서 작품의 의미를 파악할 수 있다.

조용한 배경의 상황 설정은 매미의 우는 습성에 의해 실제 가능하다. 산 속에서 울고 있는 매미의 실제 상황을 관찰·체험한 적이 있는 독자라 면, 매미가 울고 있는 시간과 매미가 잠시 울음을 멈추고 있는 시간을 청 각적으로 구별할 수 있다. 조용한 산중에서의 매미 울음소리가 정적의 세계에 흡수되기 이전에는, 모든 공간을 매미 울음소리로 꽉 메우고 있 었을 것이다. 이런 상황에서 매미의 울음소리가 아주 짧은 시간 멎어버 린 그 공간의 순간적인 조용함은 그야말로 상대성의 원리에서 오는 정적 의 세계인 것이다. 세차게 울던 매미소리가 잠시 정지되었을 때의 정적 의 시간과 그 울음소리의 행방을 알리는 바위의 공간 설정은 우리의 청 각적 세계를 시각적 세계로 전이시켜 그 상황을 확대시키고 영상적으로 이끌어 내고 있다.

行く春や鳥啼魚の目は涙

가는 봄이여 새는 울고 물고기 눈에는 눈물

　이 구는 봄과의 이별을 노래한 것이다. 봄과의 이별에서 오는 감정은 인간의 보편적인 정서로서 어느 나라나 작품의 수를 헤아릴 수 없을 정도이다. 이 작품은 인간의 감정을 자연의 생태계로 포착하고 있다. 인간과 새·물고기의 존재를 동일시하여 봄과의 이별에 대한 슬픔을 나타내고 있다. 새가 울고 물고기가 눈물을 흘리는 동작을 통해 하늘과 바다, 또는 강의 공간을 표상表象시켜 천지만물이 떠나가는 봄에 대해 아쉬워하고 있는 마음을 투영하고 있다. 또한, 새와 물고기가 울며 눈물을 흘리는 동작은 작가의 감정이 이입되어 있다. 새의 울음소리가 때로는 슬프게 느껴지거나 즐겁게 느껴지는 것은 인간 개인의 감정에 의해서이다.

　실제로 물고기의 눈에 눈물이 고여 있다는 것도 있을 수 없는 상황이다. 이것은 물고기 눈이 물속에서 촉촉하게 젖어 있는 모습이 물고기가 울어서 젖어 있는 것으로 보이는 작가의 임의적인 발상에 의한 것이다. 그러므로 개인의 감정을 상상력으로 표출하면서도 공감적인 정서를 유발할 수 있도록 하는 점에 주목하여야 한다.

　한편, 새가 울고 물고기의 눈에 눈물이 흐르고 있는 모습은 부처의 열반도涅槃圖에서 찾아볼 수 있다. 사별에 대한 슬픔을 우주적인 공간으로 나타냄으로써 부처의 열반에 대한 애도를 확대하고 보편화하였다. 여기에는 삼라만상이 모두 부처와의 사별을 슬퍼하면서, 결국 부처의 열반을 수용하는 순응적 자세가 깃들어 있다. 이렇게 한 개인이 느끼는 이별의 슬픔은 시공時空을 초월한 보편적인 정서로서 공감대를 얻게 된다. 이것이 바로 짧은 표현 형식의 하이쿠가 개인적인 감정을 표출하면서도 시공의 확대나 객관적 설득력을 가능하게 하는 점이라고 할 수 있다.

冬の日や馬上に氷る影法師
겨울 해여 말 위에 얼어붙은 그림자

이 구는 겨울 날씨를 노래하고 있다. 그림자를 매개체로 하여 겨울의 삼엄한 추위와 겨울의 정체성正體性을 표현하고 있다. 작가의 시점이 말馬 위에 있는 사람에게 있는 것인지 작가 자기 모습의 그림자에 있는지 불투명하다. 이 작품은 이렇게 작가의 이중적인 시점을 통하여 추운 겨울 날, 말 위에 있는 작가의 모습과 겨울 햇살을 통해 비추어지는 자기 그림자의 모습을 복합적으로 묘사하고 있다.

그림자가 말 위에 얼어붙어 있다는 표현 때문에 여기서의 그림자는 자기 자신의 그림자가 된다. 따라서 그 그림자는 말 위에 탄 작가 자신의 투영이라고 할 수 있다. 또한, 사물과 분리할 수 없는 불가분의 관계에 있는 그림자를 통하여 자기의 모습을 꾸준히 응시하고 있는 자기성찰의 모습을 나타내고 있는 것이다.

작가는 햇빛의 시간과 강도에 의해 사물의 크기가 달라지는 그림자를 통해 겨울 해의 일조시간을 암시하고 겨울의 추위에 대한 객관성을 획득하고 있다. 겨울 해가 짧아지면 짧아질수록 밤은 깊어지고 그림자도 짙어진다. 겨울에 말 위에 앉아 길을 가고 있는 상황은 동적인 것이지만, 추위에 몸을 움츠리고 가는 모습은 부동의 자세로 정적인 상황이다. 더 이상 진행할 수 없는 한계적 상황 아래에서 단지 말만이 여정의 의지가 되는 것이다. 말 위에 탄 사람의 모습이 실제의 모습보다 작게 보이는 겨울날의 그림자로 대치됨으로써 초라하고 왜소한 나그네의 모습과 여정의 상황이 절실하게 나타나고 있다. 더욱이 그 왜소한 모습은 살아서 움직이는 모습이 아니라 말 위에 얼어붙어 죽은 모습으로, 겨울 여정 속에서의 나그네의 초라하고 볼품없는 모습이 강조된다. 따라서 겨울이 나그네에게 주는 계절감은 암울하고 초라한 생명의 정체성을 잘 나타내고 있다.

색色付や豆腐に落て薄紅葉

물들었구나 두부에 떨어져서 옅은 단풍잎

이 구는 두 소재의 대비에 의해 상대적인 미적 가치를 나타내고 있다. 두부와 옅은 단풍잎의 색은 상호보완적인 대립 관계에 놓여 있다. 백색과 옅은 홍색의 조응照應으로 인하여 백색은 백색으로서 옅은 홍색은 홍색으로서 각기 선명한 색감을 발하고 있는 것이다. 초가을의 옅은 단풍잎은 백색이라는 공간적 배경에서 그 나름대로의 아름다운 존재로서 느끼게 하는 것이다. 따라서 절대적인 미적 가치의 존재가 아니고 상대적인 미적 가치의 존재가 생성된다. 가을날 새빨갛게 물든 나뭇잎을 아름답다고 인식하는, 이른바 정해진 미적 가치를 인정하면서 옅은 단풍잎의 미적 가치를 이끌어내고 있는 것이다.

또한, 이 작품은 일본 전통시와는 달리 일상 언어로 미를 표현하고 있는 하이쿠이다. 일상적 언어가 예술언어로서 작용하고 있다. 지극히 소박하고 일상적인 두부에 막 물든 단풍잎이 떨어져 있다. 지면상에서의 단풍이라면 그 색은 붉게 물든 단풍잎보다 돋보이지 않을 것이다. 그 단풍잎이 두부 위에 떨어져 있기에 나름대로의 아름다운 빛깔을 띠게 되는 것이다. 그러므로 새하얀 두부에 떨어져 있는 옅은 단풍잎은 실제의 색보다 아름답고 사랑스러운 색을 발하게 되는 것이다.

따라서 색의 대조에 의해 생겨나는 옅은 단풍잎의 선명한 색감은 작가에게 있어서 자연에 대한 경이와 정취의 발견이며, 일상생활에 멋을 더하게 한다. 여기에 자연과 일상생활과의 조화가 있다.

이와 같이 일상 언어와 예술 언어가 따로 따로 존재하는 것이 아니고 극히 평범한 소재도 상황과 시간, 장소와의 결합으로 미묘하게 성립되어 미적 감각을 나타내고 있다.

이렇게 몇 작품을 통해서 하이쿠가 지니고 있는 특성에 대하여 살펴보았다. 작가가 대상에 의한 자신의 순간적인 감동을 타인에게 언어로써 실감시키는 방법은, 언어의 고유의미와 추상되는 언어와의 결합에 있다. 대상을 어떤 존재로 대상화하는가는 결국, 현실의 세계에 자신을 어떻게 투영해 가는가에 달려있다.

주체인 작가가 현실의 세계를 대상화할 때에 나타나는 감정은 자연에 대한 독자적인 우주관의 반영이다. 그것은 우주 속에서의 자신의 존재감, 생의 희노애락 등의 자기표출을 행하는 것이다. 그 표출된 하이쿠의 신텀$^{syntagm, 통합관계}$에서의 언어공간과 자기표출 언어로서의 패러다임$^{paradigm, 선택관계}$에서 볼 수 있는 의식을 표현대상을 통하여 고찰하고, 표현대상의 시간적·공간적 의미부여의 양태를 살펴보는 것은 하이쿠의 미적 세계를 이해하는데 많은 도움을 줄 것이다.

이와 같이 하이쿠가 갖고 있는 자연과의 친화력은 일본의 미^{美}를 지탱하고 있는 커다란 에너지이다. 하이쿠는 자연에 대한 작가의 직관적 사고를 절제되고 압축된 언어로 표현한 문학이다. 자연현상의 일부분을 순간적으로 포착하고 통찰한 표현, 즉 절제되고 압축된 언어표현은 선^{禪}의 경지와 같다고 할 수 있다. 이렇게 제한된 표현형식에서 개인적인 감정,

즉 주관적인 의미부여를 객관적인 표현으로 성립시키고 설득력을 획득할 수 있어야 하이쿠는 문학예술로서 존재할 수 있는 것이다.

한편, 하이쿠는 여러 소재의 새로운 결합을 통하여 언어의 상징적 특징을 살리며 시의 세계에 방향성을 제시하여 왔다. 시간적 상황과 공간적인 상황이 헝클어져 접목된 듯한 형식이 담고 있는 하이쿠의 내부에는 자연, 즉 우주의 질서가 정연하게 자리 잡고 있다는 사실에 주목하지 않을 수 없다. 짧지만 한 번에 읽어낼 수 없는 까닭 또한 여기에 있다. 그러므로 시간의 여유를 갖고 음미하면, 우리는 우리가 평소 발견하지 못한 또 다른 자연의 한 부분과 그 아름다움을 발견할 수 있을 것이다.

제2장

하이쿠에 대한
명칭에 관련하여

1. 하이카이俳諧, 홋쿠發句, 하이쿠俳句

하이쿠란 명칭은 마사오카 시키正岡子規 : 1867~1902에 의해 홋쿠가 하이쿠로 개칭된 것이다. 일본 운문문학은 크게 와카和歌, 렌가連歌, 하이쿠로 구분된다. 와카는 5·7·5·7·7의 음수율로 우미優美한 정서의 세계를 추구한다. 형식상 우리의 시조와 흡사하다고 볼 수 있다. 와카에서 파생한 렌가는 와카의 카미노쿠上句 : 5·7·5와 시모노쿠下句 : 7·7의 어느 한 쪽에 구를 부치는, 즉 마에쿠前句에 츠케쿠付句를 부쳐 여흥을 즐기는 이른바 창화唱和의 형식을 취한다. 렌가도 와카처럼 우미한 서정의 세계를 추구한다.

하이카이俳諧란 원래 골계滑稽를 의미한다. 와카슈和歌集 『古今集』에서 하이카이부俳諧部를 별도로 우미한 세계와 분류하여 와카의 상대적인 세계, 하이카이를 속俗의 세계로 구별하여 놓았던 것에서 하이카이의 개념에 대한 기원을 찾아볼 수 있다. 하이카이는 몰락한 귀족이외에 승려, 무사, 서민들의 모든 계층에 이르기까지 다양한 신분이 참여하며 기지機智, 골계, 웃음, 해학諧謔 등의 세계를 그려내고 있다.

무로마치室町 시대1336~1573 후기에 와카와 렌가의 미야비雅 세계가 아닌 것을 하이카이라 했고 렌가의 계통으로 기지, 골계적인 성격을 가지고 있는 것을 하이카이노렌가俳諧의 連歌 또는 하이카이라고 했다.

렌가나 하이카이는 추구하는 세계가 다르지만, 다수인多數人이 마에쿠에 츠케쿠를 부치는 창화唱和형식의 문학이라고 할 수 있다. 이런 렌쿠連句의 출발구出發句를 홋쿠라고 한다. 이 홋쿠가 렌쿠의 독립된 문학으로 정립된 것이 지금의 하이쿠이다. 다수인이 모여 한사람씩 각자의 기지와 재능으로 개성적인 시경을 전개하면서, 다수인의 구句가 전체적인 조화를 얻도록 하는 언어적 유희가 렌쿠 나름대로의 문학적 매력이라고 할 수 있다.

하이쿠는 다른 시가와는 달리 계절어季語와 키레지切れ字를 수반하고 있다. 그러나 시대의 변화에 따라 그 규칙도 점차 모습을 잃어가고 있다. 계절어란 봄, 여름, 가을, 겨울의 계절감을 나타내는 어휘군을 말한다. 예를 들면, 봄에는 벚꽃이나 꾀꼬리, 여름에는 모란이나 두견새, 가을에는 낙엽과 지는 해, 기러기, 겨울에는 물떼새나 눈 등의 각 계절을 나타내는 어휘를 통해 계절변화에 대한 아름다움과 미묘함, 자연의 섭리에 의한 절대성을 노래하는 것을 말한다.

또한 키레지는 5·7·5 운율이라는 짧은 형식의 문文을 끊어 문을 독립시키는 역할을 한다. 이것은 하이쿠를 17자의 일구一句로 완결시키는데 필수 불가결한 요소로 취급되어 왔다. 따라서 키레지는 넓은 의미에서 서술의 완결을 의미한다. 그리고 키레지는 크게 의미상의 키레지와 음수율상의 키레지로 나뉘는데, 그 위치나 어휘의 결합에 의해 역할과 의미도 다양하다. 현재 주로 사용되는 것은 야や, ~(이)여, 케리けり, ~(이)도다, 카나かな, ~(이)구나, ~인가이며, 이 키레지는 작품의 실례實例에 의해 설명되어야 하기에 여기에서는 생략하기로 하겠다. 이렇게 하이쿠는 계절어와 키레지를 기초로 하여 다른 시가로부터 독립된 세계를 형성하였고, 언어적 유희와 미적 개념의 결합에 의해 고도로 축약된 언어형식의 문학으로 계승되어 왔다.

이런 역사적인 전개 속에서 하이쿠는 웃음과 해학으로서의 속俗의 세계로 끝나지 않고 예술성이 충족되면서 지금의 문학사적 위치를 차지할 수 있게 된 것이다. 그것은 렌가에 종속적이었던 하이쿠가 렌가의 형식으로부터 독립하여 미적 이념으로서의 예술성을 형성할 수 있었기 때문이다.

따라서 하이쿠는 와카나 렌가가 추구하는 미적 이념의 세계까지 도달하게 된 계기를 마련하게 되었다. 그 미적 이념의 세계까지 도달할 수 있는 계기를 마련하고, 하이쿠를 무궁한 창조의 세계로 이끌어 낸 선구적 작가가 바로 마츠오 바쇼松尾芭蕉라고 할 수 있다.

와카와 렌가의 세계와 하이쿠 세계의 차이점을 살펴보고, 마츠오 바쇼의 문학사적 의의를 살펴보자. 이를 위해 여기에서는 특정한 소재의 세부적인 비교 고찰을 하고자 한다.

2. 와카和歌, 렌가連歌와 다른 하이쿠俳句의 세계

바쇼의 계절어는 계절의 추이推移에 대한 자연의 절대성과 상대성을 동시에 깨닫게 해주는 모티브이다. 특정한 계절어를 사용하여 사계절을 왕래할 수 있는 하이쿠는 그야말로 자유로운 소재와 상상력의 결합이라고 할 수 있다. 여기에서 우리는 와카나 렌가와는 달리, 개방된 하이쿠의 계절어로 인한 자유로운 표현과 문학의 가능성을 확인할 수 있다. 운율제한의 최소형식으로 우주적인 구의 공간을 가능하게 한 것은 사물을 보는 마츠오 바쇼의 시야, 즉 직관력과 마코토誠에 의한 언어구사의 시정신이라고 할 수 있다.

두견새는 동질적인 계절감을 불러일으킬 수 있는 효과적인 소재와 결합되어 있다. 봄이면 봄, 여름이면 여름이라는 계절감을 충실히 전달하고 느끼게 하는 소재로 한 계절을 단위로 하는 유한적 생명체, 꽃이나 식물을 효과적으로 사용하고 있다. 꽃과 결합된 두견새의 울음소리는 계절에 대한 추이와 유한적 삶, 순환되는 자연의 이치를 깨닫게 해준다. 인간에게 있어서 두견새의 울음소리 한마디는 삶의 희비를 엇갈리게 하고 끝내 별리^{別離}의 슬픔으로 이어진다. 이런 양의적^{兩義的} 세계를 극도로 우미하게 표현하려는 것이 와카의 세계라고 할 수 있다.

또한 렌가의 경우, 표현형식과 표현내용이 일종의 렌가 작법 규칙집인 「시키모쿠^{式目}」에 설정되어 있다. 『렌쥬갓뻬키슈^{連珠合璧集}』에 의하면, 두견새는 병꽃나무, 귤나무, 산, 달, 구름, 한 마디의 울음소리, 5월, 그리움, 눈물 등과 같은 소재와 함께 노래해야 된다는 규칙이 있다. 다시 말하면, 두견새는 첫울음소리, 산에 있는 두견새가 주된 두견새의 형태이다. 꾀꼬리의 형식처럼 두견새는 병꽃나무와 귤나무꽃과 결합되고 산^山·비^雨·달^月·구름^雲의 공간 속에 있는 두견새로 노래된다. 또한, 한마디 울음소리만이 취급되어, 그 울음소리는 5월·연모^{戀慕, 고통}·전전불매^{輾轉不寐}, 오매불망^{寤寐不忘}의 심정·신사^{神社} 처마 끝에서의 낙수^{落水} 한 방울, 눈물 등의 의미내용으로 전개된다.

이처럼 렌가는 특히 표현의 정형성^{定型性}에서 벗어날 수 없다. 몇 사람이 모여서 노래하는 렌가의 경우는 『連珠合璧集』와 같이 상상력이나 창작의 방향성을 일정한 범주로 제한하고 있다. 그 정형^{定型}의 틀 안에서 공동의 언어유희^{言語遊戲}를 목적으로 하고 있는 렌가는 두견새뿐만 아니라 모든 소재에 대하여 다른 소재와의 결합 등, 그 표현법의 설정을 「式目」에 상세하고 철저하게 제시하고 있다.

이에 비해 하이쿠는 5·7·5의 음운이라는 제한된 형식 속에서도 보다 폭넓은 상상력과 표현을 가능하게 한다. 17세기 이후 유희적^{遊戲的} 하이카이가 와카나 렌가와 같은 원숙한 문예^{文芸}로 성장될 수 있었던 요인 중의 하나는 개방된 결합어와 새로운 발상법에 있다.

이렇게 계절감이 다른 단순한 명사 하나로도 구의 시간과 공간을 변화시킨다. 따라서 표현의 생략이 가능하고 구의 시공^{時空}을 확대하는 이중적 효과를 기대할 수 있다. 이것이 하이쿠의 영역이라고 할 수 있다. 이러한 하이쿠의 영역은 언어의 이미지에 의한 다양한 연상을 가능하게 한다.

마츠오 바쇼의 시공감각은 천지만물의 변화에 의거하고 있다. 마츠오 바쇼에게 있어서 천지만물의 변화는 자연의 이치로서, 그 이치를 깨닫는 것은 궁극적으로 인간과 자연의 조화를 얻는 일이다. 그것은 그의 삶의 태도 즉 자연관에 의거한다. 사계절을 자유로이 왕복하고 있는 그의 정신적 세계는 자연 섭리에 대한 깨달음으로부터 출발한다. 따라서 결국 그에게 있어서의 시공은 자연=우주를 의미하고 있다.

마츠오 바쇼의 두견새는 여름의 계절감을 표출하는 꽃들과의 결합을 뛰어넘어 새로운 모드를 형성시켰다. 마츠오 바쇼의 두견새는 여름을 상징하는 꽃뿐만 아니라, 우리 주위의 생활공간 어디서나 볼 수 있는 모든 꽃들과 함께 음영되고 있다. 모란이 피어 있는 겨울, 이동하는 물떼새의 생태적인 현상은 마츠오 바쇼에게 있어서 계절의 추이에 대한 자연의 절대성과 생태의 상대성을 동시에 깨닫게 해주는 모티브인 것이다. 이 새로운 모드의 심화된 표현내용은 자연의 절대성과 상대성을 동시에 함축하여 확장된 시공의 세계를 구축하게 된다. 그 확장된 시공은 마츠오 바쇼의 자연관을 잘 시사해준다. 우주의 대법칙, 즉 자연의 섭리와 인간의 삶이 조영되어 빚어지는 희비가 의미 깊게 표출되고 있는 것이다. 그의 이러한 표출은 꽃 이외의 결합어에도 잘 나타나고 있다.

따라서 마츠오 바쇼는 정형적 소재보다 자연=우주 속의 모든 개방된 소재와의 결합으로 두견새의 계절감각을 표현하고 있다. 천지만물은 항상 새롭게 변화하는 것이므로 그의 소재는 새롭게 변화하는 방대한 자연 그 자체이다. 그는 제재^{題材}로서의 두견새가 상정하고 있는 정형적인 계절감과 천지만물의 변화를 조응시킴으로써 두견새로 시작하여 두견새를 벗어난 구의 세계를 형성하고 있는 것이다. 결국 사물=두견새에 대한 본성을 파악함으로써 인간의 본성까지도 깨닫는 이치와도 같다. 그의 하이쿠에는 자연의 영원성과 인생의 무상함이 짙게 내포되어 있다. 그것은 두견새나 인간이나 모든 생명체가 자연의 이치에 지배되는 유한적인 생명체라는 인식에서 비롯된 것이라고 볼 수 있다.

그의 이러한 계절감각은 사계절을 통찰할 수 있는 '직관력直觀力'에서 파생된 것이며 사계절의 변화에 따른 유한적 생명체의 희비喜悲를 순응적으로 수용하는 자세에서 비롯된다. 그의 자연에 대한 인간의 적극적인 태도는 짙은 해학성으로까지 나타나고 있다. 이 적극적인 태도는 서민적 삶과 현실에 밀착되어 해학적이면서도 심화된 표현세계를 구축하고 있다. 정형화된 소재의 전통적인 표현에서 벗어나 개방된 소재로 다양하고 풍부한 삶의 언어적 조형은 마츠오 바쇼의 독특한 세계를 구축하고, 나아가 와카의 세계와 하이쿠의 세계를 구별 짓게 한다.

3. '두견새'의 패러다임

두견새의 변신은 마츠오 바쇼의 시공감각을 잘 나타내주고 있다. 이 공간은 하이쿠의 새로움을 창출하고 우주만물의 이치를 전달하고 있는 공간인 것이다. 이렇게 자연에 귀속되어 있는 방대한 소재의 개방과 전통미美와의 조화로 그는 밀착된 현실생활, 즉 속俗으로부터 미적 언어의 세계를 표출할 수 있는 하이쿠 창출의 초석이 되었다.

따라서 여기에서는 두견새라는 소재가 하이쿠에서 어떻게 노래되고 있는지 살펴보고, 이를 통해 와카나 렌가와 어떤 차이가 있는지 살펴보기로 한다.

● 두견새 1

またぬのに菜賣に來たか時鳥

기다리지 않았는데 야채 팔러 왔는가 두견새

이 구는 사람들이 기다리지 않았음에도 불구하고 나타나서 높은 목소리로 외치는 상인의 모습을 묘사하고 있다. 실제로 야채상인의 목소리는 구 안에는 묘사되어 있지 않다. 야채상인의 목소리가 높고 날카롭다는 추정은 두견새라는 매개체를 통해서 가능한 것이다. 초여름의 시간적 상황과 현실생활의 비애감을 밀도 있게 그려내고 있다.

한편 이 구는 두 가지 해석이 가능하다. 그것은 '나우리ᄂᆞᅮ^{리}'라는 동음이의어에 의해서 가능하다. 일본어 '나우리'는 '야채 팔기菜賣り'와 '명성이 있음名賣り'이란 뜻을 가지고 있다.

첫 번째, 기다리지 않았는데 언제부터인가 나타나서 야채를 팔고 있는 상인의 목소리가 두견새와 같다는 의미이다. 사람들은 상인을 기다리지 않았지만, 계절의 변화처럼 야채상인은 야채를 팔아야 하는 것이 일상생활이기 때문에 상인의 출현은 당연한 것이다. 따라서 상인의 목소리를 통하여 여름이 시작되고 푸성귀의 계절이 되었다는 것을 알려주고 있는 것이다. 여기에는 자연의 변화에 대한 놀라움과 절대성이 표출되고 있다.

두 번째는 기다리지 않았는데도 날아와 자신의 울음소리에 대한 명성을 알리려고 두견새가 울고 있다는 의미이다. 두견새의 울음소리에 대한 반가움과 자연의 섭리를 표출하고 있다. 두 해석의 공통점은 밀착된 일상 생활과 해학성이다. 고통의 현실감이 해학적으로 묘사되고 있지만, 독자에게는 웃음과 우울한 정서가 서로 교차되는 희비의 감정을 느끼게 한다.

높고 날카로운 두견새의 울음소리는 일본 와카에서 여름의 서정을 대표하는 새 중의 하나이다. 그럼에도 불구하고 마츠오 바쇼는 우리의 일상생활과 밀착된 언어와 결합시켜 우미의 세계뿐만 아니라 해학의 세계로 확장시키고 있는 것이다.

● 두견새 2

烏賊賣の聲まぎらはし杜宇
오징어 파는 이의 목소리 헷갈리는 두견새

이 구도 오징어를 파는 상인의 목소리에 두견새의 울음소리를 비유하고 있다. 이것은 오징어를 파는 상인의 목소리와 두견새의 울음소리가 너무나 흡사하여 분간을 할 수 없다는 의미이다. 상인과 두견새가 마치 경쟁이라도 하는 듯 높고 날카로운 소리를 내고 있어 거의 구분되지 않는 상황을 표현하고 있다.

이 구는 표면적으로 나타나는 의미보다 더 깊은 표현내용을 갖고 있다. 오징어를 팔기 위한 상인의 목소리는 높고 날카로운 목소리를 내는 두견새의 울음소리에 버금간다. 이것은 상인이 오징어 하나를 팔기 위해 외치는 애처롭고도 씩씩한 몸짓이다. 한가로운 사람이라면 와카의 세계처럼 그 목소리를 은혜로운 목소리로 한가하게 즐길 수 있을 것이나, 오히려 상인에게는 두견새의 울음소리가 삶의 더 큰 시련으로 작용할 수 있다. 상인은 더 높은 목소리를 내지만, 두견새의 울음소리로 인해 큰 소리로 외치는 오징어 상인의 목소리가 제대로 들리지 않기 때문이다. 이런 상황을 통해 우리는 무더운 여름날의 상인의 비애를 함께 느낄 수 있을 것이다. 즉 두견새는 현실생활의 고단함을 시사하는 매개체로서 작용하고 있다. 이 외의 구에도 이런 표현내용이 상당히 많다. 이것은 마츠오 바쇼의 문학적 의식이 현실생활에 밀착되어 있음을 명백히 시사하고 있는 것이다.

마츠오 바쇼의 하이쿠에서의 두견새는 꽃과 결합되어 시간의 섬세한 흐름을 나타내주는 매개체나 자연에 대한 인간의 원망顯望의 대상물로서 표출되고 있다. 두견새와 귤나무·창포·등나무 등과의 결합은 와카문학의 전통성을 나타내고 있고, 새로운 소재와의 결합, 즉 매화·철쭉·모란·억새와의 결합은 표현의 발상법에 있어서 마츠오 바쇼적인 특색을 잘 나타내고 있다.

● 두견새 3

ほととぎす正月は梅の花咲り
두견새 정월은 매화꽃이 피고

이 구는 두견새에 관한 서술적 표현은 단 한마디도 없이 두견새의 계절감각을 표현하고 있다. 두견새가 울 때쯤의 여름의 경물景物로서 선정되는 꽃들이나 상징적 표현을 떠나 매화가 피는 정월과 연결되어 있다. 함께 노래되는 두견새의 경물적 소재를 뛰어넘고 있다. 정월의 매화나 여름의 두견새는 와카나 하이쿠 제재로서는 모두 전형적인 것들이다. 매화꽃은 정월, 두견새는 오월의 경물로 각각 계절을 나타내는 중요한 제재들이다.

그러나 구의 전체적 분위기는 새로움을 얻고 있다. 두견새가 상징하고 있는 계절감을 표현하는데 있어서 두견새를 겨울 소재인 매화와 결합시킴으로써 대비적인 계절감을 통하여 여름이란 계절감을 효과적으로 나타내고 있다.

이 구는 정월에는 매화꽃이 피고 오월에는 두견새가 우는 계절이라는 것을 동시에 나타내며, 두견새를 노래할 때 오월의 대표적인 꽃, 즉 두견새와 조응될만한 꽃은 무엇인가를 생각하게 하는 구이다.

● 두견새 4

冬牡丹千鳥よ雪のほととぎす
겨울 모란 물떼새여 눈 속의 두견새

이 구도 마찬가지로 겨울의 소재인 물떼새와 연결시켜 두견새의 존재를 표현하고 있다. 이 구가 노래하고 있는 계절은 겨울 모란과 물떼새의 계절인 겨울이다. 자연의 추이에 의해 봄이 가고 여름이 오면 두견새의 계절이 된다는 자연의 섭리와 그 절대성을 암시하고 있다. 겨울 물새떼를 보며 여름의 두견새를 떠올리고 있다. 이것은 표면적인 것과 이면적인 것을 동시에 바라보는 작가의 감각에 의해 가능한 것이다. 한편 두견새 울음소리를 기다리는 작가의 마음을 엿볼 수 있다. 작가의 시공감각에 의한 겨울의 물떼새와 여름의 두견새의 결합은 단지 17자에 나타나는 세계와 보이지 않는 세계를 동시에 나타내고 있는 것이다.

● 두견새 5

岩**躑躅**染る泪やほととぎす
바위 철쭉 물들이는 눈물이구나 두견새

이 구는 산에 피어있는 철쭉의 눈물이 두견새의 행방을 제시하고 있다. 들이나 마을이라는 장소의 표현 없이도 두견새가 마을에 있다는 것을 추정할 수 있다. 작가는 대자연의 상대적 법칙을 통찰하고 있다.

철쭉이 흘리는 눈물로 바위가 붉게 물든 시공은 봄과의 이별을, 두견새와의 이별을 다의적^{多義的}으로 내포하고 있다. 여름이 되면 산을 떠나 마을로 내려와 우는 두견새의 속성에 의거하여 계절변화를 표현하고 있다. 산속 바위 위에는 철쭉이 다 떨어져 있고 두견새는 산에서 내려와 마을로 간 초여름의 풍경을 노래하고 있다.

한편, 철쭉은 봄의 소재이다. 따라서 여름의 소재인 두견새와 철쭉의 관계를 통해 산과 마을의 계절추이를 섬세하게 나타내고 있다. 이동하는 두견새의 속성을 떠나가는 연인으로 비유하여 보면, 철쭉은 떠나간 두견새 때문에 이별의 눈물을 흘리고 있는 것이다.

바위사이의 철쭉이 한 잎 두 잎 모두 떨어져 바위가 온통 철쭉꽃으로 뒤덮여 있는 상황을 철쭉의 눈물로 비유, 심화시키고 있다. 희비의 상대적 현상을 리얼한 색채감으로 강도 있게 초여름의 정서를 형상화하였다. 이것은 표현형식보다 표현내용이 확장된 형태이다. 바위, 철쭉과 함께 등장하는 두견새는 결정적으로 구의 시공적 확대를 구축한다. 산과 마을로 확대된 이 시공의 세계에는 생명의 유한적 삶의 비애와 또 다른 생명체 탄생에 대한 기쁨이 서로 대치되는 상대적 관계가 담겨져 있는 것이다.

●두견새 6

田や麥や中にも夏のほととぎす
논이랑 보리랑 그 속에도 여름의 두견새

이 구는 이 세상이 온통 두견새의 소리로 가득하다는 표현을 하고 있다. 높은 곳에서 우는 두견새의 울음소리를 논과 보리밭, 보리밭 속으로 이끌어가고 있다. 점강적^{漸降的}인 공간구성으로 구의 초점은 한여름 보리밭 속의 두견새로 집중되고 있다. 이 때 병렬조사 「や~이랑」는 시야의 초점을 이동시키는데 효과적인 역할을 하고 있다. 작가의 시야가 논 → 보리밭 → 보리밭 안 → 두견새로 옮겨짐에 따라 횡적인 구의 공간이 수평적·수직적으로 형성되어 간다. 따라서 하늘과 땅, 모든 공간에는 두견새의 울음소리로 가득하게 채워지는 효과를 얻고 있다. 또한 '보리'의 계절어로 인하여 한여름의 계절감각과 두견새 울음소리의 절정시기를 알 수 있다.

●두견새 7

木がくれて茶摘も聞やほととぎす
나무에 가려져 차 잎을 따는 이도 듣는구나 두견새

이 구의 풍경은 차밭 이외에 아무것도 없다. 눈앞에 있는 것은 차밭뿐이다. 그러나 작가는 보이지 않는 차나무 숲 속을 들여다보고 있다. 차밭에서 들려오는 두견새의 울음소리로 차밭 안의 상황을 상상해 내고 있는 것이다. 이것은 마츠오 바쇼의 자연에 대한 통찰력을 말해주고 있는 것이다. 숙성한 작물로 구의 상황 설명을 생략하고 그 생략된 부분을 통하여 독자를 상상력 공간으로 유도하고 있다.

보리밭이나 차밭은 한여름의 풍경을 잘 나타내는 소재들이다. 차 잎을 딸 때쯤이면 그 밭에서 일하는 사람들의 모습이 차나무에 가려져 보이지 않을 정도로 차나무가 무성해진다. 무성한 차밭의 공간에 두견새 울음소리가 울려 퍼지고 있다. 그 공간을 형상화形象化하고 있다.

이렇게 마츠오 바쇼는 구의 공간을 확장시키고 있다. 차 잎이 무성한 한여름에 두견새가 우는 것은 당연한 사실이고 그 밭에 있는 사람은 두견새의 울음소리를 듣고 있겠다는 추정 또한 가능한 것이다. 중요한 것은 작가가 차 잎을 따는 그들과 함께 두견새의 울음소리를 듣고 있다는 것이다. 두견새의 울음소리를 들으려고 하지 않아도 우리 일상생활의 공간 안에서 두견새의 울음소리는 누구나 들을 수 있다는 것이다. 여름이 되면 두견새가 날아와 우는 것은 당연한 자연의 이치이기 때문이다. 특히 차밭에서는 더욱 그렇다. 그러므로 '차 잎을 따는 사람도' 들을 수 있는 두견새 울음소리는 서민생활과 밀착된 속俗의 세계를 말해주고 있다. 이렇게 두견새 울음소리를 누구라도 들을 수 있다는 바쇼의 정신세계는 자연의 법칙을 바탕으로 하고 있는 것이다. 이것은 그의 언어 표현이 서민생활과 자연의 섭리에 바탕을 두고 있는 또 하나의 증거라고 할 수 있다.

● **두견새 8**

時鳥鰹を染にけりけらし

두견새 가다랭이를 물들였던 것이구나

이 구도 역시 작가의 무한한 시공감각을 잘 나타내고 있다. 천상天上의 두견새 울음소리가 지상地上 또는 바다까지 물들이고 있다. 가다랭이鰹라는 생선을 통해 여름의 서정을 느끼게 하며, 또한 두견새 울음소리의 절정 시기를 암시하고 있다. 이 구는 두견새로 인하여 철쭉이 흘리는 눈물이 바위를 '물들이는' 분위기와는 대조적으로, 밝고 신선한 감각을 취하고 있다.

여름의 미각인 가다랭이는 두견새의 울음소리와 함께 일본인에게 있어서는 또 다른 기쁨을 주는 소재이다. '물들이다染'의 언어가 이렇게 다양한 분위기를 갖는 것은 일상 언어와 예술 언어를 구별 짓게 하는 좋은 일례一例이다. 어휘와의 결합여부에 따라 의미내용의 무한한 가능성을 보여주고 있다. 다양한 표현내용뿐만 아니라 묘사 공간의 범위도 더 큰 세계로 나아가고 있는 것이다. 이것은 방대한 대자연과 개방된 소재가 창출해 낸 하이쿠의 독특한 영역이다. 마츠오 바쇼는 이 가능성을 최대한으로 이끌어내고자 방랑의 일생을 보내야 했는지도 모른다.

마츠오 바쇼는 두견새의 울음소리를 듣는 장소나 시간, 신분도 한정시키지 않고 있다. 두견새의 울음소리를 누구나 산과 들, 논밭 여기저기에서, 어떤 계절에서나 들을 수 있다. 이것은 마츠오 바쇼의 무한한 시공감각과 적극적인 삶의 태도를 잘 나타내는 요소들이라고 할 수 있다.

제3장

하이쿠의 세계

앞에서 마츠오 바쇼松尾芭蕉가 하이쿠사俳句史에서 차지하는 위치와 업적에 대해서 살펴보았다. 그리고 하이쿠란 장르의 형성 과정과 일본 음운 시가들의 종류와 그 특징에 대해 간략히 설명하였다.

바쇼는 사계절의 변화에 따른 유한 생명체의 희비喜悲를 순응적으로 수용하는 자세와 자연에 대한 인간의 적극적인 태도로 서민의 삶과 현실에 밀착된 해학적이면서도 심화된 표현세계를 구축하고 있다. 또한, 정형화된 소재의 전통적인 표현에서 벗어나 개방된 소재를 사용하여, 다양하고 풍부한 삶의 언어로 와카의 세계와 하이쿠의 세계를 구별 짓게 한 하이쿠의 대표적인 작가라고 할 수 있다. 이번에는 그의 작품을 계절별로 분류하여 일본인의 서정을 살펴보자.

하이쿠는 다른 시가와는 달리 계절어季語를 사용하여 표현한다. 계절어란 봄, 여름, 가을, 겨울의 계절감을 나타내는 어휘군을 말한다. 예를 들면, 봄에는 벚꽃이나 꾀꼬리, 여름에는 모란이나 두견새, 가을에는 낙엽과 지는 해, 기러기, 겨울에는 물떼새나 눈 등의 각 계절을 나타내는 어휘를 통해 계절변화에 대한 아름다움과 미묘함, 자연 섭리의 절대성을 노래하는 것을 말한다.

1. 사계^{四季}의 서정^{抒情}

● 봄의 서정

奈良七重七堂伽藍八重ざくら
나라 칠중 칠당 가람 겹벚꽃나무

　벚꽃은 일본의 대표적인 봄꽃으로 일본의 봄 서정을 잘 나타내주는 존재이다. 벚꽃을 노래한 하이쿠는 그 수를 헤아릴 수 없을 정도로 벚꽃에 대한 표현형식이나 표현내용에 의해 하이쿠의 패러다임도 그만큼 다양하다.

　이 구는 '나라^{奈良}'의 사찰 건축양식인 칠당 가람에 피어 있는 겹벚꽃을 노래하고 있다. 나라는 7대 도시 중의 하나로, 일본 고대의 수도였다. '나라'라는 옛 도읍지와 칠중 칠당 가람이라는 숫자 감각을 활용하여 겹벚꽃의 전통적인 멋을 묘사하고 있다.

花の顔に晴うてしてや朧月
꽃의 화려한 얼굴에 감동되어 으스름달

　'꽃^花'과 '으스름달^{朧月}'의 대비에 의해 봄 하늘에 떠있는 흐릿한 달의 정취를 나타내고 있다. 어째서 봄 달은 으스름달인가. 그 이유를 서술어 '감동되어^{うてして}'로 표출하고 있다. '꽃의 얼굴^{花の顔}' 앞에서 그 화려함에 압도되어 흐릿하게 보이는 봄 달^{朧月}, 그렇지만 아름다운 꽃의 얼굴에 비교되는 으스름달은 자동사 '감동되다^{うつ}' 때문에 열등감이 아닌 조화미

로서 작용한다. 따라서 미적 우월감의 여부와 상관없이 으스름달은 꽃의 얼굴과 조응되어 자연과의 조화속에서 아름다움을 이루고 있다.

山路來て何やらゆかしすみれ草
산길에 와서 왠지 마음 끌려라 제비꽃

　이 구는 '산길山路'과 '제비꽃すみれ草'의 유추에 의해 의미를 파악할 수 있다. 산길이라는 것은 여행과 출가의 길을 의미한다. 정처 없는 산길 속에서 눈에 뜨인 제비꽃은 작가에게 어떤 존재로 다가올까. 작가의 개인적인 느낌을 '어쩐지何やら'라고 표현함으로써 작가의 주관적인 감정을 저항감 없이 받아들이게 한다. 단정적인 정의를 피하여, 자기도 모르게 마음이 끌린다는 표현으로 독자를 자연스럽게 작가의 감정으로 끌어들이고 있다. 이 "어쩐지"라는 표현은 주관적인 이미지를 객관화하는 방법으로서, 작가의 개인적 감정 '이끌리는 마음ゆかし'을 제비꽃에 부여하여 결국 제비꽃의 존재를 의미화한다. 따라서 봄이 되어 길을 떠난 외로운 나그네에게 제비꽃은 풀꽃의 존재이지만 아름답고 화려한 꽃 이상으로 느껴지는 어여쁜 마음에서 일어나는 정서, 즉 그윽함의 정서를 불러일으키는 대상으로 존재하게 되는 것이다.

　그러므로 작가의 새로운 세계에 대한 발견과 그 감동은 산길에서의 제비꽃 존재에 대한 감동이며, 새삼스럽게 느낀 그 감동이야말로 우리가 깨닫지 못하고 잊고 있는 순간 순간의 감동일지 모른다.

鶯や餅に糞する縁の先
휘파람새구나 떡에 똥을 누는 툇마루 끝

'휘파람새鶯'도 봄의 대표적인 새이다. 그러나 이 구에서는 전통적인 휘파람새로서의 의미는 전혀 나타나지 않는다. 전통적인 시가에서 휘파람새는 고운 울음소리에 대한 찬미와 그 울음소리를 듣고자하는 인간의 갈망, 또는 사랑하는 연인이라는 의미로 전개되어 왔다. 전형적으로 휘파람새는 꽃이나 나뭇가지 끝에 날아와 우는 형태로 묘사되어 왔다. 그러나 이 하이쿠에서는 '툇마루 끝緣の先'에 널린 '떡餅'에 날아와서 '똥을 누는糞する' 속된 새로 바뀌었다. 여기에서의 휘파람새는 의도적으로 떡에 똥을 눈 듯한 존재로 의인화되었다. 즉, 조류의 생태적인 현상을 묘사하고 있다. 그렇다면 어째서 이 하이쿠가 많은 사람들에게 회자되어 왔을까.

휘파람새가 마치 의도적으로 심술을 부린 듯한 인상을 주지만, 휘파람새도 조류의 특성상, 장소와는 상관없이 무작위로 배설물이 나올 수밖에 없는 일반적인 조류이다. 그런데 의도적으로 툇마루 끝에 놓여 있는 떡에 똥을 누는 휘파람새로 표현된 까닭은 무엇일까? 이 구에서는 휘파람새와 툇마루 끝에 널린 떡과의 관계를 파악하여야 이 하이쿠의 진의를 파악할 수 있다.

우리 한국인이나 일본인이나 일상생활에 늘 떡이 존재하는 것이 아니다. 외식문화가 발달된 지금과는 다르다. 그렇지만 '떡'이란 지금이나 옛날이나 특별한 날에 등장하는 것임은 분명하다. 특별한 날에 방아를 찧고 떡을 만드는 것은 일본의 경우도 마찬가지이다. 특별한 날이란 세시풍속을 의미하며, 그 세시풍속에 의해 식생활 문화도 정착되어 온 것이다. 그리고 세시풍속과 관련된 봄의 특정한 날이라면 휘파람새가 날아다니는 절기이다.

휘파람새는 봄이면 날아와 우는 새로서 봄을 알리는 전령사傳令使의 역할을 한다. 그러므로 휘파람새가 날아왔다는 것은 봄이 되었다는 것을 암시한다. 또한, 툇마루 끝에 떡을 널어놓는 정월을 통해서도 봄 분위기를 느낄 수 있다. 따라서 '떡에 똥을 누는 휘파람새'는 이미 모든 곳, 구석구석에 봄이 왔다는 것을 알리는 존재인 것이다.

휘파람새가 툇마루 끝을 날다가 조류의 생리적 특성상, 그만 실례를 해버리는 것이 실제 상황이다. '떡에 똥을 눈다'는 상황에서 작가의 심의는 똥보다는 떡에 비중이 있다. 툇마루에 놓여 있는 떡에 똥을 누는 휘파람새는 봄을 다시 확인하는 매개 역할을 하는 것이다. 봄볕에 내다놓은 떡을 통해 봄이라는 계절감을 강조하고 있는 것이다. 따라서 특정한 곳의 봄이 아닌, 언제 어디에서나 봄을 느낄 수 있는 일상생활 속에서의 봄, 봄의 도래를 강조하고 있는 것이다.

猫の戀やむとき閨の朧月
고양이의 사랑이 멈출 때 침실의 은은한 달

'고양이의 사랑猫の戀'이란 고양이의 울음소리를 미화한 것이다. 그리고 '방의 은은한 달閨の朧月'은 조용한 침실을 의미한다. 여기에서 고양이의 울음소리와 방의 은은한 달은 상호 대립 관계에 있으며, 방의 조용한 분위기는 고양이의 울음소리가 끝난 후에 형성된다. 방을 비추고 있는 은은한 달이 자아내고 있는 분위기는 고양이의 울음소리에 의해 결정되는 것이다. 상당히 시끄러운 고양이의 울음소리가 멈추었을 때 상대적으로 그 공간은 고요함을 형성하게 되는 것이다. 시끄러움에 비례하는 고요함은 고양이 울음소리의 강도에 의해 더욱 실감할 수 있다. 따라서 고양이가 울음소리를 그쳤을 경우, 으스름달이 방을 비추고 있는 공간은 더욱더 정적의 세계를 이루게 된다.

● **여름의 서정**

みな月はふくべうやみの暑かな
음력 6월 배병의 더위인가

하나의 병을 계절과 결합시켜 더위의 고통을 표현하고 있다. 논에 물을 넣는 시기인 '음력 6월みな月'과 고열로 인해 물을 많이 마시어야 하는 '배병ふくべうやみ, 腹病'이 연결되어 여름 '더위暑'의 상태를 심화시키고 있다. 고열의 배병과 더위는 공통적으로 많은 물을 요구한다. 따라서 한여름인 음력 6월은 더위나 배병이나 고통의 절정 시기인 것이다. 인간의 체온을 넘는 일본 더위는 고열을 수반하는 배병을 악화시키고 고통스럽게 만드는 최악의 조건이라고 할 수 있다.

건강한 인간도 견딜 수 없는 음력 6월의 더위를 배병을 앓고 있는 사람의 체온을 통하여 나타내고 있는 것이다.

さみだれの空吹おとせ大井川
음력 5월 장마비가 하늘에서 불어 떨어진 오오이강

'음력 오월 장마비さみだれ'가 내리는 시기, 장마비로 '오오이강大井川'에 물이 불어 거세게 흘러가고 있는 상황이다. 장마비가 흘러넘치는 오오이강은 거센 탁류의 강이다. 그 강을 하늘의 모습을 통해 묘사하고 있다. 하늘에서 비구름을 불어 떨어뜨린 듯 장마비가 내리는 모습과 오오이강

이 거세게 흘러가는 모습을 일치시키고 있는 것이다.

따라서 장마비가 내리는 하늘과 오오이강은 유동적이고 격렬한 상태의 동질성으로 인하여, 오오이강은 장마비가 쏟아지는 하늘이 마치 지상으로 떨어져 그대로 흐르고 있는 듯한 인상을 주고 있는 것이다.

● **가을의 서정**

名月や門にさし來ル潮がしら
명월이구나 문에 밀려오는 밀물의 물마루

명월에 대한 인간의 감흥은 자연과의 조화에서 비롯된다. 이 구는 '명월明月'과 '밀물의 물마루潮がしら'의 조응으로 형성된다. 하늘에는 명월이 있고 바다는 만조상태이다. 다시 말하면, 하늘에는 만월, 바다는 만조로 모든 공간이 가득한 상황이다. 그 상황이 회화적으로 묘사되어 있다.

그 상황을 서술어 '밀려온다さし來ル'를 사용하여 표현하고 있다. 이 '밀려온다'는 '빛이 비쳐오다'와 '조수가 밀려오다'의 두 가지 뜻을 갖고 있다. 또한, 동음이의어로서 '찾아뵙다'라는 뜻도 있다. 단 하나의 서술어로 하늘의 달과 바다의 조수에 대한 상황을 일괄하여 표현할 수 있는 것은 동음이의어의 효과적 활용에 있다.

이 구는 언어의 기술적인 면뿐만 아니라 자연의 이치가 잘 묘사되어 있다. 문門에 비쳐오는 명월과 밀물의 물마루는 작가의 위치와는 원거리 상태에 있다. 이것은 멀리 떠있는 만월과 밀물이 집 문 앞을 비롯하여 주변을 환하게 비추며 가까이 와 있는 상황이다. 따라서 만월과 만조의 시간, 달빛이 비치고 밀려오는 장소, 모두 동일선상에 놓여있다. 그러나 구

의 중심은 키레지 '야^{や, 文을 끊는 기능의 조사}'가 상오^{上五, 앞의 다섯 자}에 놓여 있기 때문에 명월에 있다. 따라서, 명월일 때 만조가 되는 자연 섭리에 대한 감흥을 느낄 수 있다.

秋風や藪も畠も不破の關

가을 바람이구나 대숲도 밭도 후하 관문소

이 구는 전통적인 와카^{和歌}를 답습하고 있다.

人住まぬ不破の關屋の板びさし荒れにし後はただ秋の風[1]

사람이 살지 않는 후하 관문소의 판자 차양이 황폐해지고

뒤에는 오직 가을바람

이 와카는 영락한 '후하 관문소^{不破の關屋}'의 모습을 노래하고 있다. 그 영락한 모습을 가을바람으로 표현하고 있다. 판자 차양이 다 썩어버린 관문소는 사람이 살지 않을 뿐만 아니라, 번영했던 옛 모습의 흔적조차 찾아 볼 수 없고 지금은 오직 가을바람만이 불어댄다는 뜻이다.

이 와카를 답습하였지만, 위의 하이쿠는 장르의 특성상, 후하 관문소^{不破の關}의 모습을 묘사하고 있지 않다. 그럼에도 불구하고 대숲, 밭, 관문소에 불고 있는 가을바람을 통해 그 상황을 상상할 수 있다. 그것은 '후하^{不破}'라는 관문의 역사성과 이 구의 병렬적 구성에 의해 가능하다. 관문소는 대숲과 밭의 병렬적인 관계에 있기 때문에, 옛 관문소였던 "후하"

---

1 『新古今和歌集』卷十七, 1599

는 가을 대숲과 밭의 쓸쓸하고 황폐한 서정을 갖게 한다.

대숲이나 밭은 자연적인 요소이지만, 계절변화의 법칙에 따라 봄과 여름에는 푸르고 무성하며, 가을에는 누렇게 변해버린다. 그리고 그 공간은 부재의 공간이다. 그러므로 그곳에 존재하는 것은 불변의 바람만이, 그것도 차가운 가을바람이 존재하고 있는 것이다. 따라서 인위적인 요소인 후하 관문소는 가을이라는 계절적인 본성에 의해 변화된 공간으로서 존재하게 되는 것이다. 당대의 번영과 권력의 상징인 관문소도 세월 변화의 법칙에 따라 모든 것이 황폐되고 영락되어 버렸다는 것을 말해주고 있는 것이다. 이 구는 이 세상에서 변하지 않는 것은 오직 자연의 이치 그 자체라는 것을 나타내고 있다.

死にもせぬ旅寝の果よ秋の暮
죽지도 않는 나그네 잠의 끝이여 가을 해질 녁

극단적인 상황으로서의 '죽음'과 한계적인 시간으로서의 '나그네 잠의 끝旅寝の果'은 '가을이라는 계절과 해질 무렵秋の暮'이라는 시간적 조응에 의해 막다른 길에 이른 절망적인 현실을 느끼게 한다. 인간에게 있어 죽음이란 것은 무상한 것이며 자연의 법칙이다. 또한 나그네 길에 있어서 잠이란 것은 행위의 중지 및 휴식을 의미한다.

따라서 가을 해질 녁 쇠약해진 몸을 눕히고 나그네 길을 더 이상 갈 수 없다는 상황은 절망감과 자신의 무력감, 비참함을 절실하게 나타내고 있다. 게다가 '죽지도 않는다死にもせぬ'는 현실은 자신을 더욱더 초라하고 참담한 고통으로 몰아넣는 상황이며, 결국 죽음만을 기다릴 수밖에 없는 절망의 끝이라고 할 수 있다.

梯やいのちをからむつたかづら
나무다리여 목숨을 휘감는 담쟁이덩굴

벼랑 따위에 걸쳐놓은 '나무다리梯'에 덩굴을 '감고からむ' 살아가는 '덩굴식물つたかづら'의 모습이 나무다리를 건너는 인간의 모습과도 같다. 덩굴은 생명을 가진 인간의 대체물이며, 나무다리는 동떨어져 있는 공간을 잇는 장치로써 이 구에서는 이 세상과 저 세상을 연결하는 다리로 작용하고 있다. 그러므로 나무다리는 벼랑과 벼랑을 연결해 놓은 장치로 생명의 위협을 느끼게 하는 상황을 나타내며, 이 나무다리를 건너는 상황은 죽음이 항상 뒤따르는 인간의 삶으로 대체될 수 있다.

이 구는 나무다리를 건널 때의 공포와 긴장감을 덩굴의 생태적인 모습에 비유하고 있는 것이다. 나무다리를 건너가는 인간의 동작, 즉 나무다리를 의지하며 휘감듯 기대며 건너가는 모습이 마치 덩굴의 생존 모습과 같다. 이 비유에는 생명을 잃을 듯한 상황에서 인간의 생에 대한 집착은 나무다리만을 의지하여 살아가는 덩굴의 신세와 다르지 않다는 의미가 내포되어 있다. 이 구에는 인간이나 담쟁이덩굴이나 한 생명체로서 나무다리를 의지하고 있는 삶의 형태와 그 가련함이 잘 나타나 있다. 따라서 '생명いのち'에 대한 가련함과 삶의 긴장감을 느끼게 한다.

かれえだに鳥のとまりけり秋の暮
마른 가지에 까마귀 머물러 있도다 가을 해질 녘

이 구는 '마른 나뭇가지かれえだ'와 '까마귀鳥', '가을 해질 녘秋の暮'의 세 명사로 구성되어 있다. 이 세 명사는 대상과 시간, 장소를 제시하고 있

다. 시간으로서의 '가을 해질 녘', 장소로서의 '마른 가지', 대상으로서의 '까마귀'는 색감과 존재의 의미를 상호보완하고 있다.

마른 가지는 잎이 다 진 만추의 계절감각과 시들어 죽어 가는 생의 끝자락을, 가을 해질 녘은 어둠과 인생의 황혼을 상징한다. 어둑해지는 가을 해질 녘, 검고 마른 나뭇가지에 칠흑의 까마귀가 앉아 있는 풍경은, 검은 색의 농도에 의한 미적 감각과 암울한 서정을 느끼게 한다. 어둑어둑한 황혼, 검고 마른 나뭇가지의 공간, 그 위에 앉은 새까만 까마귀 즉, 농도가 점점 짙어지는 검은 색의 명암 대비에 의해 구의 초점이 까마귀로 응집된다.

그리고 마른 가지는 늦은 가을의 상징처럼 죽음의 예시 또는 일시적인 정주定住를 의미한다. 까마귀가 하루해가 저물고 머물 곳을 찾아 잠시 머무는 마른 나뭇가지는, 커다란 의미에서 인생의 막다른 길이라고 비유될 수 있다. 어둠 속에서 더 이상 비상飛翔할 수 없는 까마귀에 대한 상황은 까마귀뿐만 아니라, 인간으로서의 작가 자신도 함께 공감하는 운명적인 현실이라고 할 수 있다. 따라서 이 설정된 공간에 의해 까마귀는 비애의 표상으로서 존재하게 되는 것이다.

病雁の夜さむに落て旅ね哉
병든 기러기 밤 추위에 떨어져 나그네 잠이구나

이 구는 비교적 의미파악이 쉽다. '병든 기러기病雁'와 '밤 추위夜さむ', '나그네 잠旅ね'의 표현이 구의 상황이나 의미를 표면적으로 나타내고 있기 때문이다. 월동을 하기 위해 이동하는 기러기는 가을 서정을 나타내는 전형적인 소재의 하나이다. 이 기러기와 가을과의 조응을 통해 생로

병사에 대한 인간의 감정을 잘 나타내고 있다.

병든 기러기가 밤과 추위의 극한적인 상황 속에서 쇠약해진 몸을 잠재우기 위해 비상을 멈추고 내려와 자고 있다. 병든 기러기가 밤 추위로 인하여 더 이상 이동할 수 없어서 어쩔 수 없이 자고 있는 상황을, 작가는 '밤 추위에 떨어져夜さむに落て'라고 표현하고 있다. 이때의 잠은 일시적인 나그네 잠으로 삶의 고단함, 가련함과 비애감을 표출하고 있다. 또한, 나그네의 잠은 일시적인 잠이지만, 커다란 의미에서 인생을 나그네의 길에 비유하면, 밤 추위에 떨어진 병든 기러기는 죽어 있는 상황일 수도 있다. 어쨌든 병든 기러기의 미래는 죽음을 예고 받은 상태임에는 분명하다.

따라서 우리는 병든 기러기처럼 언젠가는 영원한 잠을 이루기 전까지 삶의 고단함과 생명의 고통 속에서도 삶을 지속시켜 가는 존재인 것이다.

● 겨울의 서정

初しぐれ猿も小蓑をほしげ也
첫 초겨울 비 원숭이도 도롱이를 원하겠구나

이 구는 '첫 초겨울 비初しぐれ'에 젖어 있는 '원숭이猿'를 통해 자기 모습을 묘사하고 있다. 그러므로 이 구의 상황을 두 가지로 나누어 생각해 볼 수 있다. 하나는 작가 자신이 도롱이를 걸치고 있는 상황이고, 또 하나는 도롱이를 걸치고 있지 않은 상황이다. 자신이 도롱이를 걸치고 있지 않는 상황이라면 원숭이와 비에 젖은 자신이 동일한 감정을 교감하고 있는 상황이고, 자신이 도롱이를 걸치고 있다면 같은 상황에 처한 원숭이를 연민의 정으로 바라보고 있는 상황이다. 그렇지만 '원숭이도 원하다^{猿も}~ほしげ'에서 열거 조사 '도^も'의 기능에 의해 작가 자신이나 원숭이나 모두 비가 오는 초겨울에 도롱이를 원하고 있다는 사실을 알 수 있다. 도롱이를 걸치고 있느냐 그렇지 않느냐의 상황은 서로 다르지만, 비를 맞고 있는 현실은 같은 상황이기 때문에 원숭이와 작가 자신은 동병상련의 입장에 있다고 할 수 있다. 따라서 이 구는 자신이나 원숭이나 자연의 섭리 속에서 살아가야 하는 운명의 가련함과 삶의 애환을 표출하고 있다.

住みつかぬ旅の心や置ごたつ
정주 못하는 나그네 마음이여 이동식 화로

'고타츠^{ごたつ}'는 일본 고유의 이동식 화로로, 가운데에 숯을 넣어 물을 끓이거나 몸을 따뜻하게 녹이는데 사용한다. 이 화로는 여기 저기 이동이 가능하기 때문에 여행, 길 떠남의 비유표현으로 사용되기도 한다. 즉, '이동식 화로^{置ごたつ}'는 여인숙의 난방기구로 떠돌아다니며 묵는 나그네의 '정착하지 못하는^{住みつかぬ}' 삶과 그 심정을 잘 나타내고 있다.

따라서 길 떠난 나그네의 여행길은 늘 정주하지 못한 이동식 화로와 같다. 긴 여행길을 멈추고 잠시 머무는 여인숙의 잠자리는 춥고 고독하다는 것이다. 이 구는 더 나아가 인생이 나그네 길이라면, 이 세상에서의 삶도 정주할 수 없으며 잠시 머물다 가는 외로운 길이라는 의미를 담고 있는 것이다.

雪ちるや穂屋の薄の刈殘し
눈 내리는구나 얇은 이엉집 남은 이삭들

이 구에는 일본의 전통적인 농촌 풍경이 묘사되어 있다. 볏짚으로 지붕을 덮은 임시 '오두막穗屋, 薄の穗屋'은 신神과 관련된 일을 하는 곳으로 가을의 상징물이다. 그 주변에 '베고 남은刈殘し 이삭穗'이 군데군데 있다. 거기에 눈이 내리고 있다. 남아 있는 이삭과 내리는 눈으로 계절의 추이를 나타내고 있다. 이 구의 특징은 '얇은 이엉집과 남은 이삭들穗屋の薄の刈殘し'의 구성에 있다. 이 표현형식은 연체수식어를 만드는 '의の'의 연결에 의해 의미를 복합적으로 창출해 내고 있다. 이 형식은 '엷은, 얇은薄'이 중앙에 놓임으로써 '얇은 이엉집穗屋の薄', '베다 남은 이삭薄の刈殘し'의 의미로 나누어지게 된다. 전자는 이엉집이 얇다는 뜻이고, 후자는 '베다 남은 이삭薄の刈殘し'으로 이삭이 드문드문 남아 있다는 뜻이다. 따라서 이 구는 가을에서 겨울로 넘어가는 계절의 변화를 얇은 이엉집으로 표현하며, 그 계절 변화도 이삭에 내린 눈으로 시점을 좁혀 섬세하게 묘사하고 있다.

海くれて鴨のこえほのかに白し
바다 저물고 오리의 울음소리 어렴풋 희다

이 구의 특징은 '오리가 울고 있는 소리鴨のこえ'가 '어렴풋하게 희다ほのかに白し'라고 표현한 것에 있다. '울음소리가 희다'라는 표현은 언어의 신텀syntagm으로부터 벗어나 있다. '바닷가 해질 녘海くれて'에 '오리가 울고 있는 소리鴨のこえ'가 '어렴풋하게 희다ほのかに白し'라는 것은, 오리의 울음소리가 어렴풋하게 들려온다는 의미이다. 이런 일탈된 표현이 하이쿠의 의미를 애매모호하게 한다.

인간은 청각적인 기능과 시각적인 기능을 상이한 언어로 분리하여 구별하고 있기 때문에 울음소리를 하얗다고 표현할 수 없는 것이다. 그러므로 울음소리가 청각적으로 하얗게 들려올 수는 없는 일이며, 하얗다는 것은 분명히 시각적 현상임에 틀림없다. 그렇다면 하얗게 보이는 실체는 무엇이고 하얗게 들리는 것은 무엇인가.

이 구에서 시각적인 소재는 바다이다. 물론 오리도 존재할 수 있으나 어렴풋하게 하얗다고 했기 때문에, 실제로 육안에 들어오는 것은 바다뿐인 상황이라고 할 수 있다.

해가 진 바닷가는 시간의 추이에 의해 그 배경의 색채는 어렴풋하고 희미해지고 정적의 세계에 몰입되어 간다. 따라서 시간이 깊어지면 질수록 그 색채는 농후해지고, 우리 시야에 들어오는 것은 검은 하늘과 검은 바다, 검은 모래사장, 흰 파도이다. 해가 지고 모든 사물이 제대로 보이지 않는 상황에서 오리도 오리라는 존재로서 구별되지 않고 울음소리만 구분되어 들려올 것이다.

바닷가에서 울고 있는 오리도 멀리 희미한 존재가 되어 시각적으로는 바닷가의 공간과 구별되지 않는다. 따라서 멀리서 밀려오는 파도처럼 오리 울음소리도 아득하다. 어디에선가 들려오는 오리의 울음소리를 '어렴풋하게 희다'로 형언하여 묘사하고 있는 것이다. 그 울음소리를 듣는 주체는 모든 사물에 거리감을 부여함으로써 해변의 공간을 확대시키고 있다.

이렇게 바쇼의 하이쿠를 통하여 우주만물의 천태만상을 통한 인간의 희노애락을 살펴보았다.

일본의 서정을 대표하는 하이쿠는 자연과 인간 사이의 모든 관계를 대상으로 하여 자연의 섭리를 노래하고 있다. 그리고 하이쿠는 우아하고 아름다운 것, 속된 것, 골계적인 것을 내용으로 하며, 다양한 감각과 자연의 미, 계절 변화에 대한 섬세한 감수성으로 현실생활의 모습을 예리하게 포착하여 자연섭리에 따른 생로병사·희노애락의 인간사에 응축시키고 있다. 이 응집력이 하이쿠의 표현형식에 소우주적인 의미를 형성하게 하는 에너지로서 작용하고 있다. 이 때 하이쿠는 문학의 본질을 담아낼 수 있는 것이다.

2. 하이쿠 이념의 세계

하이쿠는 극도로 압축된 표현형식에 순간적인 현상을 그려내고 있다. 그래서 누구든지 하이쿠를 한두 번 접하게 되면 그런 인상을 받게 된다. 마치 한 순간에 자연현상의 한 부분을 사진에 담아 놓은 듯하고, 한편 한 장의 화폭에 담아 놓은 듯하다. 현대적인 감각으로 말하면, 디지털 카메라로 찍어낸 연속적인 장면이 클로즈업된 듯하다. 그런 하이쿠의 풍경은 다중적인 의미의 연상에 의해서 이루어진다고 할 수 있다. 이번에는 이런 중층적인 영상을 그려내고 있는 하이쿠를 중심으로, 하이쿠가 담고 있는 다양한 세계를 분류하여 소개해보고자 한다.

● 우미優美의 세계

春の夜や籠もり人ゆかし堂の隅
봄밤이여 기도하는 사람 우아하다 법당 구석

山路來て何やらゆかしすみれ草
산길에 와서 왠지 마음 끌려라 제비꽃

첫째 구는 봄날 밤 절 법당에서 며칠간 틀어박혀 기도하고 있는 사람의 모습에 작가의 시선이 있다. 봄날 밤은 법당 구석의 그윽함으로 인하여 정적 세계를 형성하게 된다. 시간의식이란 시간에 대해 인간이 의식하는 방법 및 태도이다. 시간은 그 자체로서는 분절分節이 없는 것으로 인간이 측정을 위해 설정한 단위로써 존재할 뿐이다. 인간이 인식하는 시간은 과거·현재·미래의 단위로 그 가운데에 어떻게 시적 자아를 형성하고 미적 창조를 발휘하는가에 의해 나타난다. 따라서 봄날 밤과 법당 구석의 공간은 조화와 서정미를 부각시키고 있다.

둘째 구는 앞에 소개되었던 구이다. 첫째 구와 함께 봄날의 그윽한 서정을 일으키게 하는 구이다. 산길에서 본 제비꽃이 왠지 마음을 끌어당긴다는 의미이다. 작은 봄꽃의 존재에 대한 반가움과 따뜻한 봄날의 여정에서 느낄 수 있는 서정이다.

첫째 구가 조용한 시간과 공간이 병치됨으로써 그윽함의 농도를 표출하고 있는 반면, 둘째 구는 거친 산길과 보랏빛의 작은 제비꽃이 대조됨으로써 형성되는 그윽함을 표출하고 있다.

이렇게 작가가 외부세계를 차별화해갈 때 각 개인의 시공감각은 자기표출을 나타내는 중요한 감각으로 작용한다.

棹ささむあやめのはての忘れ川
삿대를 젓는 창포 끝의 이상향

삿대를 저어 가면 창포 잎의 끝은 이상향이라는 의미이다. 이 구는 창포를 닮은 삿대를 저어 가면 이상향이 나올 듯하다는 표현인지, 창포 잎의 끝이 이상향이라는 표현인지, 대상과 대상의 관계가 불투명하게 연결되어 있어 심의를 파악하기 어렵다.

우선, 삿대를 창포의 날카로운 잎 모양으로부터 연상하고, 마침내 그 삿대를 이상향으로 연결시키는 표현형식을 취하고 있다. 즉, 창포의 잎과 삿대는 은유의 관계로 대상과 대상의 관계가 명확하다. 그러나 삿대가 이상향이라는 표출은 대상과 대상의 관계를 불투명하게 한다. 이 관계는 비유를 뛰어 넘는 호모로지^{相同論理}에 의한 표현형식을 갖고 있기 때문이다. 호모로지란 작가의 의식세계가 사물과 직접 연결되어 있어 전의^{轉義}의 이미지 연상이 불가능한 기호표현^{記號表現}이다. 대상에 대한 작가의 독자적인 감각을 재구축하고 새로운 의미작용을 창출해 내려는 표현욕구의 결과가 호모로지이다. '창포 끝의 이상향'이라는 관계는 창포 잎 모양이 노라는 매개체로 작용하기 때문에 가능하다. 창포 잎 끝이 형태상 노를 닮아 있다는 사실을 토대로 하여 노는 배를 젓는 도구로서 구의 의미를 형성하게 한다. 창포 잎을 바라보는 것이 노를 저어 이상향에 당도한 느낌이라는 것이다.

또한 창포는 단오^{端午} 행사에 사용되는 것으로 목숨을 연장하고 사기를 떨쳐버리는 식물로서 다루어져 왔다. 단오의 행사를 끝낸 후, 목숨과 사기 등을 잊은 세계가 곧 이상향이라는 것이 작가의 심의이다. 따라서 창포를 보고 있노라면 마치 이상향에 가 있는 마음을 갖게 될 수 있을 것이다.

● **와비**^{佗び} · **사비**^{寂び}의 세계

와비 또는 사비란 자연에서 발견되는 각 계절의 한아고담^{閑雅枯淡}한 세계를 미로 승화시키는 정서이다. 일본어의 와비는 사비와 같은 의미로,

유한적적^{有閑寂寂}한 정취를 불러일으키는 고독한 서정의 세계이다. 이 이념의 세계는 애수의 감정에서 오는 아와레^{あはれ}정서 이념도 포함하고 있다.

雁ひとつさをの雫となりにけり
기러기 한 무리의 물방울이 되었구나

なきがらや秋風かよふ鼻の穴
시체이구나 가을바람 통하는 콧구멍

첫째 구는 기러기 한 마리가 이슬방울이라는 비유 표현을 사용하고 있다. 똑바로 장대의 형태로 날아가는 일련의 기러기 떼. 맨 끝에 기러기 한 마리가 조금 뒤떨어져 가는 모습을 장대의 이슬 한 방울로 표현하고 있다. 이슬이란 일반적으로 금방 사라지는 허망한 시간의 상징으로 사용된다. 그러므로 이 이슬 한 방울은 기러기 한 마리의 죽음을 암시하고 생명의 허망함을 표출하고 있다.

둘째 구는 시체에 가을바람이 불고 있는 상황을 콧구멍을 통하여 나타내고 있다. 시체와 가을바람의 조응으로 쓸쓸한 계절로서의 가을은 최고조의 허망한 계절로 존재한다. 또한, 콧구멍은 후각 작용을 하는 인체로 그 시체의 냄새를 맡는 기능을 갖고 있다. 따라서 콧구멍은 바람을 통해 전해지는 시체의 역한 냄새를 느끼게 할 것이다. 그리고 그 바람은 가을바람이기 때문에 인생무상을 실감하게 한다.

실제로 시체의 콧구멍에 가을바람이 불고 있는 상황일 수도 있다. 가을바람이 시체의 콧구멍 공간만으로 불 까닭은 없지만, 작가가 콧구멍의 어휘를 마지막 구에 놓음으로써 점강적인 공간이 형성되고 있다. 첫 구^{상5}

가 마지막 구^{하5}로 연결되어 인체 내에서 콧구멍으로 좁혀져 마치 시체의 콧구멍으로 바람이 부는 것과는 같은 상황이 연출되고 있는 것이다.

花冷えの包丁獸脂きて曇る
꽃샘추위의 부엌칼 짐승 기름을 잘라 흐려있네

이 하이쿠도 일반적인 표현형식으로부터 일탈되어 있기 때문에 애매모호한 작품으로 받아들일 수도 있다. 그러나 대상과 심의의 관계가 파악되면 보다 깊은 의미를 알게 될 것이다.

이 구의 대상은 수지^{獸脂}이고 심의는 꽃샘추위이다. 꽃샘추위의 정도를 표현하기 위해 작가는 천상^{天上}이라는 공간을 짐승의 기름으로 표현하고 있다. 그 공간을 혹독하고 잔인한 칼로 잘라낸 형태, 즉 짐승 기름이 묻어 있는 부엌칼로 나타내고 있다. 그 부엌칼은 흐려있는 천기를 상징하고 있다. 갑자기 찾아 온 꽃샘추위를 부엌칼로 잘라낸 고기의 기름덩어리로 형상화하여 흐려 있는 날씨를 비유하고 있다. 이 비유로 피부로 느낄 수 있는 계절감이 시각적으로 나타나서 꽃샘추위의 혹독함과 잔인함을 실감할 수 있다. 꽃샘추위의 혹독함과 부엌칼의 잔인함, 냉철함의 조화가 구의 강도를 더해주고 있다.

蟷螂は馬車に逃げられし馭者のさま
사마귀는 마차로부터 도망가는 마부의 모습

이 구도 사마귀의 모습을 표현하고 있다. 사마귀 뒷다리의 모습을 세심하게 관찰한 작가의 시점을 통해 가을이란 계절을 느낄 수 있다. 사마귀가 마차를 피해 도망가는 모습이 마부의 모습과 같다는 의미이다. 한편 문맥상 사마귀의 모습이 마부의 모습과 닮아 있다는 것을 실감하기 어려운 비유표현이다. 이 표현은 독자들로 하여금 상상력의 공간을 제시하고 있다. 왜 마부가 마차로부터 도망갔는가가 이 구의 심의를 파악할 수 있는 관건이다. 우선 마부가 몹시 지쳐 있을 것이라는 상황적 요소를 이끌어낼 수 있다. 이 때 사마귀의 모습도 상상할 수 있게 된다. 가늘고 긴 사마귀의 다리가 마차를 끄는 지친 마부의 모습과 연결된다.

이와 같이 대상과 심의의 관계를 하나씩 분석하여 가면, 하이쿠의 형식에 나타나는 외형적 의미와 함께 작가의 내적인 심의를 파악할 수 있다.

●오카시^{をかし}의 세계

오카시란 어느 대상에 대한 마음이 즐겁고 좋은 기분으로 쾌적한 서정을 말한다. 그윽한 대상에 의하여 걱정이 없고 싫지 않은 감정이 개방적인 정서로 이어져 웃음의 세계에 이르게 된다. 이 웃음은 풍자나 해학과는 달리 밝고 명랑한 마음의 감정이다.

> 山眠り火種のごとく妻が居り
> 잠든 산 불씨처럼 아내가 있네

이 구는 아내의 존재를 남편의 내적 상황에서 표현하고 있다. 추운 겨울이지만 아내가 있어 따스함과 안정감을 느낄 수 있다는 남편의 심정을 아내와 불씨의 비유를 통하여 나타내고 있다. 아내를 대상으로 하여 심의를 표현하기 위해 과장법과 직유법을 사용하고 있다. 이 구의 계절감은 산이 잠들어 있다는 표현으로 나타나고, 그 계절은 겨울이다. 겨울 산에는 불씨가 있어 따뜻하고 희망이 있는 것처럼 작가에게는 아내가 있어 따뜻하게 휴식할 수 있다는 논리이다.

蒲公英の絮吹いてすぐ仲よしに
민들레 홀씨 불어 곧 사이좋게

이 구는 바람에 날려 어딘가로 날아가고 있는 민들레 씨의 생태적 현상을 자연의 친화력으로 받아들이고 있다. 이 감각은 민들레의 속성에 기반하고 있다. 솜털처럼 부드러운 씨는 어디에라도 날아가서 싹을 틔울 수 있는 생명력을 갖고 있기 때문이다.

민들레 씨가 봄바람에 날려 지면에 떨어지는 모습을 작가는 자연에 거역하지 않고 순응하는 모습으로 받아들이고 있는 것이다.

ゆさゆさと風に身を漕ぐ蟷螂かな
흔들흔들 바람에 몸을 젓는 사마귀인가

이 구는 사마귀의 생김새를 묘사하고 있다. 사마귀의 가늘고 긴 다리의 모습을 설명하지 않고, 바람에 흔들흔들 거리는 사마귀의 모습을 통해 사마귀의 다리를 상상하게 한다. 사마귀가 몸을 흔들흔들 젓고 있다는 모습으로 바람의 크기와 상태를 도출해낼 수 있으며 '흔들흔들' 거리는 바람이 가을에 솔솔 부는 바람이라고 느낄 수 있는 것이다. 바람과 사마귀의 대비관계는 각 대상을 서로 상호적으로 부각시켜 주고 있다.

雪の朝二の字二の字の下駄のあと

눈 내린 아침 二자二자 나막신 자국

　이 구도 위의 구와 마찬가지로 「二자二자二の字二の字」의 의태어를 반복
하고 있다. 이 반복의 표현도 단순한 일본 나막신의 발자국에 지나지 않
지만, 형상적인 언어감각으로 선명한 이미지와 리듬을 잘 나타내고 있
다. 이런 하이쿠의 형태가 일본어와 일본문화가 복합되어 표현된 하이쿠
로서, 국경을 넘었을 때의 문학에 대한 이해가 단지 번역어와 설명으로
불충분할 수도 있다는 점을 잘 보여주고 있는 일례이다.

● 풍자諷刺와 해학諧謔의 세계

俳諧師梢の柿の蔕ばかり

하이카이 선생 나뭇가지 끝 감나무의 꼭지뿐

　이 구에는 동음이의어에 의한 수사법이 사용되고 있다. 하이카이시俳諧
師라는 주체가 감나무 끝의 떫은 감이라고 하는 비유의 표현법이다. 「헤
타へた」라는 동음의 표현으로 두 대상을 연결하고 있다. 일본어에서의
「헤타」라는 음은 '열매 꼭지'라는 뜻과 '서툴다'라는 뜻을 가지고 있다.
　따라서 이 구는 열매를 맺기까지 가장 오랜 기간을 필요로 하는 감나
무 열매와 긴 세월동안 연공을 쌓아가야 하는 하이카이시가 동치관계
에 있다. 감나무에 열매가 열렸지만 아직 제대로 익지 않아 떫은 감나
무의 꼭지가 핵심어이다. 이것은 하이카이시도 아직 연공이 쌓이지 않
아 서투르다는 의미로 연결된다.

憂きことを海月に語る海鼠かな

세상 근심을 해파리에게 말하는 해삼이구나

이 구는 두 대상對象, 즉 해파리와 해삼의 대화 형식을 사용하고 있다. 깊은 해저에 살면서도 인간에게 잡혀 먹히는 해삼이, 수면에 살고 있지만 인간에게 식용되지 않아 비교적 안전하게 살고 있는 해파리와 비교하며 한탄하고 있다. 인생의 새옹지마를 해파리와 해삼의 생태계를 통해 표출하고 있다. 두 생명체의 대비를 통한 생의 미묘한 섭리를 나타내면서도 신변의 근심과 괴로움을 해학적인 표현으로 나타내고 있다.

たわたわとうすら氷にのる鴨の脚

뒤뚱뒤뚱 얇은 얼음을 타는 오리 다리

이 구는 살얼음판을 걸어가는 오리의 모습을 표현한 것이다. 작가의 시선은 오리의 다리에 있다. 이 대상을 중심으로 구의 의미는 점층적으로 확대되어 간다. 작게는 오리의 몸과 다리의 균형을 대조적으로 표현하였고, 크게는 살얼음의 두께와 오리의 무게를 대조적으로 표현하고 있다. 살얼음이 얼어 있다는 것은 심한 추위가 엄습하지 않은 초겨울이라는 계절감을 암시한 것으로, 오리도 뭔가 활동적으로 움직이고 있다는 생태적인 모습을 나타내고 있는 것이다. 깨질 듯한 얼음 위를 뒤뚱뒤뚱 걷는 오리의 모습은 우습지만, 구 전체에는 아슬아슬한 긴장감이 감돌고 있다.

鼻の穴涼しく眠る女かな

콧구멍 시원하게 잠자는 여자

이 구의 대상은 잠자는 여자이다. 그러나 작가의 시선은 여자의 코에 있다. 물론 구의 심의는 시원한 계절의 표현에 있다. 시원한 계절의 표현에도 여러 방법이 있겠지만, 이 하이쿠에서는 단지 잠자는 여자의 코를 상징적으로 제시하고 있을 뿐이다. 여자와 콧구멍의 결합으로 여자에 대한 미적 상징과 반대되는 노골적인 인간의 원초적 본능과 기능을 표현함으로써 웃음과 해학적인 분위기를 형성하고 계절의 시원함을 더해주고 있다.

鶯や餅に糞する緣の先
휘파람새여 떡에 똥 누는 툇마루 끝

이 구는 골계적이면서도 해학적인 성격을 잘 나타내 주는 하이쿠이다. 작가는 휘파람새란 대상을 통해 휘파람새가 오직 아름다운 울음소리로 상징화되고 있는 전통적인 정형성에서 탈피하고 있다. 조류로서의 생태적인 행위를 하는 휘파람새를 해학적으로 표현하여 일상생활이나 자연의 섭리를 표출하고 있는 것이다.

휘파람새가 툇마루 끝의 떡에 똥을 누었다는 표현의 심층적인 의미는 오직 조류의 속성만의 표출이 아니고 툇마루 끝 낮은 자리로 날아와 우는 서민적 휘파람새로서의 존재를 표출하고 있는 것이다.

이렇게 대상과 심의의 관계 파악에 의해 외부적인 의미뿐만 아니라 구에 내재하고 있는 심의도 읽어낼 수 있다.

하이쿠는 여러 소재의 새로운 결합을 통하여 언어의 상징적 특징을 살려 새로운 시의 세계에 방향성을 제시하여 왔다. 시간적 상황과 공간적인 상황이 헝클어져 접목된 듯한 시공감각이 하이쿠의 내부에 자연, 즉 우주의 질서 속에 정연하게 자리 잡고 있다는 사실에 주목하지 않을 수 없다.

하이쿠는 와카和歌와 렌가連歌의 세계와는 달리, 문학의 미적美的 개념으로서의 미야비雅와 문학의 카타르시스 기능으로서의 풍자와 해학 등의 폭넓은 세계를 형성하고 있다. 이것은 하이쿠가 언어의 다양한 기능을 살려 인간에게 있어서의 삶을 아름답고 윤택하게 해주는 활력소로서 작용하고 있다는 것을 말해 준다.

하이쿠는 우주의 삼라만상森羅万象을 통한 모든 자연물을 대상화對象化하고 인간의 희노애락喜怒哀樂에 관련된 정서를 표출하고 있다. 하이쿠가 갖고 있는 자연과의 친화력은 일본의 미美를 지탱하고 있는 커다란 에너지라고 할 수 있다.

따라서 하이쿠는 우아하고 아름다운 것, 속된 것, 골계적인 것을 내용으로 하며, 다양한 감각과 자연의 미, 계절의 추이에 대한 섬세한 감수성으로 현실생활의 모습을 예리하게 포착하여 자연섭리에 따른 생로병사·희노애락의 인간사를 응축하고 있다. 이런 응집력이 하이쿠의 표현형식에 소우주적인 의미를 형성하게 하는 에너지로서 작용될 때, 하이쿠는 문학의 본질을 유지할 수 있을 것이다.

하이쿠는 자연에 대한 작가의 직관적 사고를 절제되고 압축된 언어로 표현한 문학으로서, 자연현상의 일부분을 순간적으로 포착하고 통찰하여 언어로 표출하여 왔다. 그러므로 하이쿠에 소우주小宇宙가 내재하고 있다고 해도 과언이 아닐 것이다. 이 소우주를 통해 일본인은 물론, 자연에 대한 인간의 삶을 투영하고 있는 것이다.

제4장

하이쿠 속의
일본 문화

1. 하이쿠와 세시풍속

세시기에 나타나는 계절감각에 따라 공동체의 생활에 탄력과 활력을 불어 일으키는 연중행사를 세시풍속이라고 한다. 일본은 자연 변화의 추이에 따른 풍속 행사뿐만 아니라 집단 사회의 질서를 위한 사회적 의례, 즉 민속의례는 세시의례와 인생의례로 크게 나뉘는데, 이 두 의례가 서로 상호 관련된 형태로 계승되어 오기도 하였다.

일본의 음운문학은 사계절의 변화에 따른 아름다움^美을 노래하는 것을 중점적으로 하고 있다. 특히, 하이쿠는 속^俗의 언어를 바탕으로 사계절의 변화와 그에 따른 인간의 감정, 삶의 모습을 다루고 있어 일본 세시풍속과 상호연계적 관계에 있다고 할 수 있다.

세시풍속 중에서 신년은 일본에서도 가장 큰 민속의례라고 할 수 있다. 연초^{年初}에 집집마다의 조상신을 모시고, 그 해의 풍요를 기원하는 신년 맞이는 한 해의 출발점으로서 그 의의가 크다. 지금까지 지역 풍토의 조건에 따라 벼, 보리, 조, 수수, 감자 등을 공물로 바치는 의례가 성립되어 왔는데 그 풍속에는 일본인의 서정이 잘 담겨 있다.

일본의 세시풍속이 잘 나타나 있는 근세의 대표 작가 3인, 즉 마츠오 바쇼^{松尾芭蕉 : 1644~1694}, 요사 부송^{与謝蕪村 : 1716~1783}, 코바야시 잇사^{小林一茶 : 1763~1827}의 작품을 중심으로 그 서정을 느껴보자.

2. 신년과 민속의례

일본의 정월은 신년 맞이의 행사로서 우리 민속 명절의 설과 같은 의미를 갖고 있다. 일본의 정월은 쇼가츠正月라고 하며 음력의 명칭은 무츠키睦月이다.

이 민속의례에는 각종 정월 행사, 정월 음식과 장식물, 정월 놀이 등이 있다. 이 가운데 조상신을 맞이하기 위하여 가장 먼저 하는 일은 '스스하라이煤払い'이다. '스스하라이'란 12월 중순부터 집안의 먼지와 그을음을 털어내고 정결하게 하는 것을 말한다. 이렇게 집안을 대청소하고 신년맞이 준비를 하는 것을 '코토하지메事始め'라고 한다. 즉, 조상신을 맞이할 준비를 하는 것이다.

조상신을 맞이하기 위해 1월 7일까지 집 입구에 소나무를 세워 놓는데, 이 장식을 '카도마츠門松'라고 한다.

또, 현관정문이나 부엌입구 등에 시메나와しめ縄를 장식한다. 시메나와는 치노와茅の輪의 일종으로, 음력 6월 그믐날의 신사神社의 불제仏祭행사 때 참배하는 길목에 띠풀종류로 만든 큰 고리를 세워 놓고, 이 고리를 빠져 나가면 병을 피할 수 있다고 하는 데서 유래하였다.

집 내부에는 토코노마床の間2에 신년의 신年神를 모시는 제단을 준비한다. 토코노마를 깨끗이 청소하고 족자를 걸고 중앙에 카가미모치鏡餅3, 왼쪽에는 꽃꽂이를 놓아 장식한다.

2　일본건축의 객실 등에 상좌에 바닥을 한 층 높게 만든 곳으로 정면의 벽에 족자를 걸고 장식물이나 꽃병 등을 장식한다.

3　산보우(三方)에 흰 종이를 깔고 굴거리 나무가지, 고사리 잎을 놓는다. 그 위에 둥글고 납작한 떡(카가미모치, 鏡餅) 큰 것과 작은 것을 포개 놓고 다시마, 곶감, 황귤나무, 유자 등을 올려 장식한다. 이 떡을 앞에 놓고 만병을 물리치고 복을 얻어 불로불사하기를 기원한다. 이 떡은 1월 10일까지 장식하고, 떡의 먼지를 털어내고 작게 잘라 구워 된장국에 넣어 먹기도 한다. 이것을 카가미 히라키(鏡開き)라고 한다.

이렇게 집안에서 조상신을 맞이하는 한편, 신년의 신을 맞이하러 대그믐날 심야에서부터 정월 아침^{간탄, 元旦} 해뜰 무렵에 걸쳐 신사나 절을 방문하고 참배하며 한 해의 복을 기원하는데, 이것을 '하츠모우데^{初詣}'라고 한다.

그리고 정월 음식을 만들어 조상신에게 바친 후, 가족들이 모두 모여 먹는 풍속은 우리와 크게 다르지 않다. 일본인들은 정월에 '오세치료우리^{お節料理}'라는 음식을 먹고 우리의 떡국에 해당하는 '조우니^{雜煮}'를 먹는다. 조우니는 일본식 떡국으로 야채, 생선, 고기 등의 국에 떡을 넣은 것으로 지역에 따라 차이가 있다.

또한, 정월에 마시는 술은 '토소^{屠蘇}'라는 술인데, 이 술은 중국 전래의 토소산이라는 탕약에서 유래하였다고 한다. 토소는 도라지, 산초, 계피, 대황, 붉은 팥 등을 일본 술에 담근 것으로, 이 술을 마시면 일년동안 사기^{邪氣}를 물리치고 건강하게 보낸다고 전해진다.

그리고, 신년을 맞이하여 붓글씨를 쓰는데 처음으로 쓰는 붓글씨라고 하여 '카키조메^{書き初め}'라고 한다. 이때 쓰는 붓글씨는 길한 방향을 향하여 경사스런 뜻의 시가를 적는 것이다. 이외에도 가족이 모여 하네츠키^{羽根つき4}, 타코아게^{凧上げ, 연날리기}, 코마^{こま, 팽이 돌리기}, 카루타^{かるた5}, 후쿠와라이^{福笑い6}, 스고로쿠^{すごろく, 주사위놀이} 등의 정월 놀이를 한다. 또한 정월 중에 봄철의 푸성귀로 죽[7]을 끓여 먹고 만병을 예방하는 풍습도 있다.[8]

---

4 모감주에 새의 깃털을 끼운 것을 탁구채 크기의 나무판으로 서로 치는 놀이. 게임에 진 사람의 얼굴에 먹으로 'X' 표시를 한다.
5 속담이나 일본 전통 와카(和歌) 등을 읽으면서 카드의 그림이나 짝을 찾는 놀이다.
6 눈을 가리고 다복한 얼굴에 눈, 귀, 입, 눈썹을 그린다. 그 완성된 그림을 즐기는 놀이다.
7 나나쿠사가유(七草粥) : 미나리, 냉이, 떡쑥, 별꽃, 광대나물, 순무, 무를 넣어 끓인 죽.
8 일본학교육협의회, 「일본의 이해」, 태학사, 2002, pp.384~385 참조.

3. 하이쿠 속의 일본 신년

● 빈곤 속에서의 신년

春立や新年ふるき米五升　　　　　　　　　松尾芭蕉

입춘이구나 신년 묵은 쌀 다섯 되

元日やおもへばさびし秋の暮　　　　　　　松尾芭蕉

새해 첫날이여 생각하면 쓸쓸한 가을 해질녘

まんべんに御降受ける小家哉　　　　　　　小林一茶

구석구석 내리는 새해 비를 맞는 작은 집이여

元日も立ちのままなる屑家哉　　　　　　　小林一茶

새해도 길 떠난 그대로인 넝마주이구나

家なしも江戸の元日したりけり　　　　　　小林一茶

집 없이 에도의 새해를 맞이하도다

又ことし娑婆寒げぞよ草の家　　　　　　　小林一茶

또 올해도 현세는 춥구나 초가집

土藏から筋違にさすはつ日哉　　　　　　　小林一茶

흙벽으로부터 비스듬히 비치는 새해 아침 햇빛이여

はつ春やけぶり立つるも世間むき　　　　　　小林一茶

신춘이여 연기가 나는 것도 겉모양

ことしから丸儲けぞよ娑婆遊び　　　　　　小林一茶

올해부터 고스란히 돈을 벌겠다 사바 놀이

　신년을 맞이하는 기쁨에 앞서 궁핍한 생활로 인해 오히려 신년은 우울한 서정을 느끼게 한다. 첫째 구는 묵은 쌀 다섯 되로 맞이하는 입춘, 즉 신년을 노래하고 있다. 신년과 묵은 쌀의 대조對照에 의해 현실생활을 상대적으로 나타내고 있다. 둘째 구는 새해 첫날을 가을 해질녘에 비유하고 있다. 사계절 중에 가장 쓸쓸한 가을 해질녘을 떠올리게 하는 신년이란 더 이상의 형언形言이 불필요한 상황이라고 할 수 있다.

　첫째 구와 둘째 구를 제외한 위의 구는 모두 코바야시 잇사의 작품이다. 유난히 잇사의 작품에는 가난한 생활이 많이 등장한다. 잇사는 에도에서 여름을 지내다가 조모 기일을 계기로, 특히 집안 유산 문제로 8개월간 집을 비운 사이에 집주인이 그 집을 아무 말 없이 타인에게 빌려 주어버렸기에 정월 초부터 전셋집을 찾아 헤매다가 나츠메 나루미夏目成美의 집에서 47세의 정월을 맞이하였다. 그 후에도 정주할 집이 없었다고 한다.[9]

　오사가리御降, 초하루 또는 3일에 내리는 비가 서민의 집 모두 구석구석 내리는 것처럼 모두가 새해를 맞이한다. 그러나 새해를 맞이하는 각각의 심정은 다르기만 하다. 잇사에게 있어서 신년은 그리 즐거운 날은 아니었다. 셋

---

9 『蕪村集 一茶集』, 日本古典文學大系, 岩波書店, 昭和34年, pp.498~500 참조.

집을 찾아 돌아다니는 넝마주이 같은 신세로 맞이하는 신년, 추위를 느끼는 신년은 비참한 자신을 더욱 더 자각하게 해주는 시간일뿐이었다. 그러므로 신년인 입춘이 되어도 피어나는 안개는 형상적인 것뿐으로 추위를 느끼게 하는 것으로, 안개가 피어나는 것도 겉모양이다. 즉, 그 현재 상황도 변함없이 지속되는 고통스런 시간상의 연장일 뿐이다. 더욱이 햇빛조차 흙벽의 그늘이 된 상태는 그 서글픔을 가중시킨다. 온통 주변은 정월다운 것이 없는 초라한 모습뿐이다.

따라서 그 현실을 탈피하고자 새해부터 돈벌이에 나서겠다는 각오를 하고 있다. 그 현세적인 삶을 사바놀이라고 비유하며 속세에서 살아가는 인간의 모습을 자조自嘲하듯 표현하고 있다. 사바娑婆는 불교용어로 삼천대천세계三千大千世界를 말하며, 소위 우리가 사는 현세를 의미한다. 궁핍한 생활 속에서 새해를 맞이하는 마음 한 구석에 떠오르는 가난한 자의 심정을 단면적으로 나타내고 있다.

그러나 요사 부송만은 가난한 삶 속에서도 안빈낙도하는 여유를 지니고 있다.

三椀の雜煮かゆるや長者ぶり　　　　　　　　　　与謝蕪村
떡국 세 그릇 돌아오는구나 가장의 모습

비록 떡국雜煮 세 그릇이지만, 가치기준에 따라 느끼는 감정도 다르다. 우선 떡국 세 그릇에 흡족할 수 있는 상황은 가족이 모두 떡국을 먹을 수 있다는 상황을 전제로 한다. 물론 한 그릇을 가족이 나누어 먹을 수도 있는 상황이 있지만, 구태여 세 그릇이란 숫자를 선택한 것은 가족이 세 사람이란 것을 암시하고자 함이다. 이 구는 가족 모두 신년의 떡국을 먹을 수 있게 된 모습을 묘사하고 있다. 가난한 생활 속에서 흡족해하는 가치 기준과 가장으로서의 안도감을 엿볼 수 있다.

● 신년 행사

年は人にとらせていつも若夷　　　　　　　　　松尾芭蕉
나이는 사람에게 주고 언제나 젊은 에비스신

에비스^{惠比壽, 惠比須}신은 인간에게 복을 가져다주는 칠복신^{七福神} 중의 하나로, 웃는 얼굴로 뚱뚱하며, 사냥옷에 발목을 졸라맨 바지를 입고 돌에 걸터앉아 오른손에는 낚싯대를 들고 왼손에는 도미를 안은 모습을 하고 있다. 에도시대 이후에 특히 에비스신을 상가^{商街}의 신으로서 모신다. 항상 웃고 있는 젊은 에비스신은 변함이 없는데, 사람은 해마다 나이를 먹고 변해가고 있는 모습을 상대적으로 묘사하고 있다.

門松やおもへば一夜三十年　　　　　　　　　松尾芭蕉
장식 소나무여 생각하면 하룻밤 삼십년

幾霜に心ばせをの松かざり　　　　　　　　　松尾芭蕉
많은 서리에 사려 깊은 장식 소나무

카도마츠^{門松}는 정초에 새해를 축하하여 문 앞에 세우는 장식 소나무이다. 소나무에 매화와 대나무를 곁들이거나 소나무 가지에 인줄만 달아 장식한다. 첫째 구는 장식 소나무를 걸어 놓은 새해의 풍경이 어제와 각별히 달리 느껴지는 심정을 나타내고 있다. 하룻밤 사이에 30년이 지난 것 같다고 느끼는 것은 장식된 소나무가 30년의 세월을 지낸 것, 자기가 살아온 세월 30년[10]에 의해서이다. 긴 세월에 해당하는 30년이 순식간이라는 감회를 하룻밤으로 표현하고 있는 것이다. 둘째 구는 몇 해의 서리를 견디어 낸 소나무의 기개를 표현하고 있다. 문 앞에 장식된 소나무의 푸르름이 서리에도 지지 않는 변함없는 모습, 그 모습에 마음이 이끌리는 것은 소나무의 푸른 기개를 닮고자 하는 새해의 각오에 기인한 것이다.

誰が嫁ぞ歯朶に餅おふ牛の年　　　　　　　　松尾芭蕉
누구의 아내인가 풀고사리에 떡을 얹은 소띠 해

餅旧苔のかびを削れば風新柳のけづりかけ　　　与謝蕪村
떡 곰팡이를 없애면 새 축하의 나무

일본에는 정월에 처가에 떡카가미모치을 보내는 풍습이 있었다. 첫째 구는 소띠 해에 풀고사리에 떡을 실은 소를 따라가는 부인의 모습을 묘사하고 있다. 소띠 해에 떡을 싣고 가는 소를 따라가는 여인의 모습은 12년 만에 볼 수 있는 풍경이다. 이것은 이런 풍습이 행해지는 일본의 옛 풍경으로, 오랜만에 볼 수 있었던 감회라고 할 수 있다. 또한, 그 소를 따라가고 있는 여인이 누구의 부인이냐고 강한 의문으로 표현한 것은 모든 남편들이 처가에 떡을 보낼 수 있는 상황이 아니라는 것을 암시하고 있는

---

10 1644년에 태어난 그가 이 하이쿠를 1678년전에 썼다는 기록에 의거하여 이 당시 작가의 나이가 30세 전후임을 추정할 수 있다.

것이다. 여기에서는 경사스런 신년 새해의 정월 풍경을 느낄 수 있다.

둘째 구는 정월 14일 저녁, 금줄을 단 후에 버드나무 가지 끝을 실처럼 깎아 내려뜨린 것을 출입구 문 앞에 거는 풍습을 묘사하고 있다. 이 풍경은 정월 10일까지 신에게 바치는 떡 풍경 이후에 볼 수 있는 설 풍경이다.

大津繪の筆のはじめは何仏　　　　　　　　　松尾芭蕉

오오츠 그림의 첫 그림은 어떤 부처

書賃のみかんみいみい吉書哉　　　　　　　　小林一茶

붓글씨 쓰고 받을 밀감 보면서 정월 첫 붓글씨여

앞에서도 언급한 것처럼, 신년을 맞이하여 처음으로 붓글씨를 쓰는 행사가 있다. 신년에 처음으로 쓰는 붓글씨이기에 '카키조메書き初め'라고 한다. 이때 쓰는 붓글씨는 길한 방향을 향하여 경사스런 뜻의 시가를 적는다.

'오오츠에大津繪'란 에도시대 오우미지방近江國[11], 오오츠大津의 오이와케追分, 미이테라三井寺에서 팔았던 거칠게 휘갈겨 그린 희화戱畵[12]를 말한다.

11　지금의 시가켄(滋賀縣)

12　寬文(1661~1673)경부터 大津追分三井寺 주변에서 팔았던 한 장의 종이에 인쇄한 민속판화. 화제(畵題)는 처음에는 불화(佛畵)였지만, 차차 희화로 되어 귀신(鬼), 좌두(座頭), 맹인등이 추가되고 여행자의 선물거리로 되었다. 또 옛부터 '주술로 사용되어 왔는데, 그 주된 것은 게호우(外法, 불교이외의 교법), 오오쿠로(大黑, 무병장수), 소아의 사까야끼(月代, 헤이안 남자가 관이 닿는 이마 언저리로부터 머리털을 반달형으로 깎은 그 부분, 에도시대에 남자가 이마로부터 머리 한가운데까지 머리털을 깎는 일)를 싫어하는 것 고치기, 천둥 우뢰 제거, 오곡성취(五穀成就), 후지무스메(藤娘, 등나무꽃 모양의 옷을 입고 등나무 가지를 어깨에 얹은 아가씨), 맹인(쓰러지지 않는 것), 귀신 염불(한밤중에 우는 것 고치기), 표주박으로 메기를 눌러 잡는 것처럼 요령부득인 모양, 도로안전, 화재 예방, 악마퇴치 등 元祿 (1688~1704) 까지는 미타삼존(彌陀三尊), 십삼불(十三佛) 등의 불화가 많았다.

보통의 첫 붓글씨는 경사스런 것을 그리는데 오오츠에는 어떤 부처를 그렸는가 하고 문득 생각한 가벼운 일흥의 구라고 할 수 있다. 정월 3일에 부처의 가르침의 구를 삼가하고 쓴 전서前書인가 하는 의문을 통해 작가는 전통의 가치와 그 의미를 되새기고 있는 것이다.

둘째 구는 정월에 아이가 억지로 꿇어 앉아 집안의 감시를 받으며 붓을 잡고 있는 모습을 묘사하고 있다. 한 점 한 획을 그을 때마다 받을 밀감만을 몇 번이고 되풀이하여 쳐다보는 아이의 모습과 그 심리를 묘사하고 있다. 붓글씨 쓰기에는 마음이 없고 밀감에게만 있는 아이의 입장에서 세시풍속의 풍경을 그려내고 있다.

鳴く猫に赤ん目をして手まり哉 　　　　　小林一茶
우는 고양이에게 빨간 눈을 하고 공놀이인가

테마리手まり는 딱딱한 종이에 색실을 예쁘게 감아 만든 공으로 여자아이들이 정월에 가지고 놀았던 놀이기구이다. 이 구는 공놀이를 하고 있는 아이가 그 옆에서 시끄럽게 울어대는 고양이를 쳐다본 후, 다시 공놀이를 계속하고 있는 모습을 묘사하고 있는 것이다. 고양이에게 빨간 눈을 하여 보인다는 것은 공놀이를 방해하지 말라는 위협이거나 울고 있는 고양이에 대한 호기심어린 눈매인 것이다.

一とろに御代の大凧小凧哉 　　　　　小林一茶
한결같이 성대聖代의 큰 연 작은 연이구나

온통 파랗게 맑은 하늘에 가득 떠 있는 큰 연, 작은 연을 통하여 평화스런 치세의 장관壯觀을 표현하고 있다. 새해에 세상에 바라는 작가의 심정이 암시되어 있다.

　　蒟蒻にけふは賣かつ若菜哉　　　　　　　　松尾芭蕉
　　곤약에게 오늘은 이기는 풋나물인가

　　垢爪や薺の前もはづかしき　　　　　　　　小林一茶
　　손톱때여 냉이 앞에서도 부끄럽구나

　첫째 구는 정월 7일 일곱 가지 나물죽을 끓여먹는 풍습을 노래하고 있다. 정월이라는 시기 탓에 일본인이 즐겨 먹는 곤약 대신에 풋나물이 잘 팔리고 있는 모습을 통해 신년의 계절감을 강조하고 있다. 둘째 구는 푸성귀 즙에 손톱을 담가 사기邪氣를 털어 내는 풍습 속에서 자신의 모습을 읽고 있다. 푸성귀의 상서로움과 대조되어 불결한 손톱때가 부끄럽게 느껴지는 상황이다. 들에서 살아가는 식물 냉이는 봄에 푸릇하게 돋아나 신선하고 정결한데 비하여 자신의 모습은 때가 낀 손톱처럼 지저분하기만 한다. 그런 자신을 부끄럽게 생각하고 푸성귀 즙에 손을 담가 한 해의 세속의 사기를 털어내고자 하는 신년의 경건함을 느낄 수 있다.

　　御祝儀に雪も降るなりどんどやき　　　　　小林一茶
　　축복으로 눈도 내리는 정월 15일 불태우기

　정월 15일 아침, 아이들이 집집마다 소나무, 대나무, 띠 등의 설 장식물을 받아 모아 장단을 맞추면서 태우는 풍습이다. 타오르는 불꽃 위에 눈이 내리는 것을 축복으로 여기는 마음가짐을 통해 신년초의 경건함을 느낄 수 있다. 활기찬 향토색이 배어나고 있다.

逃げしなや水祝はるる五十智　　　　　　　　　　小林一茶
도망가려고 할 때구나 물로 축복받는 오십된 신랑

신년 아침 일찍, 전년에 결혼한 남자의 집에 몰려가서 물을 끼얹는 풍속으로 亨保1년¹⁷¹⁶에 금지되었지만, 지방에서 종종 행해졌다고 한다. 52세에 결혼한 자신의 모습을 아이러니와 유머어로 노래하고 있다.

● 신년과 봄의 도래

天秤や京江戸かけて千代の春　　　　　　　　　　松尾芭蕉
저울이여 쿄토 에도를 재고 천년의 봄

万歳の踏かためてや京の土　　　　　　　　　　　与謝蕪村
만세 밟아 굳힌 쿄토의 땅

きのふ見し万歳に逢ふや嵯峨の町　　　　　　　　与謝蕪村
어제 본 만세를 만나는구나 사가 마을

쿄토와 에도는 근세 문학의 중심지이다. 첫째 구는 그 쿄토와 에도의 봄을 저울에 달아 보니 어느 쪽도 기울지 않는다는 의미이다. 그 봄은 천년이나 변하지 않은 경사스런 봄으로 상가의 번창을 의미한다. 그 당시

부호富豪 상인은 두 지역 모두 점포를 가지고 있었다고 한다. 이런 역사적인 의미와 지역적인 풍물을 소재로 삼아 노래하고 있다.

둘째 구는 역사적인 가치로서의 쿄토 땅에 만세가 넘치는 모습을 표현하고 있다. 오랜 세월 수도로서 전통을 이어온 쿄토의 신년 예찬이다. 셋째 구는 어제 쿄토에서 만난 만세를 오늘은 사가에서 다시 만났다는 감회를 노래하고 있다. 지역은 달라도 초봄에 느끼는 정취는 한결같다는 의미이다.

門々の下駄の泥より春立ちぬ　　　　　　　　小林一茶
문들 나막신 진흙으로부터 봄이 왔도다

기온과 함께 사람의 출입이 빈번하여 언 땅이 녹아 길이 질퍽거리기 때문에 집마다 문 앞은 나막신의 진흙으로 더러워져 있다. 즐겁고 시끌법석한 봄날의 정경을 묘사하고 있다.

正月や梅のかはりの大吹雪　　　　　　　　小林一茶
정월이여 매화 대신 큰 눈보라

정월에 큰 눈보라가 내리니 매화나무가 피는 봄은 아직 멀었다는 뜻이다.

朝日さす弓師が店や福壽草　　　　　　　　与謝蕪村
아침햇살 비치는 궁인의 가게여 복수초

이것은 고풍의 삼엄한 활가게 앞에 귀여운 복수초가 아침 햇살을 받고 있는 풍경이다. 복수초^{福壽草}13는 미나리아재비과의 다년초로 각지의 산에서 자라고 정월의 축화용^{祝花用}으로서 재배된다. 일명 초봄에 꽃을 피워 '간지츠소우^{元日草}'라고도 한다.

かつらぎの晧子脱がばや明の春　　　　　　与謝蕪村
카츠라기의 종이옷 벗고 싶도다 밝은 새해

카츠라기 산신은 용모가 흉한 것을 부끄러워하여 밤에만 활동하고 날이 밝으면 모습을 감추었다고 한다. 이 구는 카츠라기 산신이 날이 밝으면 보기흉한 모습을 감춘 것처럼 새해 아침에는 오래된 보온용 종이옷을 벗어 버리고 싶다는 심정을 묘사하고 있다. 봄다운 봄을 맞이하고 싶은 조급함이 잘 나타나 있다.

朦白き從者も見へけり花の春　　　　　　与謝蕪村
귀족의 종자도 보이는구나 꽃과 같은 봄

귀족의 종자까지 볼 수 있는 봄이란 꽃이 피는 완연한 봄을 의미한다. 자유가 없는 종자가 특별히 시간을 내지 않아도 언제 어디서나 느낄 수 있는 봄이 왔다는 반가움과 기쁨을 표현하고 있다.

---

13 높이는 5~30cm로 이른 봄, 새 잎과 함께 3~4cm의 꽃이 핀다. 꽃잎은 광택이 있는 황색으로 2~30개 정도 피며, 뿌리를 달여 먹으면 장(臟)에 효과가 있다고 한다. 상서로운 꽃이라 하여 그 화분을 설에 장식하거나 뿌리는 강심제로 사용하기도 한다.

이와 같이 하이쿠에는 세시풍속에 따른 민속의례가 잘 전해지고 있다. 이 세시풍속은 농경사회에서의 공통된 사회적 행위이며 종교적 행위라고 할 수 있다. 각 계절의 특징이나 자연현상을 나타내는 계절 변화는 하이쿠의 중요한 소재로 작용한다. 그리고 하이쿠에는 많은 동식물의 이름이 등장한다. 그 소재들은 인간과 자연과의 조화를 이루어 내는 매개체로서 유기적으로 연결되어 있다.

세월이 지나고 모든 풍물이 사라져도 인간과 자연과의 관계는 형태만을 달리할 뿐 영원히 지속되는 것이다. 하이쿠는 이런 과정을 통시적通時的, 공시적共時的으로 잘 나타내주는 역사적 가치를 갖고 있다. 이렇게 하이쿠를 통해 민족과 세대를 달리하여도 인간의 희노애락을 통감하며 그 감정을 공유할 수 있는 문학적 가치를 재조명하여 보았다.

제5장

하이쿠의 시대별 특징

일반적으로 일본 음운문학에서의 와카和歌, 렌가連歌, 하이쿠俳句의 구분이 형식적인 면에서 다루어지고 있지만, 하이카이 개념에 대한 기원을 살펴보더라도 각각의 개념에 대한 정의와 문학적 특성은 표현형식과 표현내용을 모두 포함한 구분에 의해 논의되어야 한다. 따라서 이 책에서는 와카, 렌가, 하이쿠의 형식적인 특성을 앞에서 간략하게 구별해 보았다. 또한 각각의 장르에 대한 내용의 특징적인 부분을 살펴보았다. 여기에서는 하이쿠에 대한 총체적인 흐름을 이해하기 위하여 시대에 따른 하이쿠 변화를 살펴보고자 한다.

하이쿠의 역사적인 부분이기 때문에 다소 전문적이기도 하고 딱딱한 면이 있을 것이라고 생각된다. 일본 하이쿠를 이해하는데 가능한 한 반드시 다루어야 할 부분만을 선별하여 시기적 특징을 살펴보자.

시대의 변화에도 불구하고 하이쿠의 표현내용은 와카의 표현세계를 추구하는 형태로 정착하게 된다. 이것은 하이쿠사俳句史에 중요한 위치에 놓여있는 작가, 즉 하이진俳人에 의해서도 살펴볼 수 있는 사실이다.

하이쿠俳句란 명칭이 마사오카 시키正岡子規 : 1867~1902에 의해 하이카이노렌가俳諧の連歌 또는 하이카이俳諧의 홋쿠發句가 하이쿠로 개칭되었다는 것은 이미 앞에서 언급하였지만, 하이쿠사의 이해를 위하여 좀 더 상세히 설명하고자 한다.

일본 운문문학은 크게 와카, 렌가, 하이쿠로 구분된다. 하이카이란 원래 골계적인 것을 의미하였다. 와카슈和歌集『古今集』에서 하이카이부俳諧部를 별도로 우미優美한 세계와 분류하여 와카의 상대적인 세계, 즉 하이카이를 속俗의 세계로 구별하여 놓았다. 여기에서 하이카이의 개념에 대한 기원을 찾아볼 수 있다.

와카는 5·7·5·7·7의 음수률로 우미한 정서의 세계를 추구한다. 형식상 우리의 시조와 흡사하다고 볼 수 있다. 와카에서 파생한 렌가는, 와카의 카미노쿠^{上句; 5·7·5}와 시모노쿠^{下句; 7·7}의 어느 한 쪽에 구를 부치는 즉, 마에쿠^{前句}에 츠케쿠^{付句}를 부치는 여흥을 즐기는 이른바 창화^{唱和}의 형식을 취하지만, 렌가도 와카의 우미한 미적 정서의 세계를 추구한다. 다수인이 모여 한사람씩 각자의 기지^{機知}와 재능으로 개성적인 시경을 전개하면서 다수인의 구^句가 전체적인 조화를 얻도록 하는 언어적 유희가 렌쿠 문학의 매력이라고 할 수 있다.

무로마치^{室町}시대^{1336~1573} 후기에 이르러 와카와 렌가의 미야비^雅의 세계가 아닌 것을 하이카이라 했고, 렌가의 계통으로 기지·골계적인 성격을 가지고 있는 것을 하이카이노 렌가 또는 하이카이라고 했다.

하이쿠가 하이카이 렌가로서 출발한 시기는 근세초기이다. 중세의 '좌^座의 문예'로서 확립된 렌가에서 파생된 하이카이 렌가^{俳諧連歌}는 간단하고 평이하여 근세 초기 널리 유행하게 된다. 근세 초기의 하이카이는 중세의 렌가를 모방하며, 계절어에 입각한 언어적 유희에 충실하였다.

이런 렌쿠^{連句}의 첫구를 홋쿠라고 하며, 이 홋쿠가 렌쿠의 독립된 문학으로 정립되어 음영되어 왔다. 그리고 하이카이가 개칭되고 지금의 하이쿠에 이르게 된 것이다.

하이카이는 몰락한 귀족이외에 승려, 무사, 서민들의 모든 계층에 이르기까지 다양한 신분이 참여하며 기지, 골계, 웃음, 해학 등의 세계를 담고 있다.

하이카이^{俳諧·誹諧}는 사람들이 즐기는 것^{人のもてあそぶ事}으로서, 모리타케^{守武}나 소우칸^{宗鑑}의 작풍, 즉 중세의 하이카이노 렌가의 이념을 이어받고

있다. 그들이 남긴 작품집, 특히 『犬筑波集』의 이름을 본뜬 「에노코犬子」라는 작품집은 이런 특징을 잘 알게 해준다.[14]

소우칸宗鑑과 모리타케守武를 출발점으로 하여 와카와 렌가의 권위자였던 마츠나가 테이토쿠松永貞德는 독자적인 풍조로 많은 제자들을 모으게 된다. 즉, 이 하이카이는 간단하고 평이하여 근세 초기 신흥층에 널리 퍼지게 된다. 마츠나가 테이토쿠에 의해 하이카이는 광범위한 독자층을 이루고 테이몽貞門이라는 일파를 형성하게 된다. 이 일파를 소위 테이몽또는 테이몽 하이카이貞門俳諧라고 일컫는다.

테이토쿠를 중심으로 선집選集 『에노코슈犬子集』를 편찬하며, 『하이카이 고상俳諧御傘』에 「俳言[15]にて賦する連歌」라는 방법으로 하이카이 용어사용법을 정하여 근세 하이카이의 초석을 이루었다.[16] 여기에는 나카에 시게요리松江重賴 와키타무라 키긴北村季吟 등이 중심을 이룬다.

렌가의 답습에 의한 하이카이는 '즐기는 언어'라는 한계성에 부딪치게 되고, 자기 자신들의 생활을 노래하는 작풍으로 변해 갔다. 그리고 오오사카大阪를 중심으로 소재와 용어를 자유롭게 사용하며 자신들의 감정을 익살과 재담으로 표현하는 단린談林파가 형성된다. 이 유파에는 니시야마 소우인西山宗因, 이하라 사이카쿠井原西鶴 등이 활약한다.

하이쿠사俳句史에서 손꼽히는 마츠오 바쇼松尾芭蕉도 이 테이몽파와 단린파의 영향 하에서 수학한 작가로, 이런 작풍에서 탈피하여 새로운 가풍을 확립하게 된 것이다.

---

14 淺野信, 『俳句前史の硏究』, 中文館書店, 昭和40年, pp.207~209 참조.
15 와카에서 사용을 금하는 속어(俗語)나 한어(漢語)가 하이곤(俳言)이다. 이 하이곤(俳言)의 유무로 렌가와 하이카이를 구별하였다.
16 앞의 책, 淺野信, p.305 참조.

하이쿠를 와카가 추구하는 우미한 세계의 경지로 끌어올린 바쇼는 독자적인 하이카이풍으로 자신의 쇼우몽蕉門의 일파를 형성하며, 언어유희의 카타르시스와 예술 정신의 조화에 의한 근세 하이카이를 확립한다. 바쇼가 죽은 후 많은 유파로 나뉘어지지만, 하이카이는 크게 세속화와 전통답습 형태로 대립·전개되어 가면서 바쇼풍의 전통을 잇고자하는 선구적인 작가들이 등장하게 된다.

이런 역사적인 전개 속에서 하이쿠는 웃음과 해학, 속의 세계로 끝나지 않고 예술성이 충족된 하이쿠로서 재생되어 왔다. 그것은 렌가에 종속적이었던 하이카이가 렌가의 형식으로부터 독립하여 미적 이념으로서의 예술성을 형성할 수 있었기 때문이다. 그 미적 이념의 세계까지 도달할 수 있는 계기를 마련하고, 하이쿠를 무궁한 창조의 세계로 이끌어 낸 선구적 작가로 마츠오 바쇼松尾芭蕉 : 1644~1694, 요사 부송与謝蕪村 : 1716~1783, 코바야시 잇사小林一茶 : 1763~1827, 마사오카 시키正岡子規 : 1867~1902 등을 꼽을 수 있다.

특히 마사오카 시키에 의해 하이쿠는 하나의 시형詩形으로서 근대에 있어서 일관된 기초를 확립하게 된다. 바쇼를 비롯하여 진부한 하이쿠에 대한 과단성 있는 마사오카 시키의 공격에는 한 작가에 의거한 하이쿠가 아닌 하이쿠 문학 그 자체로서 파악하고자 하는 인식이 뒷받침되고 있는 것이다.

즉, 전통의 틀에 갇혀진 하이쿠가 아니라 전통의 재생이라는 독립된 개체로서의 하이쿠 개념이 확립될 수 있는 기틀이 마련되었다고 할 수 있다.

그의 하이쿠에 대한 사상은, 시키의 제자 카와히가시 헤키고토우河東碧梧桐와 타카하마 쿄시高浜虚子에 의해 계승되고 근대 하이쿠에 커다란 영향을 미치게 된다.

　마사오카 시키를 정점으로 하이쿠에는 사생, 암시법, 자유율, 구어사용, 자연주의, 종교성, 사회성, 휴머니즘, 니힐리즘 등의 내용이 포함된 다양한 형태의 하이쿠가 시도되어 왔다. 이런 전개로 인하여 오히려 하이쿠의 본질이 애매모호해지기도 하였다. 그러나 하이쿠는 하이카이가 발생한 이후, 지금에 이르기까지 음운문학의 전통성과 새로운 시도가 서로 접목되면서 열려진 문학의 장場을 형성하여 왔다.

　'하이쿠'는 '하이카이俳諧'의 개칭과 함께, 하이쿠가 기존의 문학 장르, 즉 '하이카이'로부터 독립되어 독자적인 문학세계로 인정받게 되었고 하이쿠를 둘러싼 제이론이 본격적으로 새로운 시도의 장을 열게 되었다. 이렇게 마사오카 시키正岡子規에 의해서 일본 하이쿠는 커다란 근대적 전환기를 맞이하게 된다.

1. 소우칸^{宗鑑}, 모리타케^{守武}와 하이카이 출발

야마자키 소우칸^{山崎宗鑑, 연대미상}은 렌가의 대가^{大家}로 하이카이의 창시자
로 불리운다. 소우칸과 함께 아라키다 모리타케^{荒木田守武 : 1473~1549}는 렌가
의 정통성 아래 종속적인 하이카이를 본격시가로 그 지위를 확립시켰
다. 이것은 결국 렌가의 최고 전성기가 하이카이 창시와 거의 동일 시기
임을 나타내주고 있다.

소우칸은 『이누츠쿠바슈^{犬筑波集}』를 통해 하이카이가 시가^{詩歌}로서의 독
자성을 갖추고 하이카이의 기초를 마련하였다. 여기에 수록된 하이카이
는 해학적이고 비속적인 속성이 있지만, 엔고^{緣語17}, 카케코토바^{掛詞18}, 골
계^{滑稽}, 비꼬기^{皮肉} 등의 기교가 특징적으로 사용되었다.

> 滿丸に出てもながき春日哉
>
> 둥그렇게 나와도 긴 봄날 햇살이구나
>
> にがにがしいつまであらしふきのたう
>
> 쓰디쓰구나 언제까지 거친 바람 머위의 새순
>
> うづききてねぶとに鳴や郭公
>
> 음력 사월 날아와 크게 울어라 두견새

---

17 엔고(緣語) : 일본 전통시가, 특히 와카(和歌)에서 사용되는 수사법으로, 의미상 연관성이 있는 어휘를 사
용하여 수식하는 표현법. 예를 들면, 봄(春)을 노래할 때 아지랑이를 연상하게 하는 요소로 연기(煙)라는
어휘를 사용한다. 즉 케무리(煙)는 아지랑이가 피어오르는 봄의 이미지를 떠올리게 하는 매개체로 사용
되고 있는 것이다.

18 카케코토바(掛詞) : 수사법의 하나로, 하나의 어휘에 둘 이상의 뜻을 갖게 하는 것. 즉 동음이의어로 의미
의 중층적 효과를 거두는 데 사용한다.

위의 구들은 카케코토바를 사용하고 있다. 첫째 구는 춘일^{春日}의 의미를 봄과 봄날의 햇살로, 둘째 구는 바람 불다의 '후쿠^{吹く}'와 머위대의 '후키^蕗'인 후키^{ふき}로 이중적인 의미를 나타내고 있다. 따라서 봄이 왔는데 언제까지 거친 바람이 불 것이냐는 의미를 머위의 쓴 맛을 통해 실감나게 표현하고 있다. 셋째 구는 '네부토^{ねぶと}'의 동음이의어를 사용하고 있다. 네부토는 잠자리 '네^寢'와 '크게^{根太}'의 뜻을 갖고 있다. 여름의 상징새인 두견새가 자기 처소에 날아와서 크게 울어주기 바라는 마음을 나타내고 있다. 이렇게 근세초기 하이카이에서는 동음이의어의 언어유희를 주로 사용하고 있다.

하이쿠의 제약된 형식 속에서 보다 많은 서술이나 상황을 표현하는데 동음이의어는 효과적인 표현법이라고 할 수 있다.

手をついて歌申あぐる蛙かな
발을 짚고서 노래하는 개구리인가

이 구는 인간적인 골계보다는 철학적인 골계의 형식을 취하고 있다. 개구리가 울고 있는 모습을 유머로 표현하고 있지만, 공손하게 노래를 바치는 자세를 통해 신 앞에서 경건한 만물의 행동을 나타내고 있다. 울고 있는 개구리의 생태적 현상에 대해 다양한 의미부여가 가능하다는 것을 보여주는 구이다.

佐保姫の春立ちながら尿をして
사호 아가씨가 입춘날 오줌을 싸서

霞の衣裾はぬれけり

　　아지랑이에 옷자락은 젖었도다

　　위의 구는 하이카이렌가로 렌가의 전통을 깨고 속어를 사용하고 있다. 마에구前句에 츠케구付句를 부친 비속적인 표현이라고 할 수 있다. 봄날 아지랑이가 젖은 이유는 사호 아가씨의 오줌에 있다. 또한, 이 구를 '사호 아가씨의 봄佐保姫の春'에서 끊어 읽으면, 사호 아가씨가 봄佐保姫の春날, 서서立ちながら 오줌을 싸고尿をして의 의미로 해석되며, '사호아가씨가佐保姫の'에서 끊어 읽으면, 입춘이지만春立ちながら의 의미로 파악하면 사호 아가씨가 입춘이지만佐保姫の春立ちながら 오줌을 싸서 아지랑이가 젖었다는 의미로 해석된다. 봄다운 봄이 아직 멀었다는 이유를 비속적으로 다루고 있다. 아가씨가 서서 오줌을 쌌다는 전자의 의미에 의해 이 구는 더욱 비속적인 해학의 형태를 갖게 된다. 이로 인해 비 내리는 입춘을 상상해 낼 수도 있다.

　　月にえをさしたらばよき団哉

　　달에 손잡이를 달면 좋은 부채이구나

　　風寒し破れ障子の神無月

　　바람은 춥고 찢어진 문풍지의 음력 10월

　　위의 구들은 자유분방한 하이쿠의 형태를 보여주고 있다. 대상對象에 대한 발상의 비약으로 종래의 전형적인 틀을 깨고 있다.

이와 같이 소우칸은 단순한 카케코토바나 골계를 주로 하여 계급성의 인습을 담아 저속외잡低俗猥雜한 면을 나타내었지만, 때로는 세속의 도덕관을 초월하고 정의의 부재와 하극상의 풍조를 음영하기도 하였다. 이런 하이쿠 통속적 흐름은 마츠나가 테이토쿠松永貞德를 거쳐 단린談林의 니시야마 소우인西山宗因으로 이어진다.

아라키다 모리타케荒木田守武는 실제 하이카이사에 있어서 선구자적인 역할을 한 사람이다. 그의 『모리타케센쿠守武千句』는 렌가의 형식으로 1000구를 혼자 음영한 것이다. 이것은 하이카이 시키모쿠式目의 모태로서의 역할을 하였다. 렌쿠의 종속적인 유희가 아닌 '풍류'로서의 하이카이를 제시하고 있다.[19] 소우칸과는 동시대의 작가였지만, 소우칸만큼 지나친 자유분방함으로 비속하고 외설적인 하이카이 세계를 추구하지는 않았다.

とび梅やかろがろしくも神の春
흩날리는 매화 가볍게도 신의 봄

매화꽃이 날리는 모습에서 축복의 봄을 느끼고 있다.

散る花をなむあみだ佛とゆふべかな
지는 꽃을 나무아미타불이라고 말하고 싶구나

이 구는 말하다의 '유우言ふ'와 어젯밤의 '유우베ゆうべ'의 뜻을 가지고

---

19 앞의 책, 淺野信, pp.271~277 참조.

있는 '유우베ゆふべ'의 동음이의어를 사용하고 있다. 전자는 지는 꽃을 보고 나무아미타불이라고 말하고 싶다는 의미이고, 후자는 꽃이 진 시간, 즉 어제라는 시간을 암시하는 요소로 작용하고 있다. 앞에서도 언급한 것처럼 구 내에서의 의미 확대가 가능하다.

うぐひすのむすめかなかぬ時鳥
휘파람새 딸인가 울지 않는 두견새

이 작품에서 두견새가 울지 않는 까닭은 그 두견새가 휘파람새의 딸이기 때문이다.

こゑはあれど見えぬやもりのははきぎす
소리는 있지만 보이지 않는구나 숲속의 대싸리와 두견새

가까이 가면 보이지 않는다고 하는 전설의 나무 '대싸리나무ははきぎ'와 '두견새ほととぎす'를 합성하여 '하하키기스ははきぎす'의 운율을 만들어내고, 대싸리나무에 두견새를 연결시켜 의미를 나타내고 있다. 즉, 울음소리는 들리지만 모습이 보이지 않는 숲속의 두견새를 대싸리나무에 빗대어 노래하고 있다. 두견새의 울음소리를 들으려고 가까이 가지만 그 모습은 보이지 않는다는 의미이다.

かささぎやけふ久かたの雨の川
오작교구나 오늘 오랜만의 은하수

카사사기^{かささぎ}는 까치와 오작교의 의미이며, 아마노카와^{雨の川}는 은하수와 비내리는 하늘의 의미이다. 즉, 이 구는 중층적 구조로 두 개의 의미를 이루고 있다. 하나는 까치가 오늘 오랜만에 비오는 하늘을 날고 있다는 의미이며, 또 하나는 오늘 오랜만에 은하수가 오작교가 되었다는 의미이다.

모리타케는 자연감상에 있어서는 소우칸보다는 앞서 있었고 순수자연시를 노래하였다. 그러나, 이 시대 하이카이풍은 골계가 주제였기 때문에 인간과 관련되고 자연현상을 음영해도 자연 풍물의 풍취는 아니었다. 그는 하이카이 세계를 개척하고 속언평어^{俗言評語}를 사용하여 '오카시미^{をかしみ}'[20]라는 이념 세계를 추구하면서 렌가의 정신을 잃지 않기 위해 노력하였다. 그의 골계와 해학, 속어 사용은 후에 평민문학의 밑거름이 되었다.

모리타케는 렌가의 홍행에 따라 소우기^{宗祇}를 비롯하여 소우쇼우^{宗匠}[21]로서 렌가 선생^{連歌師}의 자리에 오른다. 그의 하이쿠는 생활과 교양, 환경에 의해 하이카이풍을 따르지만, 실제 그의 구는 렌가풍에 가까운 하이쿠였다. 그의 하이카이 『토쿠긴센쿠^{獨吟千句}』는 하이카이렌가의 법식^{規칙}을 형성한 것으로 장형식 하이카이의 효시로서 중요한 의미를 갖는다.

또한 그는 『신센추쿠바슈우^{新撰菟玖波集}』를 편찬하여 그 시대의 계절어와 키레지, 계절어를 정착시켰다. 계절어는 렌가에서 하이카이로 옮겨지고 나서 홋구의 제영^{題詠}으로서 형식적인 하이쿠 음영의 기본이 되었다.[22] 계절어가 정위^{正位}를 차지하게 되는 것은 바쇼에 이르러 소우기시대의 렌가정신에 따라 자연을 정면으로 감상하게 된 이후부터이다.

---

20 오카시미(をかしみ)란 경이롭고 명랑한 정서를 추구하는 일본 이념 세계의 하나이다.
21 소우쇼우(宗匠) : 하이카이(俳諧), 다도(茶道) 등에서의 스승을 일컫는 말.

2. 테이몽貞門파의 하이카이俳諧와 언어유희

소우칸과 모리타케의 초석을 토대로 하이카이를 확립시킨 사람은 테이 몽파를 이끌었던 마쓰나가 테이토쿠松永貞德 : 1571~1653이다. 그는 『에노코 슈犬子集』를 통해 하이카이의 시키모쿠式目를 제시하고 이론적 근거를 제 시하였다. 또한 그는 하이카이 문하생들을 실제 작품 활동으로 지도하며 활발하게 그의 문하를 이끌어 갔다.[23] 소우칸이나 모리타케와 같이 엔고 緣語나 카케코토바掛詞를 사용하여 언어적인 유희와 기지를 보여주고 있 지만, 그들만큼 비속적이고 외설적인 하이카이풍은 아니었다. 그러나 테 이몽파의 렌가와 같은 형식적인 하이쿠풍이나 단린파의 파격적 하이카 이풍은 예술로서의 한계성에 봉착하게 되고 하이카이의 혁신을 꾀하기 에 이른다.

이렇게 약 500년간의 역사적 전개를 통해 형성되어 온 하이쿠를 이해 하는데 있어서 근세초기의 하이카이 확립에 대한 고찰은 하이카이를 이 해하는데 있어서 가장 우선적인 작업이라고 할 수 있다. 이 작업을 통하 여 일본 하이쿠의 원형을 파악하고, 그 원형이 시적변용의 전개과정에서 어떤 요소로서 어떻게 작용하여 왔는지 살펴보기로 한다. 우선 『犬子集』 의 작품을 통해 근세초기 하이카이의 언어유희에 대해 살펴보자. 여기에 서는 동음이의어의 유희적인 표현 중 번역 가능한 부분의 하이쿠로 한정 한다.

---

22 앞의 책, 淺野카信, pp.275~281 참조.
23 위의 책, pp.293~297 참조.

●봄

ありたつたひとりたつたる今年哉　　　　　　　貞德
아 혼자 서게 된 아이 해인가

이 구는 경사스런 입춘과 함께 한 아이가 혼자 일어서게 된 것을 축하하고 있다. 봄이 되다의 뜻인 '하루가타츠^{春が立つ}'의 '타츠^{立つ}'의 동사를 빌어 '코가타츠^{子が立つ}'를 이끌어내어, '코토시^{今年}'의 코에서 '코^子'를 연상시키고 있다. 봄이 되어 아이가 혼자서 서게 된 것은 완전히 우연적인 것이기 때문에, 입춘과 아이의 홀로서기는 설득력을 얻기 어렵다. 그러나 그 우연의 일치가 부모의 입장에서 볼 때 경사스런 입춘과 아이의 성장에 대한 기쁨이 겹쳐져 더욱 의미를 갖게 될 수 있다.

大上戸東にあるか西ざかな　　　　　　　　　重賴
술고래는 동쪽에 있는가 신년 축하 안주

신년축하 안주인 '니시자카나^{西ざかな}'라는 말이 있으니 술고래는 동쪽에 있겠지. 이 구는 '니시^西'와 '히가시^東'의 언어유희이다. '니시자카나'의 어휘를 둘로 나누면 '니시'의 음은 서쪽의 의미, 사카나^{さかな}의 음은 안주의 의미로 분리된다. 이 독립된 언어의 의미로 니시자카나를 해석하면 서쪽 안주가 된다. 따라서 안주는 서쪽에 있다는 의미를 이끌어 낼 수 있게 된다. 신년 축하 안주에 수반되는 술의 행방이 동쪽에 있다는 것을 인위적으로 제시를 하고 있다.

霞さへまだらにたつやとらの年　　　　　　　　貞德

안개조차 얼룩으로 피어올랐구나 범띠 해

大こくの持やつちのえ辰の年　　　　　　　　貞德

대흑천이 가지고 왔구나 요술방망이 용띠 해

梅も先にほひてくるや午の年　　　　　　　　貞德

매화도 먼저 향기를 내는구나 말띠 해

けさたるるつららやよだれうしの年　　　　　貞德

오늘 아침 매달린 고드름이여 침 흘리는 소띠 해

物いはで立來る年やさる彎　　　　　　　　　重賴

소리를 내지 않고 온 해여 원숭이 재갈

春のきて去年は何所へ申の年　　　　　　　　重賴

봄이 오고 작년은 어디로 원숭이띠 해

위의 구들은 신년을 노래한 구로서, 신년의 본질보다는 12지간^{支干}의 동물과 관련이 있는 어휘의 음운을 토대로 언어유희에 중점을 두고 있다.

첫째 구는 범띠 해라서 봄 안개도 범 모양을 닮아 얼룩져 있다는 의미를 나타내고 있다.

둘째 구에서 '츠치^{つち}'의 음운은 '츠치^{つち 방망이}'와 '츠치노에^{つちのえ 천간(天干)의 다섯 번째인 용띠 해}'와 연결된다. 대흑^{大黑}은 대흑천^{大黑天}의 준말로 칠복신 중 복덕신^{福德神}에 해당된다. 대흑천은 쌀섬 위에서 머리에 두건을 쓰고 요술방망이와 복주머니를 지니고 있는 신이다. 이 신은 방망이^{つち}를 가진 대흑천이기 때문에 '천간의 다섯 번째인 용띠 해^{츠치노에, つちのえ}'에 올 것이라는 것이다.

셋째 구에서 '니호히테^{にほひて}'는 니호후^{にほふ}에서 어미활용을 한 것으로 니호후는 '냄새나다^{匂う}'와 '짊어지다^{荷負う}'의 동음이의어로 사용되고 있다. 말 해이기에 말이 매화를 짊어지고 와서 먼저 매화 향기가 풍겨온다는 의미를 나타내고 있다.

넷째 구에서는 정월에 매달린 고드름을 침 흘리는 소의 모습에 비유하고 있다.

다섯째 구는 '사루토시^{申年}'와 '사루구츠와^{猿轡}'와의 언어유희를 사용하여 노래하고 있다. 사루토시는 원숭이띠 해, 사루구츠와는 원숭이에게 재갈을 물린 것이다. 즉, 원숭이에게 재갈을 물게 하였기 때문에 원숭이띠 해가 소리를 내지 않고 왔다는 것이다.

여섯째 구는 '사루^{さる}'라는 공통어를 이용하여 '가는 해^{さるとし, 去る年}'와 '원숭이띠 해^{さるとし, 猿年}'를 연결시켜 '원숭이띠 해가 간다'는 의미를 나타내고 있다.

이렇게 신년 새해의 십이지^{十二支}의 동물과 관련하여 노래하고 있는 것처럼, 이 시기에는 언어의 유희적인 면을 주된 수사법으로 사용하고 있음을 알 수 있다.

　　　　めでたいを今朝もて來るや若ゑびす　　　　　　　重賴
　　　　경사를 오늘아침 가져 오는구나 와카에비스

이 구는 에비스惠比壽의 모습을 통해 경사스런 것의 주체를 추정할 수 있다. 에비스는 오른손에 낚싯대, 왼손에 도미를 들고 있는 상가의 수호신으로서 칠복신의 하나이다. '와카에비스'란 옛날 오오사카와 쿄토 지방에서 정월 초하루 아침에 걸어 다니며 행상을 하는 에비스신의 상像을 인쇄한 부적이다. 사람들은 이것을 사서 문 앞이나 제단에 바치며 복을 빌었다. '경사스럽다'는 '메데타이めでたい, 경사'에서 생선 이름인 '타이たい, 도미'를 든 에비스를 이끌어 내고 있는 것이다.

> 法花経ぞ鶯はよき聲で候　　　　　　　　　　　　貞徳
> 호케쿄이기에 휘파람새는 좋은 목소리입니다

> じやうごはになるな鶯ほうほけ経　　　　　　　　重賴
> 쟈고파가 되지 말아라 휘파람새 호우호케쿄

위의 구는 모두 휘파람새가 '호케쿄'라고 우는 울음소리를 사용하여 호케쿄法花経의 의미와 연결시키고 있다. 첫째 구는 호케쿄라고 우는 휘파람새가 역시 새의 울음소리로 좋다는 뜻이다. 법경法経인 호케쿄를 읽는 것처럼, 휘파람새가 좋은 목소리로 효케쿄라고 울고 있다는 의미를 통해 법화경을 칭양하고 있다.

둘째 구는 쟈고파情强派라는 호케쿄法華経의 별칭과 휘파람새의 울음소리인 호케쿄를 연결시키고 있다. 휘파람새가 '호우효케쿄法法華経'라고 우니 휘파람새가 법법화종法法華宗 즉, 쟈고파일지도 모른다라는 의미이다. 한편 완고한 법화종法華宗의 종풍宗風을 본뜬 완고한 울음소리를 내지 말고, 부드럽게 울어달라는 작가의 당부를 나타내고 있다.

● 여 름

寅の時も先卯花は見物哉　　　　　　　　　　　重賴

인시에도 먼저 병꽃나무꽃은 볼만하구나

이 구는 우노하나卯花의 음 '우卯'에 의해 인시寅時와의 대비적인 관계가 형성된다. 그러나 이것은 논리적인 대비관계가 아니다. 인시는 오전 3시 ~5시, 묘시卯時는 오전 5시~7시로, '우노하나'이기에 '묘시'에 볼만하다는 것을 전제로 하고 있다. 한편, 묘시에 앞서 인시에도 볼만하다는 생각을 하고 있다. 여기에는 병꽃나무의 아름다움을 빨리 보고자하는 심의가 내재되어 있다. 실제로 우노하나이기에 묘시에 볼만하다는 근거는 없다. 단지, 음운상 묘시에 병꽃나무를 연상시키는 작법에 불과하다.

두견새는 여름의 경물景物로서 주로 음영되는 제영題詠이다. 아래의 구들은 울지 않는 두견새를 다룬 작품들이지만, 역시 이 시기의 작품들은 여름의 경물을 통해 표현되는 작가의 심의보다 언어적 기교가 중심적이다.

秘密する聲や眞言郭公　　　　　　　　　　　貞德

비밀로 하는 울음소리구나 진언의 두견새

猿轡はめられたるか時鳥　　　　　　　　　　貞德

원숭이 재갈을 물었는가 두견새

樂に世をわたるかなかぬ含血　　　　　　　　　貞徳

편안하게 세상을 사는가 울지 않는 두견새

鶯の継子か似ざるほととぎす　　　　　　　　　重賴

계모 휘파람새인가 닮지 않은 두견새

위의 구들은 모두 두견새가 울지 않는 이유에 대하여 표현하고 있다. 첫째 구에서는 비밀스러운 진언종처럼 두견새가 울음소리를 비밀로 하여 울지 않기 때문에, 진언의 두견새로 묘사되고 있다. 불교어의 '진언비밀^{眞言秘密}'이라고 하는 말을 근거로 하고 있다.

둘째 구는 두견새가 울음소리를 내지 못하는 것은 원숭이 재갈이 물려졌기 때문이라는 이유를 나타내고 있다.

셋째 구는 두견새가 울며 피를 토한다고 전해져 내려오는 이야기를 토대로 하여 표현하였다. 그런 두견새가 울지 않는 것은 이 세상을 편하게 살아가고 있는 두견새이기 때문인 것이다.

넷째 구는 두견새의 속성을 근거로 표현하고 있다. 두견새는 혼자 숲에서 살며, 스스로 둥지를 만들지 않고 휘파람새 등의 둥지에 5~8월경에 산란하여 자라게 한다. 따라서 길러준 엄마 휘파람새를 닮았으면 휘파람새처럼 노래를 잘 할 텐데 두견새가 울지 않고 있다. 그 휘파람새가 계모이기 때문에 우는 법을 가르쳐 주지 않아 두견새가 전혀 울지 못하는 것이다. 그 이유는 '계모'라는 관계에서 추측해 낼 수 있다. 이 구는 앞의 구들처럼 두견새가 울지 않는 이유를 직접 표현하고 있지 않다.

한편, 두견새의 울음소리를 들을 수 없는 상황에서의 작가의 심정은 다음과 같이 표현되기도 하였다.

哀なる事きかせばや子規　　　　　　　　　　　　　貞徳

슬픈 이야기 들려주고 싶구나 두견새

をのが名の四季共に聞聲もがな　　　　　　　　　重賴

자기 이름처럼 사계절 내내 울음소리 듣고 싶구나

　첫째 구는 울지 않는 두견새를 울게 하는 방법에 대해 표현하고 있다. 두견새에게 슬픈 이야기를 들려주면 두견새가 슬퍼 울 것이라는 방법을 생각하고 있다. 그리고 둘째 구는 시키四季와 시키子規의 동음이의어를 연결시켜 두견새가 자기이름처럼 사계절 내내 울어주기 바라는 마음을 노래하고 있다. 두견새는 일본어로 시키しき, 子規, 호토토기스ほととぎす, 후죠키ふじょき, 不如歸, 토켄とけん, 杜鵑, 칵코우かっこう, 郭公 등의 이칭을 가지고 있다. 이렇게 많은 한자어가 있으나 대개 호토토기스로 불려진다.

　다음 구들은 두견새가 우는 이유에 대해 표현하고 있다.

よく聞や医師の宿の霍公　　　　　　　　　　　　貞徳

잘 듣는구나 의사 집의 두견새

急雨や聲の典藥郭公　　　　　　　　　　　　　　重賴

소나기구나 두견새 목소리를 낮게 하는 의사

　첫째 구는 '듣다'의 '키쿠聞く'와 '잘 듣다' 또는 '효험이 있다'의 '키쿠效く'의 동음이의어를 사용하고 있다. 이 동음이의어의 연상법으로, 약이

잘 듣는 의사의 숙소이기에 두견새의 울음소리를 잘 들을 수 있다는 의미가 형성된다. 다소 인위적인 연결을 취하고 있다.

둘째 구는 소나기가 두견새 목소리를 낮게 하는 의사의 역할을 하고 있다. 소나기가 내리고 두견새가 울었다는 상황을 전제로 하였을 때, 울지 않는 두견새의 병을 고친 대상이 소나기라는 의미이다. 따라서 소나기가 소리를 낮게 하는 의사가 된 것이다.

● 가 을

くふよりも氣の藥哉鹿の聲 　　　　　　　　　　　貞德
먹는 것보다 마음의 약인가 사슴 울음소리

聲きかば猶しかるべき紅葉かな 　　　　　　　　　　　重賴
울음소리 들으면 더우기 걸맞는 단풍이여

사슴은 가을의 상징물로서 일반적으로 심화된 고독의 표상으로 사용되어 왔다. 그러나 첫째 구는 하이카이의 통속적인 면을 그대로 노출시키고 있다. 겨울에 몸 보양을 위해 사슴 고기를 먹는 풍습과 울음소리로 가을 마음을 위로하는 사슴의 기능을 모두 표현하고 있다. 그렇지만 이 구에서는 먹는 것보다는 사슴 울음소리에 의한 위로감이 강조되고 있다.

둘째 구는 사슴 울음소리를 들으면 단풍이 한층 더 멋지게 느껴진다는 뜻이다. 옛날부터 사슴과 단풍은 함께 동반되는 소재 중의 하나로 와카^和歌의 전통적인 색채를 느끼게 한다. 시각과 청각에 의한 공감각적인 표현이다.

最愛き子も旅させよ秋の鴈　　　　　　　　　重頼

사랑하는 아이도 여행을 시켜라 가을 기러기

らくがんの中に苦や番の鳥　　　　　　　　　重頼

쉬고 있는 기러기 무리 속에 괴롭구나 쇠물닭[24]

　첫째 구는 가을철에 이동하는 기러기의 무리 속에 어미 기러기와 어린 기러기의 모습을 묘사하고 있다. 어미가 어린 기러기를 이끌고 이동하는 모습을 마치 어미가 아이에게 가을이면 길 떠나는 연습을 시키는 것처럼 표현하고 있다. 그리고 둘째 구는 가을로 철이 바뀌어 이동하다가 연못이나 늪에 내려 쉬고 있는 기러기^{落雁}落雁 속에 여름새 쇠물닭이 섞여 있는 풍경을 노래하고 있다. 계절의 추이를 나타내고 있다. '괴롭다'의 의미를 갖고 있는 '쿠루시^{くるし}くるし'는 '왔구나^{來るし}來るし'를 연상시켜 '기러기가 왔다'는 의미와 '쇠물닭이 괴롭다'는 의미를 이중적으로 나타내고 있다.

夜射るはね鳥やねらふ月の弓　　　　　　　貞德

저녁 활을 쏘는 것은 잠든 새를 노리는 초승달

梵天のまはり灯籠か空の月　　　　　　　　貞德

범천의 회전등인가 하늘의 달

---

24 두루미목 뜸부기과의 새로, 전체길이가 약 33cm. 몸 전체는 회갈색이며, 등 쪽 부분은 갈색 빛깔을 띠고, 겨드랑이에는 흰 가로무늬가 있다. 부리는 붉은 색이고 붉은색의 액판(額板)이 있고 부리 끝 쪽은 노란색이다. 다리와 발가락은 황록색이고, 넓적다리의 노출 부분은 붉은색을 띤다. 하구·하천·호소·늪지·저수지·논 등에 서식한다.

白川をかよふ夜舟や空の月　　　　　　　　　　重頼

시라카와를 다니는 밤배구나 하늘에 떠있는 달

天上へ便せんとなれ月のふね　　　　　　　　　重頼

천상으로 가는 배편이 되어라 초승달

위의 구들은 달 모양을 비유하여 표현하고 있다. 달의 모습을 첫째 구는 활, 둘째 구는 회전등, 셋째 구는 밤배, 넷째 구는 배편으로 비유하고 있다.

첫째 구는 '요루이루夜射る'의 '이루'를 통해 달이 '지다'의 '이루入る'와 '활을 쏘다'의 '이루射る'를 동시에 연상시키고 있다. 따라서 구의 표면에서는 잠든 새를 겨누며 활을 쏘는 듯한 초승달의 모습을, 구의 내면에서는 달이 져서 초승달이 된 까닭이 잠든 새를 겨냥하기 위해서는 의미를 나타내고 있다.

둘째 구는 가을 하늘에 떠 있는 달의 모습을 범천의 회전등으로 표현하고 있다. 범천이란 속세를 벗어난 적정청정寂靜淸淨의 하늘을 말한다. 맑게 갠 하늘에 떠 있는 명월을 청정의 하늘에 비치는 회전등으로 비유한 것으로, 명월이 온 세상을 두루 골고루 비추고 있는 풍경이다.

셋째 구는 '시라카와白川'와 '요부네夜舟'에 의해 구의 의미가 형성된다. 시라카와는 쿄토시京都市 사쿄우구左京區를 흘러가는 강으로, '시라카와요부네白川夜舟'란 깊이 잠들어 무슨 일이 일어났는지 모르는 것을 말한다. 즉, 밤이 깊어 시라카와 위에 떠 있는 달을 사람들은 깊은 잠에 빠져 모르고 있다는 뜻이다. 정적의 분위기를 느낄 수 있다.

넷째 구는 초승달의 모습을 조각배에 비유하여 표현한 것으로, 하늘을 바다로, 초승달을 배로 대치하고 있다. 천상의 모습을 지상에서의 인간의 삶 속에서 도출해 내고 있다.

> 皆人のひるねのたねや秋の月　　　　　　貞德
> 모두가 낮잠 자는 원인이구나 가을 달

앞의 구와는 달리, 이 구는 가을 달을 밤늦도록 즐긴 탓에 모두 낮잠을 자고 있는 풍경이다.

> 月の罰あたるや雲に秋の風　　　　　　貞德
> 달의 벌이 내리는구나 구름에게 가을바람

> 庭の砂も皆白銀の月夜哉　　　　　　貞德
> 정원의 모래도 모두 은백의 달밤이구나

첫째 구는 가을 달은 보이지 않고 구름과 바람뿐인 풍경이다. 구름이 달을 가려 벌을 받아 가을바람이 불고 있다는 것이다. 즉, 하늘의 모습이 동적으로 표현되고 있다. 그리고 둘째 구는 명월의 밝은 광채가 비쳐 정원의 모래도 모두 은백색으로 보인다는 의미이다.

> 山のはや鏡台となる夕月夜　　　　　　重賴
> 산기슭이여 경대가 되는 초저녁달

이 구는 산기슭의 모습을 대^台로, 달을 거울^鏡로 보고 있다. 높게 뜬 달이 산등성이 바로 위에서 내비치고 있는 모습이다.

가을을 음영하고 있는 하이카이는 이 시기의 다른 하이카이에 비해, 대체로 동음이의어의 표현 기교에 의한 재미를 서정적으로 나타내고 있다.

● 겨 울

先かづく頭はかみなづきんかな　　　　　　　　　　　　　貞德
먼저 머리에 두건을 쓰는 음력 시월인가

しも月のあるに付てやかみな月　　　　　　　　　　　　　貞德
음력 십일월이 있어서 그렇구나 음력 시월

　첫째 구는 '카미나즈키^{神無月}'의 음운에서 '카미나^{髮無}·즈킨^{頭巾}'을 연상시켜 표현한 구이다. '카미나즈키'는 음력 10월의 이칭^{異称}으로 겨울이 시작되는 달이다. '카미나'는 머리카락이 없는 것, '즈킨'은 두건을 의미한다. 이런 동음이의어 표현에 의해 작가가 추운 겨울이 시작되는 음력 10월을 머리부터 느끼고 있음을 알 수 있다. 이 구는 추운 겨울이 오면 머리카락이 없는 머리^{髮無}에 먼저 두건^{頭巾}을 쓰는 겨울의 풍경을 나타내고 있다.

　둘째 구는 '시모츠키^{霜月}'의 음운에서 '시모^下'를, '카미나즈키^{神無月}'의 음운에서 '카미^上'를 사용하여 표현하고 있다. 위^上와 아래^下의 순서에 따라 10월은 '카미^{上, 神}나 츠키^月'가 되고, 그 다음달인 11월은 '시모^{下, 霜}츠키^月'가 된다. 즉, 10월의 신의 부재 때문이다. 11월에 서리가 내리는 것은 11월이 10월 앞에 있기 때문인 것이다.

きつくふるをとやいたやとゆふ時雨　　　　　　　　貞德

사납게 내리는 빗소리여 아프다고 말하는 초겨울비

山姥が尿やしぐれの山めぐり　　　　　　　　　　貞德

산속의 마귀할멈이 오줌을 누네 초겨울비의 산 주행

山守とめぐりこぐらを時雨かな　　　　　　　　　重賴

산 지킴이와 돌아보기를 겨루는 초겨울비여

'시구레時雨'란 늦가을에서 초겨울까지 내리는 비를 말한다. 첫째 구는 판자지붕에 내리는 빗소리를 통해 초겨울비의 추위를 느끼게 한다. '이타야いたや'는 '아프다'의 뜻을 지닌 영탄적인 표현이다. 이 '이타야痛や'의 음운은 '이타야板屋'로 연결된다. '이타야板屋'는 판잣집이나 판자 지붕으로 임시적인 거처, 가난한 집을 가리키는 말로 와카의 전통적인 의미로 사용된다. 이 '이타야'의 음운 연상聯想을 통해 비가 내리고 있는 공간적 상황을 추출해 낼 수 있다. 따라서 이 구는 초겨울비가 말하는 내용이 '이타야痛や'의 '아프다'와 '이타야板屋'의 '판잣집'이라는 이중의 의미를 나타내고 있다. '판잣집'이라는 상황 속에서 거세게 내리는 비의 풍경이 더욱 실감난다.

둘째 구는 초겨울비가 내리는 산 속 풍경을 노래하고 있다. 초겨울비의 풍경이 깊은 산 속에 살고 있다고 전해지는 마귀할멈山姥이 산 속 여기저기 돌아다니며 오줌을 누는 상황으로 표현되고 있다. 근세 초기 하이카이에서 사용된 속어俗語 표현이라고 할 수 있다.

氣のくすり丸じてふらす霰かな　　　　　　　貞徳

마음의 약 둥글게 빚어 내리게 하는 싸라기눈이여

ふるを見て身にあられぬや上戸衆　　　　　　貞徳

내리는 것을 보고 견딜 수 없구나 애주가

　첫째 구는 내리는 싸라기눈을 보니 마음이 즐거워져 위로가 된다는 의미이다. 따라서 싸라기눈이 마음의 병을 고치는 환약과 같은 기능을 하고 있다는 의미이다. 환처럼 둥근 싸라기눈과 환약의 형태에 의한 연상 작법이다.

　둘째 구에서 싸라기눈이 내리는 상황과 술을 좋아하는 사람과의 관계가 '아라레^{あられ}'에 의해 연결된다. '아라레霰술'은 나라^{奈良}지방의 특산품으로 찹쌀이 풀어지지 않아 하얀 술지게미가 섞여 있다. 이 모습을 싸라기눈으로 여기고 표현한 작품이다.

すべりては人も雪ころばかし哉　　　　　　　貞徳

미끄러져서 사람도 눈사람처럼 굴려졌구나

夜ふるをしらぬは雪やねいりばな　　　　　　重賴

밤에 눈 내리는 것을 모르고 잠이 갓 들어

初からひらいて咲や雪の花　　　　　　　　　重賴

처음부터 벌어져 피는구나 눈꽃

첫째 구는 눈을 굴려 눈사람을 만들다가 미끄러져 자신이 눈에 굴러 눈사람이 된 모습을 묘사하고 있다.

둘째 구는 잠이 막 든 상태와 눈이 내리기 시작하는 시점이 연결되어 있다. '네이리바나ねいりばな'는 잠이 막 들어 얼마 안되었을 때를 가리키는 말이다. 이 음운에서 '네이리ねいり'와 '바나花'를 분리하여 눈꽃雪の花를 연상해 낼 수 있다. '잠이 갓 든 시간'에 의해 눈이 내리기 시작한 지 얼마 안되었다는 상황을 알 수 있으며, 밤에 내리는 눈이 꽃처럼 아름답다는 것을 '바나花'를 통해서 느낄 수 있다.

셋째 구는 눈꽃이 꽃처럼 피어 있는데, 꽃과는 달리 눈꽃은 꽃봉오리 없이 처음부터 벌어져 핀다는 것을 표현하고 있다. 그 차이를 통해 눈꽃의 크기나 상태를 말하고 있는 것이다.

지금까지 봄, 여름, 가을, 겨울의 경물들을 통해 살펴보았던 것처럼 근세 초기 하이카이는 와카에서 주로 사용하였던 '엔고緣語'나 '카케코토바掛詞'를 작법으로 하여 하이쿠 특유의 언어유희성을 창작 이념으로 하고 있다.

엔고는 어떤 말의 뜻과 관련성이 있는 말을 사용하여 구의 의미, 즉 여정을 돋우는 표현기법이다. 그리고 카케코토바는 한 어구에 음운의 공통성을 이용하여 이중의 의미를 갖게 하여 표현내용을 풍요롭게 한다. 이것은 말의 묘미를 즐기는 것으로 마츠오 바쇼 이후의 동음이의어의 기교와는 차별화되지만, 후세 창작기법의 발전에 의해 그 원류로서의 가치가 평가되고 있다. 이것은 첫 출발점은 미미했지만, 언어의 성질과 언어문화를 다양하게 접속시켜가는 시도는 창작법의 기본태도라고 할 수 있기 때문이다.

특히, 마츠나가 테이토쿠松永貞德는 렌가에서 독립된 시형으로서의 하이카이 작법을 추진하였다. 하이카이의 시키모쿠式目의 확립에 노력하였고, 하이곤俳言을 중시하여 렌가와 구별하며 하이카이 고유의 가치를 높이고자 하였다.

이 두 작가는 초기 하이쿠가 보여주는 하이카이의 골계성을 토대로 하이쿠 종래의 전통인 언어유희를 토대로 하고 있지만, 테이토쿠의 렌가에 대한 종속적인 이념 추구와는 달리 마츠에 시게요리松江重賴 : 1602~1680는 테이토쿠가 정한 하이쿠 작법을 깨뜨리고 하이쿠의 형태를 벗어난 모험을 시도하며 착상의 신선함을 살리기도 하였다.

3. 단린談林파 시대

데이몽貞門파의 하이카이가 봄을 맞이하고 있는 동안, 한편에서는 신新하이카이가 시작되고 있었다. 그것은 데이토쿠貞德의 방식을 타파하고 새로움을 내세운 니시야마 소우인西山宗因 : 1605~1682 일파인 단린談林풍의 하이카이였다.

일면에서 보면, 이 신하이카이는 평언속어評言俗語를 구사하며, 아어雅語인 고갈어枯渇語를 폐기하고 새로운 작풍을 추구하는, 즉 일종의 구어체 하이카이 운동이라고 할 수 있다. 이 사조思潮는 렌가의 시키모쿠式目에서 벗어나 자신의 법식法式을 정하고 그것을 규정화하여 새로운 하이카이 세계를 형성하게 된다.[25]

---

25 앞의 책, 淺野利信, pp.325~327, pp.333~339 참조.

さればここに談林の木あり梅花

그렇다면 여기에 단린[26]의 나무가 있소 매화꽃

そよやそよきのふの風体一夜の春

산들 바람이구나 산들 바람 어제의 하이카이풍 하룻밤의 봄

첫째 구는 단린파를 매화나무에 비유하고 있다. 이것은 신하이카이 문하인 단린파가 하이카이 수업修業에 어울리는 나무그늘이라는 뜻이다. 둘째 구도 단린파의 신하이쿠에 대한 추세를 산들 바람으로 비유하여 그 의미를 나타내고 있다. 지금까지의 하이카이풍도 하룻밤의 봄처럼 지나가고 오늘은 새 바람이 부드럽게 불고 있다는 의미이다.

お閑かに御座れ夕陽いまだ殘んの雪

조용히 앉아 있으시게 석양에 아직 남은 눈

花むしろ一けんせばやと存じ候

꽃 멍석 한번 보고 싶습니다

ほととぎすいかに鬼神も慥かにきけ

두견새 울음소리 어떤 귀신이라도 분명히 들으시게나

위의 구들은 단린풍의 독특한 어조를 느낄 수 있는 작품들이다. 첫째

---

26 불교의 학문을 하는 곳.

구는 저녁노을 속에서 아름다운 잔설殘雪도 바라볼 수 있으니 하이카이 모임이 끝난 후 조용히 자리에 남아 있으라는 뜻으로 그 당시의 좌座의 풍취를 느끼게 해주는 구이다. 둘째 구는 꽃 아래에 멍석을 깔고 주연을 연 모습을 한번 보고 싶다는 바램을 요곡조謠曲調로 자유롭고 경쾌하게 노래하고 있다. 단린파가 하이카이에 요곡을 도입한 형태의 구라고 할 수 있다. 셋째 구는 두견새 울음소리에 대한 찬미를 귀신이라는 존재를 빌어 표현하고 있다. 귀신도 감동할만한 울음소리이니 반드시 들어보라는 의미이다.

秋やくるのふのふそれなる一葉舟

가을이 오네 걱정 없이 그렇게 되네 조각배 하나

値あらば何か雄島の秋の景色

가치가 있다면 얼마인가 오시마의 가을 경치

첫째 구는 낙엽이 떨어지는 모습을 강물에 떠내려 오는 배로 비유하여 가을의 도래를 표현하고 있다. '걱정 없이'라는 표현에 의해 작가의 순응적인 자연관을 나타내고 있다. 둘째 구는 '오시마'의 동음이의어를 사용하여 오시마 경치에 대한 감탄을 나타내고 있다. '지명이름인 오시마雄島'와 '아깝지 않다의 오시마惜しま'의 중층적 의미를 통해 오시마의 경치는 값을 다소 지불하더라도 아깝지 않다는 의미를 나타내고 있다. 따라서 이 구는 오시마의 경치는 아무리 많은 돈을 지불하더라도 아깝지 않을 정도로 가치가 있다는 뜻이다.

이와 같이 말과 형식에 대한 기지機知를 통해서 새로움을 추구하는 것과 작품의 형식과 내용의 일대전환과 비약은 진정한 하이쿠 태도를 양성하는데 충분하였다. 그는 하이카이가 좌흥을 돋우기 위한 유희인 것으로 지적하고 테이몽을 타파하며 언어상에 머문 하이카이 정신을 형식적인 것으로부터 내용적인 것으로 추진하였다. 이후의 바쇼풍의 선구자인 오니츠라鬼貫나 소도우素堂를 비롯하여 많은 하이쿠 작가가 단린을 배우고 계몽되었다. 바쇼도 단린에 의해 빛을 발휘하게 되었다고 할 수 있다. 바쇼는 하이카이에 자유를 부여하고 그 가능성을 높인 개척자로 단린파에서 출현한 한 작가이다.

한편, 단린파의 하이카이가 하이카이의 규준을 잊고 새로움만을 지나치게 추구한 나머지 비속적이고 자유분방해져 소우칸 모리타케의 골계비속滑稽卑俗을 재현하는 추세였지만, 단린파나 그의 하이카이는 언어가 신진기발할 뿐만 아니라, 내용에 있어서나 형식에 있어서나 실제로 새로운 것이었다.

그의 문하에는 이하라 사이카쿠井原西鶴를 비롯하여 쿄토京都와 오오사카大阪를 중심으로 많은 준재들이 있었다. 특히 스가노야 타카마사菅野谷高政는 모리타케를 높이 평가하며 하이카이 형태를 깨고 구어풍의 하이쿠, 비꼬기 등의 수법으로 의미를 불투명하게 하거나 의외성에 지나치게 치중한 나머지, 그 당시 '하이카이의 크리스찬'으로 공격을 받을 정도였다.[27]

따라서 10여년간에 걸친 단린 하이카이는 그 가풍이 너무 자유분방하여 그 한계를 탈피하고자하는 움직임이 시작된다. 특히 시가의 본래 정신을 회복하고자하는 '성실', '진실'된 하이쿠 이념, 즉 마코토誠정신으로 전환을 꾀하게 된다.

---

27 도날드 킨 (德岡孝父 譯), 『日本文學의 歷史 7』, 中央公論社, 1995, pp.94~97 참조.

4. 정풍正風의 확립 시대

바쇼芭蕉 : 1644~1694는 테이몽 하이카이를 시작으로 하여 단린풍의 영향을 받지만, 그 가풍에서 탈피하여 새로운 가풍을 확립하게 된다. 이 바쇼풍의 하이카이를 하이쿠사에서는 하이카이의 정풍이라고 칭할 만큼 예술의 영역으로 승화된다. 따라서 지금까지도 그의 하이쿠 작품과 하이쿠 이론은 하이쿠의 문학적 가치와 문학이념의 텍스트로 꼽히고 있다.

특히, 그가 일본을 순례하면서 기록한 『오쿠노 호소미치おくのほそ道』는 여행물의 대표작으로 그의 자연관과 시심詩心이 잘 나타나 있다. 앞에서는 주로 바쇼의 유명한 작품을 다루었기 때문에 여기에서는 이 작품집을 중심으로 그의 하이쿠 세계를 살펴보자.

바쇼는 일본의 대표적인 방랑시인이다. 『오쿠노 호소미치』는 바쇼가 46세 때, 1689년 음력 3월 27일부터 8월 20일 전후로 약 5개월 동안 제자 소라曾良와 함께 여행을 하며 기록한 글이다. 바쇼는 토쿄에서 태평양을 끼고 동해도東海道를 따라 동북東北지방을 돌아서, 오오가키까지 약 600리를 걸어 다니며 자신의 여정 기록을 남겼다. 여기에는 바쇼의 하이쿠가 50수, 소라의 하이쿠가 10수, 그리고 그 외 2수가 수록되어 있다.

'오쿠奧'란 일본의 동북지방을 일컫는 말로 '깊숙한 곳', '아득한 곳', '미지未知의 세계'를 의미한다. '오쿠의 작은 길おくのほそ道'은 동북지역 센다이仙台에서 타가多賀성지城址로 가는 도중에 있는 가도街道의 명칭이다. 바쇼가 하이카이俳諧[28]의 길에 동북지방의 신흥명소를 채택한 것은 『이세모노가타리伊勢物語』, 테이카定家 등의 전통문학에 대한 답습으로 이해되기

---

28 하이쿠로 개칭되기 전의 명칭.

도 한다. 동북지방은 전통시가의 많은 시인들이 찾고 시를 남겨 놓은 곳이다. 전통시가, 즉 동해도 기행에 의한 와카和歌 세계의 명칭이 「츠다노 호소미치蔦の細道」로 상징되고 있는 것에 대하여, 바쇼는 자신의 오쿠바奧羽 기행에 의한 하이카이俳諧 세계의 명칭을 「오쿠노 호소미치」로 채용하여 그의 하이카이 세계를 상징하고자 한 것이라고 할 수 있다.

또한, 오쿠노 호소미치란『오쿠노 호소미치』에 나타나는 하이카이 세계에서도 알 수 있듯이, 전통적인 명승지와 선인들의 자취에 대한 감회를 바탕으로 자신의 시 세계를 확장시켜 가는 통로인 것이다. 바쇼는 이런 동북지방을 비롯하여 일본의 많은 지역을 순회하면서 그 감동을 하이쿠로 남겨 놓았다.

● 봄

• 표박漂泊의 꿈

바쇼는 길 떠나기 전, 암자 기둥에 다음과 같은 심정을 서술하고 하이쿠 한 句를 적어 걸어 놓는다.

해와 달은 영원히 계속되는 여행 하는 나그네이고, 매년 왔다가 가고, 갔다가 다시 오는 해도 마찬가지로 나그네이다. 파도치는 배 위에서 일생을 보내는 사공이나 말머리를 잡고 가도街道에서 노년을 맞는 마부는 매일 여행에 몸을 두고 있어 여행 그 자체가 자신의 거처이다.

풍류를 사랑한 옛 사람들도 여행길에서 많이 죽었다. 나도 언제부터인가 조각구름이 바람에 날려 하늘을 떠도는 것을 발견하고 여행을 떠나 유랑하고 싶은 바램이 자꾸 일어나 해변 지방을 여기저기 방랑하고, 작년 가을 스미다

隅田 강가[29] 오두막집에 돌아와 낡은 거미줄을 털어 내고 머무는 동안에 해가 지나 새봄을 맞이하니 봄 아지랑이 피어 오르는 하늘을 보고 이번에는 시라카와白川 관문[30]을 넘어 먼 미치노쿠陸奧[31]까지 여행을 하고 싶은 마음으로 들떠, 소조로 신神[32]이 붙어 마음이 어지러워지고, 또 도조道祖 신神[33]이 여행을 떠나라고 부르고 있는 듯한 느낌이 들어 아무 일도 할 수 없어, 헤진 바지를 깁고 삿갓 끈을 새로 달아 무릎 아래를 뜸으로 뜨는 등 여행 준비를 하니, 벌써 마음은 마츠시마松島의 달에 먼저 가 있는 듯하다. 지금까지 살고 있던 오두막은 남에게 물려주고 제자의 별장으로 옮길 때에.

라는 심정으로 봄을 맞이한다. 그리고 다음 하이쿠를 적었다.

草の戸も住替る代ぞひなの家
오두막집도 주인이 바뀌는 시절이요 히나 인형의 집

'히나 인형雛人形'은 음력 3월 3일에 여자아이의 건강을 위해 인형을 장식하고 기원을 하는 일본 절구節句 행사 중의 하나이다. 여기에서 히나 인형은 새로운 세대, 오두막집 주인은 자기 자신의 상징이다. 여행 출발을 앞에 두고 험난한 여정에 대한 마음의 준비가 세대교체까지 생각하게 한 것이다. 이것은 미지의 세계를 여행하는, 즉 그 두려움에 대한 자신의 각

---

29 토쿄(東京) 동부 쪽으로 흘러 토쿄 만(灣)에 이르는 강.
30 지금의 후쿠시마켄(福島縣)에 있었던 관문.
31 미치노쿠(陸奧): 일본의 동북지방을 일컫는 말, 또는 오쿠(奧), 무츠(陸奧)라고도 함.
32 문맥상, 사람을 여행으로 꾀어내는 신으로 파악할 수 있다. 민간신앙의 속신(俗神) '아루키가미(あるき神)'와 같은 성격의 신으로, 산책하러 가게 꾀어내는 신, 여행하고 싶은 마음을 불러일으키게 하는 신을 지칭한다.
33 도로의 악마를 막아서 길가는 사람을 보호하는 신.

오를 계절추이에 의한 자연적 현상으로 이해하고 있는 바쇼의 심적 상태를 나타내고 있다. 또한 이것은 봄이라는 계절이 주는 새로운 생명에 대한 경이감이기도 하고, 계획한 여정에 대한 설레임이기도 하다. 그러나 바쇼는 이런 현상도, 자기 자신의 중층적重層的인 심정도, 결국 자연의 섭리에 의한 것으로 귀결 짓고 있다.

이렇게 바쇼는 인생을 여행에 비유하고 있듯이, 방랑 생활도 죽음도 모두 자연의 섭리에 의한 것으로 여기고 있는 것이다. 바쇼의 자연과의 합일은 그의 시적 사고이며 인생철학이라고 할 수 있다.

• 방랑의 시작

바쇼는 3월 27일, 새벽녘 달은 후지산 봉우리의 안개처럼 희미하고 우에노上野·야나카谷中의 꽃가지, 이것을 또 언제 볼 수 있을까라는 쓸쓸한 마음으로 여행을 시작한다.

行く春や鳥啼き魚の目は泪
가는 봄이여 새는 울고 물고기 눈에는 눈물

이 구는 센쥬千住라는 곳에 도착하여 배에서 내려 읊은 것이다.

바쇼는 3천리 긴 여정을 생각하고 가슴이 메이지만, 친하게 지냈던 사람들이 저녁부터 모여 전송을 해 주고 자기의 뒷모습이 보이지 않을 때까지 서있는 그들의 마음을 헤아리고, 그 이별이 짧은 이별이라고 생각하면서도 덧없는 세상에서의 이별이라고 생각하며 눈물을 흘리게 된다. 그러나 울고 있는 이유도 가는 봄 때문이고, 울고 있는 주체도 모두 새와 물고기이다. 이 하이쿠는 앞에서 자세히 소개하였으므로 여기에서는 생략하기로 한다.

바쇼는 그 후, 소카^{草加}, 무로노 야지마^{室の八島}를 거쳐, 닛코산 기슭에 살고 있는 호토케고자에몽^{仏五左衛門}을 방문한다.

• 닛코산^{日光山}

4월 초하루, 닛코산 신사^{神社}에 참배하였다. 이 산을 옛날에는 니쿠와 산^{日荒山}이라고 하였으나, 쿠우카이^{空海} 대사[34]가 이 절을 세웠을 때 닛코 라고 개칭하였다.

바쇼는 대사가 천년 후의 일을 예견하고 닛코^{日光}라는 한자를 썼던 것 일지도 모른다고 생각하며, 지금 이곳에서 닛코 토쇼궁^{東照宮}의 위광^{威光} 에 대하여 감동하였다. 그 위광과 은혜는 천하에 빛나고 국토 구석구석 까지 미쳐 모든 백성은 안락한 생활을 영위하고 평화롭다는 감회를 다음 과 같이 읊고 있다.

> あらたうと青葉若葉の日の光
> 영험하게도 녹음과 신록 위에 빛나는 햇빛

이 구는 태양의 햇살과 함께 지명 '닛코'를 읊고 닛코산에 대한 경건한 마음을 나타내고 있다. 신역^{神域}인 녹음과 신록 위에 초여름의 태양이 찬 란하게 빛을 내고 있는 광경과 닛코산 토쇼궁의 위덕에 대해 찬미하고 있다.

---

34 헤이안 초기의 고승. 진언종의 시조로, 코우보우다이시(弘法大師 : 774~835)라고도 한다.

초여름 산의 짙푸른 상록수와 신록의 낙엽수, 즉 제각기 다른 녹색의 농담 대비에 의해 여름의 닛코산은 묘사되고 있다. 더욱이 각각의 선명한 색채는 사물의 존재성에 대한 가치를 의미하며, 그 사물의 조화는 신의 섭리라고 할 수 있다. 이 구 또한 회화적 표현에 따른 유현幽玄의 미를 느낄 수 있게 한다.

그리고 닛코산 최고봉인 쿠로카미黑髮산 근처의 신사 부근에서 약 2리 정도 올라가면 폭포가 있다. 폭포는 바위가 동굴처럼 푹 파인 정상에서 단숨에 백 척이나 떨어져 내려간다. 이 폭포는 수많은 바위가 포개져 있는 폭포의 소로 떨어지고 있다. 바위 굴속을 몸을 구부리고 들어가 폭포 뒤쪽에서 바라본다고 하여 우라미裏見 폭포라고 전해지고 있다.

暫時は瀧に籠るや夏の初
잠시 동안은 폭포 속에 틀어박히네 초여름

이 구는 '잠시 동안'과 '초여름'이란 시간적 요소의 결합에 의해 폭포의 빠른 물줄기를 추정할 수 있다. 무더운 여름을 인생의 여정에 비유할 때, 그 기간은 고통이나 역경의 시절로 수행이 요구되는 시간에 해당된다. 그러나 그것도 백 척의 폭포처럼 거세게 흘러내리는 순간의 시간에 불과하다. 또한 '초여름'이라는 시간적 상황은 앞으로의 여정이 수행처럼 힘들 것이라는 예측과 그 각오를 암유暗喩하고 있는 것이다. 무더운 여름이 시작되는 시기에 잠시 폭포 속에 묻혀 더위를 잊고 있다. 잠시나마 폭포 속에 틀어박혀 더위를 잊고 있지만, 앞으로의 무더운 여름을 생각하면서 길고 긴 여정의 고뇌를 생각하고 있다.

• 나스那須 들길

바쇼는 나스의 쿠로바네黑羽에 아는 사람이 있어서 들길을 가로질러 가려고 하였다. 멀리 마을 하나가 있는 것을 발견하고 그곳을 향해 가고 있는 도중에 비가 내리기 시작하고 날이 저물어 버렸다.

그가 농가에서 하룻밤 신세를 지고 가려는데, 농부가 다가와 자기 말을 빌려 주어 타고 갔다. 농부의 아이들이 말 뒤를 쫓아 달려 왔는데, 그 중에 한 여자 아이의 이름이 가사네かさね라고 하여 소라曾良35가 한 수 읊는다.

● 여 름

• 쿠로바네

바쇼는 쿠로바네의 칸다이館代36인 죠보지淨坊寺 아무개 집을 방문하였다. 그리고 하치만구우八幡宮에 참배하였다.

"나스노 요이치那須与一가 부채의 과녁에 활을 쏠 때, 아무튼 우리 마을 수호신이신 하치만님이여라고 맹세를 하고 기도하였던 곳이 바로 이 신사였다"라는 이야기를 듣고, 신덕의 고마움을 사무치게 느낀다.

드디어 날이 저물어 그는 토우스이桃翠 집으로 돌아왔다.

그 후, 수험도인 코우묘지光明寺라는 절에 초대되어 교우쟈도우行者堂에 참배하고 다음 구를 읊었다.

---

35 바쇼와 동북여행을 함께 한 제자.
36 칸다이(館代) : 한슈(藩主)를 대신하여 야카타(館)을 지키는 사람. 주군이 에도에 근무 중, 대신 정무를 보는 역.

夏山に足駄を拝む首途哉

여름 산에 수행 나막신을 배례하는 출발이어라

바쇼는 신사에 참배하며 줄곧 여행의 안위를 원망顧望하였다. 이것은 바쇼의 시점이 절에서 수행을 하고 있는 수행자들의 나막신에 있다는 점에서 알 수 있다. 절을 상징할 수 있는 물품 중에서 특정하게 나막신을 선택하였다는 것은 '나막신'이 행보行步의 의미로 전달될 수 있기 때문이다. 수행 나막신은 수행자의 발로서, 무사히 수행을 마칠 때까지의 동반자인 것이다. 그 수행의 기간, 즉 여행 기간을 바쇼는 신에게 의탁하며 발원을 하였던 것이다. 따라서 이 구는 여행길에서의 무탈을 기원하는 바쇼의 마음을 절실하게 느낄 수 있는 구이다.

• 운간지雲岸寺

운간지[37] 안쪽에 붓쵸仏頂스님[38]이 은거했던 유적이 있다.

"사방 오척도 되지 않는 풀로 엮은 암자, 만들 일도 없었네. 비가 내리지 않았으면"이라고 붓쵸스님이 소나무 숯으로 바위에 써 놓았다「竪横の五尺にたらぬ草の庵むすぶもくやし雨なかりせば」と松の炭して岩に書付け侍り고 하는 이야기를 들은 적이 있어 바쇼가 그 암자를 보려고 운간지로 가려고 하자, 사람들은 서로 나서서 안내를 하였다. 일행 중의 젊은 사람이 떠들썩하게 담소

---

37 지금 토치기켄(栃木県)에 있는 임제종 묘심사파(臨済宗妙心寺派)의 선사(禅寺). 쿠로바네(黒羽)의 동쪽 약 3리 정도.
38 선승, 카시마(鹿島)의 콘뽄지(根本寺) 21대 주지, 1674~1682년 후카가와(深川)의 린센앙(臨川庵)에 체재하던 중 바쇼와 교분을 가졌다.

하는 가운데 절이 있는 산기슭에 도착하였다.

산은 몹시 깊고, 계곡을 따라 멀리까지 소나무와 삼나무가 짙푸르게 무성하며, 이끼에서 물방울이 떨어지고 있었다. 음력 4월인데 아직 한기를 느끼며, 운간지 십경^{十景} 끝에 다리가 있어, 그것을 건너 산사에 들어갔다.

붓쵸스님이 거처하셨던 곳을 찾아 절 뒤편의 산에 기어 올라가니, 돌 위에 만들어진 작은 암자가 석굴을 기대고 있었다. 바쇼는 말로만 들었던 묘젠지^{妙禪寺}의 시칸^{死關[39]}이나 호우운^{法雲}법사의 석실^{石室[40]}을 바로 눈앞에서 보는 것 같다고 하며, 그 감동을 다음과 같이 표현하고 있다.

木啄も庵はやぶらず夏木立
딱따구리도 암자는 쪼지 않고 여름 숲

이 구는, 딱따구리가 암자를 왜 쪼지 않았는가에 대하여 생각하게 한다. 딱따구리는 나무를 쪼아 구멍을 내고 그 속의 곤충을 잡아먹는 새이다. 그런 딱따구리가 암자를 쪼지 않았다는 것은 암자에 대한 특별한 의미를 나타내고 있는 것이다. 암자란 수행자의 거처이다. 그 거처를 조류에 불과한 딱따구리가 쪼지 않았다는 것은, 딱따구리조차도 그 암자에 대한 공경심을 갖고 있을 만큼 그 암자의 공덕이 높다는 것이다.

그리고 '딱따구리가'가 아니고 '딱따구리도'라고 한정하여, 즉 조사 '~도^も'를 사용하여 표현함으로써 딱따구리는 극단적인 예로서 존재한다. 따라서 '딱따구리조차' 암자를 망가뜨리지 않았다는 뜻을 갖게 된다.

---

39 중국 남송의 임제종의 고승(1238~1295), 원묘(原妙)대사가 득도한 후 항주(杭州) 천목산(天目山) 장공동 (張公洞)에 들어가 '시칸(死關)'이라는 액자를 걸고 15년간 지냈다고 한다.
40 만년에 암자를 바위 위에 짓고 종일 담론하였다고 한다.

즉, 그 암자는 붓쵸법사의 고덕高德이 배어 있는 곳이라 어떤 존재라도 암자를 망가뜨릴 수 없기에, 어떤 상황에서도 숲 속에서 무사히 보존될 수 있었다고 하는 작가의 감회를 나타내고 있다.

• 살생석殺生石ㆍ유우교遊行41 버드나무42

바쇼는 쿠로바네에서 살생석으로 간다. 칸다이가 말을 보냈다. 그리고 그 말을 끄는 마부가 한 수 지어 주기를 부탁하여 한 수 읊었다.

野を横に馬牽きむけよほととぎす
들판을 가로질러 말머리 돌려다오 두견새

넓은 나스 들판을 말을 타고 가는데 두견새의 울음소리가 들렸다. 그 소리를 다시 듣고 싶어 말을 옆으로 돌려 달라는 내용이다. 일반적으로 두견새는 높은 곳에서 날카로운 소리를 내며 운다. 그러나 바쇼가 두견새 소리의 행방을 옆에서 찾고 있다는 것은, 전통시가와 바쇼의 시를 구별 짓게 하는 좋은 예이다.

이 구는 횡적인 공간을 구성하고 있다. 들판을 지나는 도중, 천상天上을 가로지르며 한마디 울고 날아간 두견새의 울음소리를 다시 듣고 싶은 인간의 욕구를 잘 나타내고 있다. 옆으로 말을 잡아 돌리라는 명령 형태의 표현은 두견새의 울음소리를 다시 듣고자하는 의지형의 전환이다. 옆으로 돌려서까지 두견새의 소리를 듣고자 함은 바쇼의 적극적 자세의 표

---

41 승려가 수행과 포교를 위하여 여기저기 다니는 것을 말함.
42 칸제노부미(觀世信光)의 요곡(謠曲)작품. 승려인 유우교소우닌(遊行上人)이 시라카와 관문을 지나 이곳에 와서 버드나무 정령인 노인과 만나는 내용. 이 내용을 따서 유우교(遊行)버드나무라고 부른다고 한다.

출이라고 할 수 있다.

그리고, 여름을 알리는 두견새의 울음소리를 통해서 여름이 도래하였음을 실감케 하며 동적인 계절감을 느낄 수 있게 한다.

아시노芦野 마을에 청수淸水가 흐르는 버드나무[43]가 서 있었다. 지금도 논두렁에 그 버드나무가 남아 있다. 이 지역의 영주였던 코호戸部 아무개라는 사람이, 그 버드나무를 보여드리고 싶다고 기회가 있을 때마다 말했기 때문에, 바쇼는 그 버드나무가 어느 곳에 있을까 생각했었는데, 드디어 그 버드나무 그늘에 실제로 머무를 수 있게 되었다. 바쇼는 다음과 같은 구를 남긴다.

田一枚植えて立去る柳かな
논에 모심고 떠나가는 버드나무도다

이 구는 두 가지의 해석이 가능하다. 하나는 논에 모를 심고 떠나가는 주체가 버드나무인 것으로 파악할 때, 이 표현은 원거리에서의 묘사이다. 논에 사람은 없고 단지 버드나무만이 서 있다. 사람들이 논에 모를 심고 떠나간 후, 봄이 떠나가 버린 것을 알리는 듯한 버드나무만 있는 초여름의 풍경이다. 이것은 작가 자신이 버드나무를 심미적 거리에서 바라보고 묘사한 상황이라고 할 수 있다.

다른 하나의 해석은 논에 모를 심고 있는 주체와 떠나가는 주체를 나누어 파악해 볼 수 있다. 농부는 논에서 작업을 하고 다른 주체는 버드나무 아래에 앉아 있는 경우이다. 논에서는 사람들이 작업하고, 버드나무

---

43 사이교(西行)법사가 "맑은 물이 흐르는 버드나무 그늘(淸水ながるる柳かげ)", "잠시 동안이나마 머물러 쉬었어라(しばしとてこそ立ちどまりつれ)"라고 읊었던 버드나무.

는 자신이 앉아 있는 풍경이다. 자기 위치에서 떠나가는 한 사람을 묘사한 상황이다. 이것은 작가 자신이 직접 버드나무에 앉아 마을 풍경을 보고 있다가 자리에서 일어나 떠나가는 상황이다. 이 상황을 버드나무를 기준으로 묘사한 것이라고 할 수 있다.

• 시라카와白河의 관문을 지나

바쇼芭蕉는 4월 여름, 드디어 꿈에 그리던 동북지방의 땅을 밟게 된다. 그 당시 동북지방을 가기 위해서는 관문, 즉 검문소를 거쳐야 했다. 그 감회를 옛 장군인 타이라노 카네모리平兼盛가 이곳에 와서 "이 관문을 넘은 감회를 어떻게든 쿄토에 알리고 싶다"고 하며 인편을 찾았다고 하는 것도 당연하다고 바쇼는 아래와 같이 서술하고 있다.

어쩐지 불안한 날이 계속된 상황에서 시라카와의 관문에 이르러 여심旅心이 안정되었다. 어떻게든 쿄토에44 연락을 전하고자 하였던 것도 그 까닭이었겠지. 이 관문은 동북지방 세 개의 관문 중의 하나로 풍류인의 마음을 끈다. 가을바람을 귀로 듣고, 단풍을 상상하여 떠올리게 하고, 푸른 잎가지45는 더욱 정취가 깊다. 병꽃나무가 새하얗게 피어있고 거기에 찔레꽃이 하얗게 피어 있어, 설경의 백색보다도 한층 더 흰 빛이 감도는 느낌이 든다. 옛 사람들이 이 관문을 넘을 때 관을 고쳐 쓰고 의복을 단정히 한 것도 후지와라 키요스케藤原清輔46의 문장에도 나타나 있다고 한다.

---

44 옛날 타이라노 카네모리(平兼盛, 헤이안 시대의 와카 작가)가 여기까지 와서 "이 관문을 넘은 감회를 어떻게든 쿄토에 알리고 싶다"며 인편을 구했다고 한 것.
45 여기에서는 초여름의 나뭇가지를 의미한다.
46 헤이안시대 말기의 시인(歌人)이자 이론가. 그의 가학서(歌學書) 「후쿠로소우시(袋草紙)」에 써 있다는 것.

이런 저런 감회에 젖어 시라카와 관문을 넘어 가는 동안에 아부쿠마 가와^{阿武隈川}를 건넜다. 왼쪽에는 반다이산^{磐梯山}이 높이 솟아 있고, 오른쪽에는 이와키^{岩城}·소우마^{相馬}·미하루^{三春} 지방이 있고, 뒤돌아보니 이 지역과 히타치^{常陸47}·시모츠케^{下野48} 지방과의 경계로 산들이 이어져 있다. 카게누마^{影沼49}라는 곳을 막 지나자, 오늘은 하늘이 흐려서 비치는 것이 없었다.

이렇게 그는 이런 저런 감회에 젖어 시라카와 관문을 넘어 가는 동안에 하이쿠를 남기지 못한 듯하다. 토우큐^{等窮}라는 사람을 방문하려고 스가카와^{須賀川}라는 숙소에 사오일 머물렀다. 그 때, 토우큐가 제일 먼저 "어떤 구를 읊고 시라카와 관문을 넘으셨습니까"라고 물었을 때, 바쇼는 "긴 여행의 고통으로 몸도 마음도 지쳐 있고, 한편 주변의 멋진 풍경에 넋을 잃고, 게다가 옛 시가나 고사 등을 떠올리니 감개무량하여 생각대로 구를 떠올리지 못했습니다"라고 대답한 것에서도 잘 알 수 있듯이, 그의 동북지방에 대한 감회는 선인들의 작품에 대한 감동과 일치하고 있는 것 같다. 이것으로서 감동은 창작이란 행위의 선행적인 조건이라고 말할 수 있지 않을까.

다만 그의 제자 소라^{曾良}가 한 수를 남겼다.

卯の花をかざしに關の晴着かな
병꽃을 꽂고 관문을 넘는 나들이옷이여

---

47 지금의 이바라키켄(茨城縣)
48 지금의 토치기켄(栃木縣)
49 작은 늪으로, 그 물에 사물이 비친다고 하여 카가미누마(鏡沼)라고도 한다.

• 스가카와須賀川에서

시라카와 관문을 넘어 드디어 오쿠슈奧州 땅을 밟고, 우선 시골다운 모내기 노래를 듣고 오쿠바네에서의 최초 풍류로서 그는 한 수를 읊었다. 이 구를 홋쿠發句로 하여 와키쿠脇句·다이산쿠第三句, 즉 連句[50]가 완성되었다.

風流の初やおくの田植うた
풍류의 시작이여 오쿠의 모내기 노래

오쿠의 모내기 노래가 풍류의 시작이라는 내용이다. 이것은 시라카와白河 관문을 넘어 바로 접한 풍류라는 의미이다. 본격적인 오쿠 지방의 풍류, 그 기대감에 가슴 부푼 오쿠에의 첫걸음에 대한 감명을 노래하고 있다.

시라카와 숙소 구석에 커다란 밤나무 그늘을 의지하며, 속세를 피해 숨어살고 있는 승려가 있었다. 바쇼는 사이쿄법사가 "상수리를 줍는다"라고 읊은 심산의 생활을 떠올리며, 다음과 같이 종이에 적고 구를 읊었다.

율栗이라는 문자는 서西에 나무 목木을 쓰니 서방에 극락정토가 있다고 하는 것으로, 교기行基보살이 일생 의지하여 지팡이에도 기둥에도 이 밤나무를 사용하셨다고 한다. 그렇지만 그 꽃을 사랑하여 그 나무 그늘을 의지하며 숨어 살고 있는 주인의 마음씨를 생각하고 더욱 그윽하게 느낀다.

---

50 렌쿠(連句) : 5·7·5의 장구(長句)를 홋쿠(發句)로 하여 7·7의 단구(短句)를 잇는 형태의 시가로, 5·7·5, 7·7을 반복한 36수, 50수, 100수를 말한다. 제1구를 홋쿠(發句), 제2구를 와키쿠(脇句), 제3구를 다이산쿠(第三句)라고 한다. 여기에서 바쇼의 홋쿠를 시작으로 와키쿠는 토우큐(等窮)가 짓고 다이산쿠는 소라(曾良)가 지어 완성하였다.

世の人の見付けぬ花や軒の栗

세상 사람이 찾지 않는 꽃이여 처마 밑 밤꽃

　처마 밑 밤꽃은 그다지 눈에 띄지 않는 색을 지니고 있다. 그런 꽃이 처마 밑에 있으니 더욱 더 세상 사람들의 눈에 띄지 않는다. 그러나 시각적으로 보이지 않는 밤꽃의 존재도 향기에 의해 알 수 있듯이, 은둔하고 있는 승려의 존재도 마음씨나 그의 인품에 의해 베어 나오고 있는 것이라고 생각할 때, 처마 밑의 밤꽃과 승려의 존재는 동일한 것이라고 할 수 있다.

　따라서 처마 밑 밤꽃의 한적한 경치에서 느낄 수 있는 그윽함은 서방정토의 극락에서 얻는 감동과 일치한다.

- 아사카야마安積山 · 시노부信夫 마을

　토큐 집을 나와 5리 정도 가면, 히와다檜皮라는 숙소가 있고 거기에서 조금 더 가면 아사카야마가 있다. 길에서 가까우며, 주변에는 늪이 많다. 줄풀을 벨 때도 점차 가까워져 왔기 때문에 "어느 풀을 줄풀51이라고 하는가"라고 지역 사람들에게 물어 보았지만, 전혀 알고 있는 사람은 없었다. 줄풀을 찾아 늪가를 가거나 사람에게 물어 보아 "줄풀, 줄풀"하며 찾아 돌아보는 동안에 태양은 서산 기슭으로 기울었다. 니혼마츠二本松에서 오른쪽으로 돌아 쿠로츠카黑塚의 바위굴을 잠시 보고, 그날 밤은 후쿠시마福島에서 묵었다.

　다음날, 날이 밝자 베를 비비는데 사용하였던 시노부모지즈리しのぶもじ摺 돌을 찾아 시노부 마을에 갔다. 먼 산 밑에 있는 작은 마을 안에 그 돌은 반쯤 흙 속에 묻혀 있었다. 마을 어린이들이 와서 가르쳐 주기를, "옛날은 이 산

---

51 창포를 베어 지붕에 꽂는 단오절의 풍습. 창포 대신 이 지역에서 나는 줄풀을 사용했다는 이야기가 있다.

위에 있었던 것이지만, 지나다니는 사람이 보리를 따 와서 이 돌에 비벼 보거나 하여, 농부들이 그 모습이 싫어서 돌을 계곡 아래에 내던져 버렸는데 그 돌 표면이 아래쪽이 되어 놓여 있다"고 한다. 그런 일도 있는 것일까.

이렇게 바쇼는 한 걸음 한 걸음 직접 걸어 다니며 마을 정경, 즉 그 지방의 풍류를 상세히 기록하고 있다. 어느 풀 한포기 조차 소홀히 하지 않으며, 그동안 들어 왔던 것에 대한 기대감이나 감동을 눈으로 직접 보고 체험하여 살아 있는 감동을 만들어 간 것이다.

早苗とる手もとや昔しのぶ摺
모내는 처녀의 손이여 옛날 베 비비던 정취

5월 여름, 모내기 하는 처녀들이 볏묘를 잡고, 그것을 뽑아 물 속 밑둥이의 진흙을 씻어내고 묶는, 그 일련의 작업을 할 때의 손놀림이 옛날 풀을 손에 들고 시노부모지즈리 돌에 비벼 물들일 때의 손놀림이라고 연상하고 있다. 그는 옛날 베 비비던 정취의 그리운 마음을 현재 모내기 하는 처녀들의 손놀림에서 느끼고 있는 것이다.

• 이이즈카飯塚 마을

바쇼는 츠키노와月の輪[52]를 넘어 세노우에瀨の上[53]라는 숙소로 갔다. 그것은 이 부근의 장원莊園을 관리했던 무장 사토우 모토하루佐藤元治[54]의 유적이, 세노우에에서 1.5리 정도 간 왼쪽 산 바로 옆, 이이즈카飯塚 마을

---

52 츠키노와(月の輪) 산기슭 무카이카마다(向鎌田)에 있었던 아부쿠마가와(阿武隈川) 다리.
53 후쿠시마시(福島市) 세노우에 마을(瀨上町)
54 미나모토 요시츠네(源義經)의 부하가 되어 죽은 츠구노부·타다노부의 아버지

사바노^{鯖野}라는 곳에 있다고 들었기 때문이다. 그의 옛 것에 대한 관심과 감회는 다음과 같이 서술된 것에서도 살펴볼 수 있다.

사람들에게 물어 물어 가는 동안에 마루야마^{丸山}라는 산에 당도하였다. 이것이 그의 유적지이다. '산기슭에 오테몽^{大手門}의 자취가 있다'라고 가르쳐준 대로 찾아보고, 옛 것을 그리워하며 눈물을 흘렸다. 옆에 있는 오래된 절에는 사토 일가의 묘비가 남아 있다. 그 묘비 중에도 전사한 츠구노부와 타다노부^{忠信}, 이 두 사람의 부인⁵⁵의 묘비가 무엇보다도 먼저 마음을 울렸다. 여자의 몸이지만 용감하였다는 평판이 세상에 전해졌다고 생각하고 감격의 눈물에 소매를 적셨다. 유명한 다루의 석비⁵⁶도 먼 옛날 중국에서의 일이 아니고 지금 눈앞에 있는 것이다. 절에 들어오니 차를 청하였는데, 이 절에는 요시츠네가 가지고 있었다고 하는 칼과 벤케이^{辨慶}의 궤짝⁵⁷을 보물로 소장하고 있었다.

笈も太刀も五月にかざれ紙幟

궤짝도 칼도 오월에 장식하라 가미노보리

일본에는 오월 초, 여기저기에 가미노보리^{紙幟}가 휘날린다. 남자의 절구^{絶句}로서 남자들의 기상과 무탈한 성장을 기리는 축제로 전해 내려오고 있다. 바쇼는 이런 전통 속에서 마침 이곳을 방문한 감회를 시기적절하게, 이 절의 보물로서 전해오는 벤케이의 궤짝이나 요시츠네의 칼도 장

---

55 츠구노부(継信)·타다노부(忠信)가 전사한 후, 두 부인이 각각 남편의 갑옷을 입고 칼을 차고 개선하는 모습으로 임종하는 시아버지 사토 모토하루를 위로했다는 이야기.
56 진(晋)나라 양양의 태수 양고의 덕을 기려 세운 비. 이 비석을 보는 사람들은 모두 눈물을 흘렸다고 한다.
57 벤케이(弁慶) : 헤이안 말기의 법사. 요시츠네의 가장 충직한 부하로서 히라이즈미(平泉) 전투에서 요시츠네를 지키기 위해 적을 노려보는 모습을 하고 그대로 선 채 죽은 일 등이, 소설이나 연극 등에 묘사되어 왔다. 궤짝이란 수행자나 행각승이 불구, 의류, 식기, 책 등을 넣어 짊어지고 다니던 궤를 말한다.

식하여 단오 절구를 축하하고 싶은 심정을 나타내고 있다.

또한, 5월이란 시기는 그에게 있어서 계절적으로나 여행기간으로나 힘든 여정의 과정임에 틀림없었다. 죽음을 무릅쓰고 여정을 계획하고 강행한 까닭은 무엇일까. 죽음과도 같은 그의 여정은 다음 부분과 같이 그의 인생관이나 문학관을 잘 나타내주고 있다.

> 그날 밤은 이이츠카에 머물렀다. 온천이 있어 몸을 담그고 숙소를 구하니, 그 집은 토방에 거적을 깔아놓은 듯 허름하고 가난한 집이었다. 등불도 없었기 때문에 화로불의 불빛을 의지해 잠자리를 만들어 잤다. 밤이 되니 번개가 치고 비가 심하게 내려, 자고 있는 곳 위에서 빗물이 새고 벼룩이랑 모기가 물어 잠들 수 없었다. 게다가 지병까지 재발되어 통증에 정신을 잃을 정도였다. 아직 어젯밤의 고통이 남아 있어 마음이 무거웠다. 그래서 말을 빌려 코오리桑折라는 여관으로 왔다. 아직 갈 길이 먼 여정인데 이런 병이 나서 불안하지만, 원래가 고통스러운 여행, 그것도 이번에는 변방의 시골 여행이고 또 몸은 세속을 버리고 떠나, 세상의 덧없음을 각오하고 있었기 때문에, 설령 도중에 쓰러져 죽더라도 그것도 천명이라고 생각하고 다시 기력을 회복하고 길을 힘차게 밟고, 다테伊達의 오오키도大木戸를 넘었다.

• 카사지마笠島

그는 아부미즈리鐙摺랑 시로이시白石 성 아래 도시를 지나, 카사지마笠島 마을에 들어갔다. 후지와라 사네카타藤原實方58의 묘가 있고, 토조신道祖神

---

58 헤이안 시대의 와카 시인. 그는 후지와라 유키나리(藤原行成)와 궁중에서 논쟁을 하다 그의 삿갓을 벗겨 정원에 던져 버렸다. 이 일로 이치조(一條)천황에게 벌을 받아 무츠(陸奥)의 수령으로 좌천되어 가다가 이곳을 지나게 되었는데, 그는 말에서 내리지 않고 도조신사를 지나쳤다. 그래서 신에게 벌을 받아 낙마하여 죽었다고 한다.

신사神社와 사이쿄西行법사의 억새[59]가 남아 있다는 미노와蓑輪·카사지마笠島[60]에 가고 싶었지만, 장마비로 인하여 길이 몹시 나쁘고 몸도 지쳐 있었기 때문에, 그 아쉬움을 다음과 같은 구로 달랜 듯하다.

笠嶋はいづこさ月のぬかり道
카사지마는 어디메뇨 오월의 젖은 길

여기에서 젖은 길이란 비나 눈으로 인한 진흙탕으로 걷기 어려운 길이다. 이름과도 어울리는 카사지마笠嶋는 글자 그대로 우산 모양을 하고 있는 곳이다. 장마비 때문에 갈 수 없는 아쉬움과 빗속에서 육안으로 구별할 수 없는 공간감을 지명과 관련지어 표현하고 있다. 따라서 '어디메뇨'라는 표현으로, 오월 장마비에 마치 우산을 쓰고 있는 듯한 카사지마의 풍경을 상상하며, 직접 발을 내딛고 볼 수 없는 아쉬움을 표출하고 있다.

• 타케쿠마武隈의 소나무

그는 이와누마岩沼에 숙소를 잡고 타케쿠마의 소나무를 본 감회를 다음과 같이 서술한다. 그리고, 쿄하쿠擧白라는 사람이 에도에서 이별의 선물로 준 "미치노쿠니陸奥國의 때 늦은 벚꽃이여, 바쇼가 이곳으로 오면 반드시 타케쿠마의 소나무를 보여 주시오"라는 구에 답하여 바쇼는 한 수 남긴다.

---

59 사이쿄 법사가 사네카타를 방문하고 읊은 와카 : "썩지도 않는 이름만을 안고 황량한 들판의 억새를 사네카타인 듯이 보고 있도다(朽ちもせぬその名ばかりをとどめ置きて枯野のすすきかたみにぞ見る)「山家集」.
60 지금의 미야기켄(宮城縣) 나토리시(名取市)

타케쿠마의 소나무에는 완전히 눈이 떠질 것 같은 느낌이 들었다. 뿌리는 밑동이에서 둘로 나뉘어져 있었고, 옛 시가에서 읊었던 옛날 그대로의 모습을 잃지 않고 있었다. 이 소나무를 보고 우선 노우인能因 법사를 떠올렸다. 그 옛날 무츠陸奧 수령으로서, 쿄토에서 이 지역으로 내려온 사람이 이 소나무를 베어 나토리名取강의 다리 기둥으로 썼던 일이 있었기 때문일까. 노우인 법사는 "이번에 와 보니, 소나무는 자취도 없다"라고 읊었다. 세월이 흘러 어느 시대에는 베고 어느 시대에는 다시 심어 맥을 이어왔다고 들었지만, 지금 다시 천년의 나이를 유지해 왔다는 소나무에 어울리게 훌륭한 모습을 하고 있었다. 정말로 멋진 소나무였다.

櫻より松は二木を三月越シ
벚꽃보다 소나무는 두 갈래를 하고 삼월 넘기다

소나무가 두 개의 모습으로 삼월을 넘겼다는 이 표현은 여정을 시작한 3월 이후, 이제야음력 5월 4일 소나무를 보게 되었다는 감회를 나타낸 것이다. 여기에서 벚꽃은 벚꽃 피는 시기를 나타내는 계절어로 여정의 출발 시기를 뜻하고 있다. 벚꽃의 짧은 개화 시기와는 달리, 소나무는 어떤 모습으로도 변함없이 존재하기에, 3월이 지나서도 같은 모습으로 볼 수 있다는 의미이다.

따라서, 이 구는 천년의 나이를 유지해 온 소나무에 대한 감회인 것이다. 벚꽃보다도 변함없이 옛 모습으로 나를 기다려 준 것은 타케쿠마의 소나무이다. 옛 시가에서 읊었던 그대로 두 개의 소나무의 모습을 하고 있는 이 소나무를 여정이 시작된 지 3개월 후에 볼 수 있었던 감격을 담아내고 있다.

• 미야기노宮城野

　바쇼는 나토리名取강을 건너 센다이仙台로 들어갔다. 단오절 무렵, 여기에서 사오일 머문다. 이 지역의 화공畵工인 가에몬加右衛門에게 감색 끈이 달린 짚신 두 켤레를 받고 그의 풍류를 다시 확인하고 다음과 같은 구를 남긴다.

あやめ草足に結ばん藁鞋の緒

창포를 발에 묶으련다 짚신 끈

　처마끝에 창포를 꽂아 장식하는 단오절에 바쇼는 감색 끈이 달린 짚신을 받았다. 이 짚신 끈을 묶고 앞으로의 여행이 무사할 것을 기원한다. 단오에 창포를 처마 밑에 꽂거나 몸에 지니면, 사기邪氣를 물리치고 병을 예방할 수 있다는 풍속을 배경으로 한 구이다. 그는 처마대신 발에 창포를 묶는 마음으로 '짚신 끈'을 묶고 여정에 대한 각오를 새롭게 하고 있는 것이다.

　그리고 그는 이치카와무라 타가죠市川村多賀城에 있는 츠보노이시부미壺の碑를 보고 스에노마츠야마末の松山, 시오가마노우라塩窯の浦를 방문하였다. 또한 일본에서 가장 아름답다고 하는 마츠시마松島를 방문하고 그 황홀함에 구句짓기를 그만두고 잠을 이루지 못하며 마츠시마를 노래한 시들을 펴보며 여로를 달랜다.

• 히라이즈미平泉

　후지와라藤原 3대[61]의 영화도 한순간의 꿈처럼 덧없이 사라졌고, 옛 문門은 관저에서 10리 정도 떨어진 곳에 있다. 히데히라秀衡 관저의 유적은 논이나 들판이 되어 있고, 킨케이잔金鷄山옛날 그대로의 모습이었다.

　지금도 미나모토 요시츠네源義経가 거처했던 타카다치高館에 올라가면 이 지역의 모습을 한눈으로 볼 수 있다. 여기에 "나라는 망했어도 산하만은 변하지 않고 남아 있다. 성은 황폐하였지만 봄이 온 지금, 초목만은 옛날 그대로 푸르도다"라고 읊은 두보杜甫의 시가 돌 위에 새겨져 있다. 여기에서 그는 다음 구를 남긴다.

夏草や兵どもが夢の跡
　여름풀이여 무사들의 꿈꾸던 자취

　여름풀이 무성한 이곳은 후지와라 일족의 영화를 상징하는 장소로 무사들이 공명을 위해 싸웠던 자리이다. 그러나 세월이 가면 여름풀도 말라 죽어 버린다는 자연의 섭리처럼 그 시절의 옛 무사나 권력과 부를 3대 이상 누렸던 후지와라 일족도 모두 사라지고 없다는 뜻이다. 메마른 풀도 여름이 되면 다시 무성해져 온 들판을 덮는 이치도 산하에서 일어나는 일이다. 인간이나 공명, 모든 인위적인 것들은 일시적인 것에 지나지 않아 덧없이 그 역사 현장에는 여름풀만이 무성하다는 의미이다.

61　후지와라 키요히라(藤原清衡)·후지와라 모토히라(藤原基衡)·후지와라 히데히라(藤原秀衡)

• 데와^{出羽} 지방

히라이즈미를 지나, 그는 시토마에^{尿前} 관문을 거쳐 험한 나타기리^{山刀伐} 고개를 넘어 데와 지방, 오바나자와^{尾花澤}를 방문하고 류샤쿠지^{立石寺}로 간다. 이 절은 지카쿠^{慈覺}대사가 지은 절로, 바위가 첩첩히 겹쳐져 있는 산에 있다. 이 산에는 수많은 불각과 노목으로 청정하고 정적함을 느끼게 한다. 이곳에서 바쇼가 이 모습을 생생하게 묘사하고 있다.

静さや岩にしみ入る蟬の聲
조용함이여 바위에 스며드는 매미 울음소리

이 구는 앞에서 구체적으로 설명하였기에 구에 대한 해석은 여기에서는 생략하기로 한다.

바쇼는 배를 타고 모가미카와^{最上川}를 내려가서 오이시다^{大石田}로 갔다. 모가미카와는 와카^{和歌}의 명소로 일본 3대 급류[62]의 하나로 야마카타켄^{山形縣} 남쪽에 위치하고 있다. 배를 타고 상류에서 내려오는 상황을 그는 다음과 같이 읊었다.

五月雨をあつめて早し最上川
오월 장마비를 모아서 빠르도다 모가미강

흐름이 거센 모가미강을 오월 장마비의 모습으로 표현하고 있다. 일본에 내리는 오월 장마비를 다 모아서 흐르고 있기 때문에 물줄기가 거세

---

62 모가미카와(最上川), 후지카와(富士川), 쿠마카와(球磨川)

고 빠르다는 뜻이다.

　그리고 오이시다는 옛부터 하이카이^{俳諧}의 풍류를 잊지 않고 지켜온 마을이다. 그 지방 사람들의 간곡한 부탁으로 그는 하이쿠에 대한 지도를 하게 된다.

　그는 데와의 세 산인 하구로야마^{羽黑山}, 쿠와츠산^{月山}, 유도노잔^{湯殿山}에 올라가 산사에 참배하고 영지의 정취와 영험함을 체험하고 다음과 같은 구를 적었다. 그 구에 대한 간단한 해석으로 이곳에서 그가 느낀 감회를 함께 살펴보자.

　　有難や雪をかほらす南谷
　　고맙구나 눈의 향기 감도는 미나미다니

　아! 몹시도 고마워라. 여기 미나미다니^{南谷}에 상쾌한 훈풍이 짙푸른 수목 사이에서 불어와 영산^{靈山}의 잔설 향기를 감돌게 하는구나.

　　涼しさやほの三か月の羽黑山
　　서늘함이여 초승달의 하구로산

　서늘하도다. 초승달이 울창한 나무들을 통과하여 어렴풋이 보이는 이 하구로 산중에 있다. 그 서늘함이 정말 상쾌하여 영산의 존엄을 절실하게 느끼게 한다.

雲の峯幾つ崩れて月の山

구름 봉우리 수없이 무너져 내리고 츠키노야마

여름 하늘에 많은 구름이 껴있다. 그 구름이 수없이 무너지고 수없이 쌓이는 것이, 달빛 아래에 하얗게 솟아 있는 이 츠키노야마라는 것이다. 구름에 가려진 산, 구름이 움직일 때마다 언뜻언뜻 보이는 달의 모습과 그 주변에 모이고 흩어지는 구름 모습을 마치 산이 형성되는 과정처럼 표현하고 있다.

이 츠키노야마月の山는 지명이면서 달이 떠있는 산을 동시에 나타내주는 어휘이다. 옛 이름은 쿠와츠산이지만, 바쇼는 이 어휘와 연결시켜 츠키노야마의 정취를 표현하고 있다.

語られぬ湯殿にぬらす袂かな

이야기할 수 없는 유도노에 적시는 옷소매이구나

유도노산에 대해 자세한 것을 다른 사람에게 말하는 것이 금지되어 있는 것이 수행자의 규칙이다. 따라서 바쇼 자신은 말이 아닌 감정의 표현, 즉 눈물로 그 감격을 표현하고 있다는 의미이다. 유도노산의 신비는 타인에게 말해서는 안되는 것이다. 그것은 직접 그 모습을 보지 않고서는 그 산의 정취를 느낄 수 없기 때문일지도 모른다. 바쇼도 그만큼 영지靈地에서 받은 감동이 너무나 커서 말로 형언할 수 없기 때문에 감격의 눈물로 옷소매를 적신다는 뜻이다.

그는 하구로산에서 츠루오카鶴岡 성 아래 마을과 사카타酒田 항구로 갔다. 그리고 미美의 극치를 감득할 수 있는 마음을 닦으며, 사카타에서 동북쪽을 향하여 산을 넘고 해변을 따라 100리 정도 걸어 키사카타象潟에 도착한다. 이곳에서 그는 두 수를 읊는다.

象潟や雨に西施がねぶの花

키사카타여 비에 서시가 자귀꽃

비에 사물이 뿌옇게 보이는 키사카타, 비에 젖어 있는 자귀꽃이 미인 서시가 눈을 감고 고민하고 있는 모습처럼 보인다는 것이다. 키사카타의 풍광을 빗속에서의 자귀꽃으로 표현하고 있다. 바쇼는 마츠시마松島는 웃고 있는 듯이 밝고, 키사카타는 우수에 잠긴 듯이 그늘져 있다고 설명하였던 것처럼 그 그늘진 모습을 아름다운 여인의 쓸쓸하고 서글픈 모습에 비유하고 있다.

汐越や鶴はぎぬれて海涼し

시오코시여 학의 다리 젖고 바다는 시원하도다

시오코시汐越에 학이 내려와 있다. 그 학의 다리가 밀려오는 파도에 젖어 주변 바닷가의 풍경마저도 시원함을 느끼게 해준다는 것이다. 길고 가느다란 학의 흰 다리를 통해 시오코시의 주변 풍경을 실감나게 표현하고 있다.

• 에치고越後 지방

그리고 바쇼는 데와 지방에서 네즈鼠의 관문을 넘어 에치고越後 지방으

로 발길을 옮겨 이치부리⁻ぶり 관문에 도착한다. 9일 동안 더위와 비로 인하여 병까지 나는 등, 많은 고통을 겪지만, 그는 그런 여심을 미적으로 표출하고 있다.

文月や六日も常の夜には似ず
칠월의 밤이여 칠석 전야 초엿새도 평소와는 다르네

견우와 직녀 두 별이 은하수를 건너 만난다는 칠월칠석, 그 전날 밤에 대한 감흥을 노래하고 있다. 칠월칠석의 전설을 생각하면, 7일 밤이 아닌 초엿새 밤도 보통 때의 밤과는 다르다는 뜻이다. 달리 느껴지는 이 감정은 우리 독자 개개인이 상상할 수 있는 공간의 여백이라고 할 수 있다.

荒海や佐渡によこたふ天河
거친 바다여 사도섬을 가로지르는 은하수

사도佐渡는 황금의 섬이면서 유배의 섬으로 유명한 섬이다. 섬과 본토 사이에 있는 사도는 거친 파도가 일고 있다. 그러나 칠석의 밤하늘은 두 별이 만난다는 은하수가 하얗게 빛나면서 사도 섬 위에 흐르고 있다. 이렇게 은하수가 사도와 거친 바다의 다리처럼 가로질러 흐르고 있는 사도의 밤 풍경을 묘사하고 있다.

● 가 을

• 나고^{那古} 마을에서 카가^{加賀} 지방으로 가는 길목에서

쿠로베^{黑部}강은 마흔 여덟 개 여울이라고도 한다. 그 이름대로 수를 셀 수 없을 정도 많은 강을 건너면 나고라는 항구가 있다. 바쇼는 나고 지방의 등나무꽃 풍경은 설령 꽃이 피는 봄이 아니더라도 초가을인 요즈음 그 정취도 한번 볼 만한 가치가 있다고 생각하고 그 지방 사람들에게 물으니, 나고에서 5리 정도 해안선을 따라가면, 거기에서 맞은 편 산자락에 접어드는 곳에 어부들의 허름한 집만 있고 하룻밤 집을 빌려줄 만한 사람은 없을 것이라고 가르쳐주었기 때문에 나고로 가는 것은 포기하고 카가 지방으로 갔다. 그는 카가 지방으로 가는 해변을 지나면서 그 풍경을 노래하였다.

わせの香や分入る右は有磯海
올벼 향기여 헤쳐 들어간 오른 쪽은 아리소 해변

길 양쪽에 있는 밭에서 이른 벼 향기가 감돌고 있다. 그 사이를 헤치고 나가니, 지금 카가 지방으로 들어가고 있는 듯하다. 이 황금물결이 아득한 오른 쪽에는 아리소 해변이 푸르게 펼쳐져 있고 흰 파도가 출렁이고 있구나.

카가 지방으로 가는 것을 잊을 정도로 올벼 향기와 아리소 해변의 정취에 취한 작가의 심정을 살펴볼 수 있다. 초가을 벼 익는 냄새에 이끌려 흰 파도가 출렁이는 푸른 바다의 아리소 해변을 보게 된 과정이 후각과

시각의 연결을 통해 자연스럽게 전개되고 있다. 미지의 땅에 대한 신선한 감각과 초가을 여정에 대한 흥취를 느낄 수 있는 작품이다.

- 카나자와金澤에서

우노하나야마卯の花山와 쿠리카라가타니俱利伽羅が谷를 넘어 카나자와에 도착한 것은 7월 15일이다. 바쇼는 오오사카大坂에서 온 상인 카쇼何處라는 사람의 숙소에서 함께 머물렀다.

이 지방의 잇쇼一笑라는 사람은 하이카이俳諧에 열심이라는 평판이 있어서 그를 아는 사람도 있는데, 작년 겨울에 세상을 떠났다고 한다. 그의 형이 추모 하이카이俳諧를 열어 바쇼는 다음과 같이 잇쇼를 애도하며 구를 남긴다.

塚も動け我が泣く聲は秋の風
무덤도 움직여라 나의 울음소리는 가을바람

이 구는 잇쇼의 죽음에 대한 나의 깊은 애도가 가을바람이 되어 무덤도 움직여 달라는 바램을 나타내고 있다. 가을바람이 무덤 위에 난 풀을 스치며 지나가고 있는 상황이 풀뿐만이 아니라 마치 무덤을 움직일 듯한 상황으로 표현되고 있다. 슬픔을 견디지 못하고 큰소리를 내어 울고 있는 자신의 마음을 가을바람에 비유하고 있다. 자기의 슬픈 애도에 대해 무덤이 움직여 반응할 수 있을 만큼 자신의 슬픔이 크다는 뜻을 나타내고 있는 것이다. 즉, 나의 울음소리는 가을바람이니, 가을바람아 내 마음을 담아 무덤을 움직이게 하라는 의미이다. 강한 명령형의 표현방식을 사용하고 있으나, 스쳐 지나가는 가을바람에게 힘주어 부탁하는 상황이다. 이 가을 바람은 쓸쓸하고 공허한 주변 풍경을 상상하게 한다.

그 후, 그는 어느 암자에 초대되어 쓸쓸한 가을 정취와는 다른 분위기의 구를 남긴다.

秋涼し手毎にむけや瓜茄子
가을은 시원하도다 모두 손에 들고 벗기세 참외와 가지

바쇼는 암자에서의 대접으로 잔서殘暑도 잊고 초가을의 서늘함을 느끼고 있다. 시원한 가을에 오이와 가지의 껍질을 각자 벗기고 맛보자는 가을철 미각의 즐거움을 노래하고 있다. 그리고 길 도중에 다음 구를 적었다.

あかあかと日は難面もあきの風
따가운 햇살은 변함없이 가을바람

이미 계절은 가을이 되었다고 하는데 아직 잔서殘暑로, 태양은 쨍쨍하게 사정없이 비치고 있다. 그러나 과연 불어오는 바람은 가을다운 기분을 느끼게 한다. 이 구는 '변함없이難面も'에 하이쿠의 특징이 잘 나타나 있다. 이 어휘는 '야속하다·무정하다·태연하다·아무렇지도 않은 듯하다·변함이 없다·표면에 드러내지 않다' 등의 뜻을 갖고 있다. 이 구에서는 '변함없다'는 의미로 사용되고 있는데, 혹서酷暑가 여전하다는 의미와 변함없이 자연의 법칙에 따라 계절이 바뀌고 있다는 의미가 중층적으로 사용되고 있다. 이것이 하이쿠의 매력을 느낄 수 있는 어휘라고 할 수 있다.

• 코마츠^{小松}라는 곳에서

しほらしき名や小松吹く萩すすき

어여쁜 지명이여 어린 소나무에 나부끼는 싸리꽃 억새꽃

이 구는 이름 그대로 작고 어여쁜 소나무가 심어져 있는 코마츠의 풍경을 노래한 것이다. 그 작은 소나무 위로 부는 가을바람이 싸리꽃이랑 억새를 나부끼게 하여 정취 있는 가을 풍경의 분위기를 자아내고 있다. '코마츠'는 지명과 식물명을 동시에 나타내는 동음이의어로서, 어린 소나무인 식물명을 통해 코마츠 지역을 효과적으로 나타내고 있다.

또한, 어린 소나무와 싸리꽃, 억새꽃의 결합은, 가을의 상징적인 식물인 싸리와 억새를 통해 어린 소나무에게 가을 정취를 부여하고 있다. 즉, 이 매개적인 요소는 어린 소나무가 심어져 있는 코마츠라는 마을의 계절감을 나타내는 주체적인 요소이며, 어린 소나무는 정감어리고 아름다운 지역을 나타내는 상징적인 요소로 작용하고 있다.

그리고 그는 코마츠 지방의 타다^{太田}신사에 참배하였다.

이 지방 타다^{太田}신사에 참배하였다. 여기에는 사네모리^{實盛}[63]의 투구와 비단 옷 조각이 있다. 옛날 사네모리가 미나모토^源에 속해 있었을 때 주군인 미나모토 요시토모^{源義朝}에게 하사받은 것이라고 한다. 정말 보통의 무사가 착용할

---

63 사네모리(實盛) : 헤이안(平安) 말기의 무사로 처음에는 미나모토 요시토모(源義朝)의 부하였지만, 후에는 타이라(平)의 부하가 되어 카가(加賀)지방의 시노하라(篠原) 전투에서 전사하였다. 미나모토 요리모토는 카마쿠라 막부를 세운 사람으로 미나모토 요시츠네(源義経)의 아버지이다. 키소 요시나카(木曾義仲)는 어렸을 때 사네모리에 의해 목숨을 건지고 키소의 산속에서 자랐다고 한다.

수 있는 것은 아니다. 투구 앞부분의 차양에서 바람막이까지는 국화 당초무늬 조각에 금을 새겨 넣었고, 머리를 덮는 부분은 용머리로 장식되어 있고 뿔이 달려 있었다. 사네모리가 죽은 후, 키소 요시나카木曾義仲가 기원문과 함께 이 신사에 봉납하였다고 하는 것과 히구치 지로가 그의 심부름꾼으로 왔다는 것 등, 당시의 일을 지금도 눈앞에서 보는 것처럼 기록되어 있다.

むざんやな甲の下のきりぎりす
참혹하도다 갑옷 아래의 귀뚜라미

바쇼는 사네모리가 백발의 머리에 쓰고 분전奮戰했다는 투구를 보고 그 당시의 참혹한 전쟁을 상상하며 인생의 비애를 떠올리고 있다. 지금 투구 밑에서 귀뚜라미가 울고 있는 상황이, 그 당시 무사로서 용맹을 떨쳤지만 비참한 최후를 맞이한 사네모리의 인생이 너무 참혹하여 마치 사네모리 망령의 화신처럼 울고 있는 것으로 느껴진다는 것이다. 가냘픈 목소리로 우는 귀뚜라미는 가을의 우울한 서정의 상징이다.

그는 야마나카山中온천으로 가는 도중, 시라네가다케白根が岳를 뒤쪽에서 바라보며 걸어갔다. 왼쪽에는 관음당觀音堂이 있는데, 이 관음당에는 대자대비관세음보살상大慈大悲觀世音菩薩像이 안치되어 있다. 경내境內에는 진기한 형태의 바위가 가지각색의 형태로 겹쳐져 있고 노송이 줄지어져 있다. 그리고 띠로 지붕을 이은 조그만 건물이 바위 위에 걸쳐 있는 듯이 세워져 있다. 이곳에서 그는 그 모습을 보고 다음과 같이 읊고 있다.

石山の石より白し秋の風

석산의 바위보다 하얗도다 가을바람

이 나타데라那谷寺 경내 중에도 여러 기암奇巖이 첩첩한 석산石山은 하얗게 바래 있다. 마침 그때 불어오는 가을바람이 이 석산의 돌보다도 한층 더 하얗다고 하는 의미이다. 물론 가을바람이 하얗다고 하는 표현은 나타데라의 바위 색감에서의 발상이며, 가을 분위기에 대한 암시이다. 바위로 둘러싸여 있는 경내의 분위기와 흰 색의 결합은 공허함과 엄숙함의 분위기를 이끌어내고 있다.

그리고 바쇼는 온천욕을 한다. 이곳 야마나카 온천의 효능은 아리마有馬 온천 다음으로 유명하다고 한다. 그 때의 기분을 다음과 같이 표현하고 있다.

山中や菊はたおらぬ湯の匂

야마나카여 국화 꺾을 일 없네 온천의 향기

야마나카 온천의 효능은 훌륭하다. 솟아나는 온천수의 향기는 장수長壽의 묘약이라는 이야기가 있다. 국화를 꺾을 필요가 없다고 생각될 만큼 그 온천의 향기가 가득하다는 내용을 담고 있다.

지금까지 바쇼와 동북여행을 함께 한 제자 소라曽良가 복통으로 인해 더 이상 함께 여행을 하지 못하고 친척이 있는 이세伊勢 지방의 나가시마長島라는 곳으로 먼저 가게 된다. 그때 제자 소라는 스승과 헤어져 먼저 떠나가는 마음을, 바쇼는 이제 혼자 여행길을 떠나야 하는 마음을, 다음과 같이 각각 하이쿠로 나타내고 있다.

行き行きてたふれ伏すとも萩の原　　　　　　　　曾良
가고 가다 쓰러져 죽더라도 싸리꽃 들판

今日よりや書付消さん笠の露　　　　　　　　　芭蕉
오늘부터는 글자 지워야 하겠지 삿갓의 이슬

　소라는 가을을 나타내는 싸리꽃 배경을 통해 외로운 여정을 표현하고 있다. 몸이 아파 먼저 떠나가는 상황 속에서 먼저 길 떠나는 슬픔을 불확실한 여정에 대한 두려움으로 대치시키고 있다. 즉, 죽음을 각오한 여정, 그 여정의 시공을 계절어인 싸리꽃으로 압축시켜 여행을 더 이상 할 수 없는 계절의 한계와 연결시키고 있다.

　이에 바쇼는 먼저 떠나가는 소라의 슬픔과 남겨진 자신의 아쉬움을, 오늘부터는 '글자를 지워야 하겠다'는 상황으로 표현하고 있다. 여기서 글자書付란 순례자들이 삿갓에 적는 '건곤무주동행이인乾坤無住同行二人'의 글귀를 말한다. 바쇼는 삿갓에 쓰여 있는 '동행이인同行二人'이란 글자가 삿갓에 맺혀 떨어지는 가을 이슬에 의해 지워지는 상황을 제자 소라와 헤어지는 시기로 받아들이고 있다. 계절변화를 통한 인간의 이별을 자연의 섭리로 나타내고 있다. 가을 이슬은 자신이 눈물이자, 여정의 한계적 상황을 상징하고 있다. 따라서 가을이기에 앞으로 더 이상 여행을 할 수 없는 상황과 여행을 함께 해 온 사람과 이별을 해야 하는 상황을 동시에 나타낸다. 한편 그 상황에 대한 아쉬운 심정을 노래하고 있다. 소라의 구

^句나 바쇼의 구는 가을 여행의 비애를 바탕으로 이별에 대한 아쉬움과 슬픔을 노래하고 있다.

그 후, 바쇼는 홀로 젠쇼지^{全昌寺}를 거쳐 에치젠^{越前} 지방으로 간다. 이곳에서 시오코시^{汐越} 소나무를 보고, 덴류지^{天龍寺}, 에이헤이지^{永平寺}에 참배하고 후쿠이^{福井}로 향한다.

후쿠이는 에이헤이지에서 30리 정도 떨어진 곳에 있다. 10여년 전에 에도^{江戸}에서 만난 도사이^{等栽}라는 은자^{隠者}를 찾아가 만난다. 그는 여기에서 이틀 밤을 묵고 8월 15일 보름달을 보기 위해 츠루가^{敦賀} 항구로 떠난다.

• 츠루가^{敦賀}

그는 아사무즈 다리를 건너 타마에^{玉江}로 갔다. 그 무렵, 타마에의 갈대는 이삭이 나와 있었다. 우구히스^鶯 관문을 지나 유노오^{湯尾} 고개를 넘어 히우치죠^{燧城}에 이르렀고 가에루산에서 첫 기러기 울음소리를 들었다. 츠루가 항구에 도착한 14일 저녁, 하늘은 몹시 맑아 바쇼는 게히^{氣比} 신사에 참배하였다.

게히 신사는 주우아이^{仲哀} 천황을 모신 사당으로 경내는 엄숙하고 소나무 사이에 월광이 새어나오고 있었다. 그 빛이 서리를 깔아 놓은 듯한 신전의 흰 모래에 비치고 있었다. 이 신전은 유우교^{遊行} 2대 쇼우닌^{上人}[64]이 중생을 구원하고자 손수 풀을 베고 흙과 돌을 지고 날라 진흙 웅덩이를

---

64 타아쇼우닌(他阿上人) : 카마쿠라 후기 시종(時宗,정토교계의 일종)의 승려로, 1대 승려 잇벤쇼우닌(一遍上人)의 제자이다. 쇼우닌(上人)이란 성인(聖人)이란 뜻으로 고승(高僧)을 일컫는다. 잇벤은 일생동안 전국 순례를 계속하였다. 이들은 사원과 도장을 짓지 않았지만, 타아쇼우닌은 사원과 도장을 늘려 신자들이 유우교에서 벗어나 정착할 수 있도록 유도하였다. 유우교(遊行)란, 도(道)를 찾아 순례 하는 것을 말한다.

메워 신사에 참배하는 사람들이 고생하지 않게 되었다고 한다. 그 때의 풍습이 남아 대대로 유우교쇼우닌이 신사에 모래를 지고 온다고 한다. 이 유래를 숙소 주인에게 듣고 바쇼는 다음과 같이 그 감회를 노래하였다.

月清し遊行のもてる砂の上
달이 밝도다 유우교고승이 지고 온 모래 위

14일 밤, 밝고 아름다운 달이 신전 앞의 모래 위에 비치는 모습이다. 여기에는 보름달 전야의 달빛이 모래 위에 내비치는 아름답고 그윽한 풍경이 옛 유우교 고승의 공덕을 느끼게 한다는 작가의 마음이 이입되어 있다. 날이 맑은 까닭에 달빛이 밝게 비치고 있지만, 그 달빛이 비추고 있는 곳은 유우교 고승이 지고 온 모래 위로 집약되어 있다. 따라서 신전 앞 모래에 비치고 있는 달빛조차 청량하고 엄숙한 분위기를 자아내고 있다.

名月や北國日和定めなき
명월이여 호쿠리쿠 날씨는 알 수가 없네

일부러 츠루가의 명월을 보기 위해 왔지만, 어젯밤은 그렇게 맑아 있었는데 오늘밤은 비가 내리다니 호쿠리쿠 지방의 날씨는 정말 변덕스럽다고 개탄하고 있다. 이 츠루가의 명월을 보고자 했던 작가의 커다란 기대감이 하루 차이로 무너져 내린다. 그 심정을 잘 나타내고 있다.

• 가을 해변에서

바쇼는 8월 16일, 마스오 조개[65]로 유명한 이로^種 해변으로 간다. 이곳은 사이교^{西行}의 와카[66]로 유명하다.

8월 16일, 날이 개자 마스오 조개를 주우려고 이로 해변으로 배를 달리게 하였다. 이로 해변은 츠루가 항구에서 해상 7리 정도에 있다. 텡야^{天屋}라는 사람이 도시락과 술을 준비하게 하고, 배에 많은 사람들을 태워 출발하였다. 배는 순풍을 타고 금방 도착하였다. 이로 해변은 가난한 어부가 사는 오두막이 있을 뿐이고, 좀 떨어진 곳에 법화종의 절이 있다. 이 절에서 차를 마시고 술을 데워 마셨다. 그때 가을 저녁노을의 쓸쓸함에는 무어라고 형언할 수 없는 절실한 감동이 있었다.

바쇼는 이렇게 서술하며 가을 이로 해변과 마스오 조개에 대하여 아래의 두 수를 남긴다.

寂しさや須磨にかちたる浜の秋
쓸쓸함이여 스마보다 더 심한 해변의 가을

浪の間や小貝にまじる萩の塵
파도 사이여 조가비에 섞이는 싸리꽃 조각

---

65 마스오 조개 : 담홍색으로 황갈색을 띤 작은 조개. 이 조개는 이로 해변의 명물로 큰 조개가 되어도 어른 손톱보다도 작다고 한다.
66 「汐染むるますほの小貝ひろふとて色の浜とはいふにやあるらむ『山家集』」

석양은 얼마나 쓸쓸한 것인가. 이로 해변이 스마須磨 해변의 쓸쓸한 가을보다 더하다는 것이다. 쓸쓸함을 느끼는 것은 물론 작가의 주관적인 생각이다. 스마 해변보다 이로 해변이 더 쓸쓸하다고 느낄 수 있는 것은 이로 해변의 주변 환경에 의해 가능하다. 가난한 어부가 사는 초라한 집 몇 채가 있는 어촌과 가을 저녁노을과의 결합으로 한층 더 쓸쓸한 분위기를 자아내고 있다.

• 미노美濃에서

바쇼는 미노美濃 지방으로 향한다. 그가 오오가키大垣 마을로 들어가니, 때마침 소라도 이세伊勢에서 와서 모두 죠코如行의 집에 모였다. 마치 살아 돌아온 사람을 만난 듯이 바쇼가 무사히 온 것을 기뻐하며 여정의 고단함을 위로해 주었다. 긴 여정의 피로에서 오는 답답한 기분이 아직 충분히 없어지지 않았는데, 9월 6일이 되었기 때문에 이세 신궁神宮의 천좌식遷座式67을 배견하기 위해 다시 배를 타고 길을 떠난다.

蛤のふたみにわかれ行秋ぞ
대합조개가 두 몸으로 헤어져 가는 가을이로다

친한 사람과의 이별을 고하고 이세의 후타미二見 항구로 출발하게 된 자신을 대합조개의 껍데기와 살이 분리되는 것으로 표현하고 있다. 대합조개의 껍데기와 살이 떨어져 나가는 듯이 이세의 후타미로 향하는 자신

---

67 천좌식(遷座式) : 이세신궁은 아마테라스 오오카미(天照大神)와 토지신을 모신 내궁(内宮)과 이세 토지의 씨족신인 토요우케(豊受) 대신(大神)를 모신 외궁(外宮)이 있다. 이세신궁의 사전(社殿) 중앙에 구멍을 파고 세운 기둥 위에 신체(神體)인 거울을 얹어 두었다. 이 사전은 21년마다 중수를 하는데 이것을 천궁(遷宮)이라고 한다. 천궁이 거행되는 행사를 천궁식(遷宮式) 또는 천좌식(遷座式)이라고 한다.

과 제자인 소라가 이별을 하고 있다는 것이다. 대합조개의 껍질과 살이 분리된다는 것은 이별의 고통을 의미하고 있다.

대합조개^蛤는 이세 바다의 명물이다. 이 대합조개의 양 껍데기, 즉 두 몸을 나타내는 어휘 '후타미^{蓋/身}'는 이세 항구의 명칭인 '후타미^{二見}'와 동음이의어이다. 그리고 '가는^行'의 어휘는 '헤어져 가는^{わかれ行}'과 '가는 가을^{行秋}' 양쪽에 연결되어 구의 의미를 중층적으로 연결시키고 있다. 이 것은 가을에 대합조개가 두 몸으로 헤어지듯 자신이 이세로 간다는 의미 와, 가을이 끝나고 겨울이 오는 계절 변화에 대한 비유이다. 오오가키 사 람들과 헤어져 후타미 항구로 가는 이별의 고통과 더 이상 여행을 할 수 없는 계절 변화에 대한 아쉬움을 대합조개의 껍질과 살의 분리로 나타내 고 있다. 그러므로 만추이기에 서로 헤어져 가는 쓸쓸함이 한층 더 절실 하다.

바쇼는, 일본 동북 지방을 비롯하여 일본의 많은 지역을 순회하면서 그 감동을 『오쿠노 호소미치』에 남겨 놓았다. 이 책이 언제 집필되었는 지는 정확히 알 수 없지만, 제자 소라가 필사한 초고가 이루어진 것이 1692년 6월 이후이다. 그는 동북 지방 여행 후에도 여행을 계속하다 끝 내 여독으로 병들어 1694년 임종을 맞이하게 된다. 죽음을 앞두고 병중 에서도 들판을 달리는 마음과 병들어 누워있는 몸을 표현하고 있듯이 그 의 인생은 그야말로 나그네 길이었다. 전통적인 명승지와 선인들의 자취 에 대한 감회를 직접 발로 밟고, 보고 들으며 자신의 시세계를 확립시켜 가기 위해 그는 걷고 또 걸었던 것이다. 따라서 이 책은 바쇼의 시정신을 잘 나타내고 있다.

그것은 그의 목숨을 건 수많은 여정에 의해서 알 수 있듯이, 그는 자신 의 삶뿐만 아니라 우주 질서의 깨우침을 선인들과 자연으로부터 찾고 배우려고 노력하였다.

방랑시인인 그는 봄날의 설렘으로 여정에 대한 유혹을 떨치지 못하고, 무더운 여름의 힘든 여정을 하듯이 평생을 살며, 쓸쓸한 가을 황혼을 느끼며 이 우주의 삼라만상을 짧은 글로 옮겨 놓았다. 그는 사계절, 즉, 인생과정을 시간의 흐름에 맞추어 아침, 점심, 저녁 또는 봄, 여름, 가을, 겨울에 조응하여 인간의 삶^{생로병사}을 노래하였다. 이 노래는 사계절의 변화와 함께 어우러지는 생명체의 절규라고 할 수 있을 것이다. 그러나 그 절규는 자연의 법칙에 대한 깨달음과 조화에 의한 투명하고 아름다운 목소리이다. 우리가 이 아름다운 목소리에 귀 기울이는 이유는 우리가 살아내야 하는 인생의 몫과 그 까닭, 그리고 살아가야 하는 모습과 방법론이 담겨져 있기 때문이 아닐까 생각한다.

5. 요사 부송의 시대

● 하이카이^{俳諧}의 중흥^{中興}과 요사 부송

요사 부송^{与謝蕪村 : 1716~1783}은 일본 하이카이에서 하이쿠의 성자^{俳聖}라고 불리우는 마츠오 바쇼^{松尾芭蕉} 다음의 성자이다.

하이카이를 예술의 경지로 끌어올린 바쇼가 죽은 뒤, 그 문파는 여러 유파로 나뉜다. 결국 바쇼가 세운 하이카이의 예술성마저 소실되기에 이르러 18세기 초의 하이카이는 속화^{俗化}되어 버린다. 깊은 감동이나 전통에의 지향은 사라지고, 17자의 문자를 사용하여 유희적인 것을 노래하는 기교만이 남게 된다. 그러므로 동음이의어에 의한 유희, 센류^{川柳}적인 유머, 경박한 표현이 이 시기의 작풍^{作風}이었다고 할 수 있다. 또한, 이때의 주된 목적이 하이카이의 대중화였다. 제자가 늘면 늘수록 수익은 증가하는 구조 속에서 하이쿠 작가^{俳人}의 목적은 오로지 하이카이를 가르쳐 수입을 얻는 것이었다.

이렇게 세속화된 하이쿠를 혁신하여 바쇼풍 하이카이로 본연의 모습을 되찾으려는 움직임이 1730년대에 일어났다. 바쇼 50주년 1743년쯤, 하야노 하진^{早野巴人}이 1742년에 죽자, 그의 제자들이 그의 청아하고 품격 있는 구풍을 잇고자 츠이젠구슈^{追善句集}를 편찬하였다. 한편, 이 시기에 많은 작가들이 바쇼를 사모하여 바쇼의 발자취가 담긴 곳을 방문하기도 하고 하이카이의 성자를 추모하는 암자를 건축한다.[68]

약 40년간 하이카이가 부흥의 시기를 맞이하지만, 부송의 죽음으로 이 하이카이의 중흥도 종식된다. 즉, 이 시기를 문학사에서는 '텐메이^{天明 : 1781~1789}의 중흥 하이카이'라고 한다. 이러한 문학 운동 중심에는 요코이 야유^{橫井也有}, 탄 타이기^{炭太祇}, 오오시마 료우타^{大島蓼太}, 가야 시라오^{加舍白雄} 등이 있었다. 그 중에서 하이카이의 부흥에 중심을 이룩한 작가^{俳人}는 하야노 하진^{早野巴人}의 제자 요사 부송이다.[69]

부송^{蕪村}은 오오사카^{大阪}에서 태어나 에도^{江戸}로 가서, 하이카이를 배우며 남송^{南宋} 문인화의 흐름을 딴 화가로 입신하여 하이카이의 작가보다는 화가로 당대에 알려진 사람이다. 그가 색채가 풍부하고 낭만적인 시정이 넘쳐흐르는 세계를 추구할 수 있었던 것은 화가로서의 감각과 중국, 일본 등의 고전에 의한 교양이 근저에 있었기 때문이다. 그 만큼, 그의 화풍과 하이카이의 작품은 상호관계가 깊다. 일반적으로 바쇼가 현실의 적극적인 긍정, 중세적인 은자에 가까운 시 정신, 높은 구도적 정신성을 지

---

68 앞의 책, 도날드 킨, p.321 참조.
69 위의 책, pp.321~348 참조.

녔다고 보는데 비해, 부송은 한시적漢詩的 취미, 왕조적 취미를 애호하였고 조형미에 도취된 회화적, 인상적, 탐미적인 작풍의 세계를 보여주고 있다. 이른바 예술지상적인 문인의 세계였다고 평가될 수 있다.

● 요사 부송의 하이쿠 세계

부송蕪村의 하이쿠는 바쇼나 코바야시 잇사小林一茶와는 달리 사생활이나 세상 밖의 일들을 표현하지 않고 철저하게 침묵으로 일관하였다. 그는 20세에 고향인 오오사카를 떠나 에도江戸로 간 이유도 전혀 설명하고 있지 않다. 1751년에 쿄토京都에 가서 정착하였지만 왜 그곳을 선택하였는가에 대한 언급도 없다.[70] 그저 작품으로 추측해 볼 수 있다.

　　万歳の踏かためてや京の土

　　만세 밟아 굳힌 쿄토의 땅

단지, 위의 구에서 볼 수 있는 것처럼 쿄토의 땅은 역사적 가치로서 존재한다. 이런 역사적 가치, 즉 전통의 장소인 쿄토를 그가 삶의 정착지로 선택한 이유를 단지 이 하이쿠로 추측해 볼 수 있다.

18세기 전반, 하이카이 이외의 문학 활동의 대부분은 에도가 중심이었지만, 하이카이 중흥에 깊은 관계가 있는 예술가는 쿄토에 살았다는 사실을 볼 때, 쿄토는 하이카이 중흥의 거점이라고도 할 수 있는 것이다. 그러므로 그가 고향에 대한 그리움 속에서도 쿄토에 정착한 점은 그의 하이카이에 대한 애착 또는 열정이라고 설명될 수 있을 것이다.

---

70 앞의 책, p.328 참조.

그는 하이카이에 대한 애정과 함께 고향을 그리워하는 마음 또한 어쩔 수 없었다. 그는 망향望鄕의 심정을 다음과 같이 노래하고 있다. 그의 「春風馬堤曲[1777]」에 실려 있는 4편의 하이쿠는 모두 향수鄕愁에 대한 심정을 노래하고 있다.[71] 그러나 그는 자기의 소년시절과 어머니에 대한 그리움을 어느 소녀가 자기 부모 집에 돌아가고 있는 모습에 대입하여 표출하고 있다.

やぶ入や浪花を出て長良川
귀향길이여 나니와를 떠나 나가라강

春風や堤長うして家遠し
봄바람이여 둑이 길어 집이 멀구나

一軒の茶見世の柳老にけり
한 채의 찻집 버드나무 늙었어라

隣みとる蒲公莖短して乳を泚
귀여운 민들레 줄기 꺾으니 젖이 흘러라

나니와浪花는 오오사카, 나가라長良강은 쿄토의 요도가와淀川강의 옛 지명의 이름이다. 이 구는 오오사카에서 쿄토로 상경하는 소녀의 심정을 표현하고 있다. '야부이리やぶ入'란 정월과 칠월에 고용인이 휴가를 받고

---

71 尾形仂 「蕪村의 世界」, 岩波書店, 1997, pp.4~5 참조.

자기 집에 돌아가는 것을 말한다. 이 구에는 고용살이에서 해방된 기분과 그 소녀의 애처로움이 내포되어 있다. 그 해방감이 잘 나타나 있는 봄바람, 그 봄바람을 맞으며 자기 집을 향해 걸어가고 있는 소녀의 눈앞에는 강둑이 길게만 느껴지는 것이다.

그 둑을 따라 집으로 가는 도중에 한 채의 찻집이 있고, 그 찻집에 있는 버드나무는 노쇠해진 자기 부모처럼 서 있다. 둑가에 피어 있는 민들레를 짧게 꺾어 보니 하얀 즙이 손에 묻는다. 마치 그 즙이 그리던 어머니의 젖과 같이 느껴진다는 표현이다.

이렇게 그는 귀성길에서 접한 버드나무나 민들레를 통해 부모에 대한 그리움을 표현하고 있다. 그러나 고향길에서 접하는 이런 소재와는 달리 찔레꽃은 다른 의미를 나타내고 있다. 물론 객지에서 찔레꽃을 보았을 때 고향집에 핀 찔레꽃을 떠올릴 수 있다. 그러나 여기에서는 고향집에서 본 찔레꽃의 의미를 뛰어 넘은 다른 의미가 내재되어 있다.

「春風馬堤曲[1777]」의 서문에 표현된 찔레꽃[72]은, 이른 봄 귀성길 둑을 지나다가 나물을 뜯으려고 둑을 내려가는 어린 소녀의 허벅지에 상처를 입히는 존재이다. 이 상처는 고향길 가는 길이 그다지 쉽지 않다는 것을 암시적으로 나타내고 있는 것이다.

> 花いばら故郷の路に似たる哉
> 찔레꽃 고향 길을 닮았어라

---

72 앞의 책, p.37 참조.

愁ひつつ丘にのぼれば花いばら

근심스러워 언덕에 오르면 찔레꽃

白露や茨の刺にひとつづつ

흰 이슬이여 찔레꽃 가시에 하나씩

고향이 떠올라 언덕에 올라가 고향 쪽을 바라보지만 보이는 것은 찔레꽃으로, 고통스런 마음이 가득하다. 이렇게 찔레꽃은 고향과 연결될 때 상처의 이미지로 존재하게 된다. 결국, 늦가을 찔레꽃 가시에 떨어지는 흰 이슬은 망향에 대한 자신의 눈물로 전개된다.

이렇게 어린 소녀를 통해 자기의 감정을 객관화시키고 있는 부송은 이혼을 하게 된 딸에 대한 자신의 심정조차도 언급하지 않는다.

さみだれや大河を前に家二軒

오월비여 대하를 앞에 두고 집 두 채

이 구는 1777년 딸의 이혼을 친구에게 알리는 편지 안에 적혀 있는 구이다. 그러나 그러한 설명 없이는 이것이 그의 딸과 상관이 있다고는 아무도 생각할 수 없다. 이처럼 그의 하이쿠에는 그가 만년에 겪었다는 경제적인 고통이나 가정적인 역경이 전혀 나타나지 않는다. 그는 자신의 비통한 심정을 거의 노출하지 않는 객관적인 하이쿠 작가라고 할 수 있다.

身にしむや亡妻の櫛を閨に踏

몸에 스며드는구나 죽은 아내의 빗을 안방에서 밟고

이 구도 죽은 아내의 빗을 밟았을 때의 심정을 노래하고 있다. 그러나 그 감정이 단지 몸에 스며든다는 표현뿐으로 그 감정이 어떤 것인지 표출시키지 않고 있다. 그러나 몸에 스미는 감정이란 슬픔과 그리움, 아내에 대한 사랑 등을 함축하고 있기 때문에 아내에 대한 그의 애틋한 정을 작품 내면에서 도출해 낼 수 있다.

또한, 그는 세속에의 비판에 대해 일체의 관심조차 보이지 않는다. 부송의 만년 전성기에 일본은 여러 차례 천재지변[73]으로 3만5천명이 죽고 관동지방關東地方은 5년간 황무지같은 상황이 계속되었다.[74]

그러나 그것이 그의 하이쿠에는 나타나지 않는다. 즉, 사회에 대한 무관심은 상대적으로 그를 낭만적 시인으로 만들었다.

さしぬき[75]を足でぬぐ夜や朧月
바지를 발로 벗는 밤이여 으스름달

그는 오히려 보기 흉한 귀족들의 흐트러진 모습을 으스름달로 포용하고 있다. 저녁 으스름달 아래에 귀공자의 동작은 분명 흐트러진 행동임에 분명하다. 그 행동이 신분과 상관없는 평소의 행동인지, 일상생활의 권태나 피로로 인하여 바지를 발로 벗는 것인지, 취기로 행하는 것인지, 그 이유는 알 수 없다.

단지 귀족의 행동과 헤이안平安시대의 의복을 통해 그 시대의 모습을 상상해보는 즐거움이 낭만적 요소로 작용하고 있다. 이런 왕조적 낭만성

---

73 1770년에는 한발, 큰불, 홍수, 전염병, 기근, 1783년에는 아사마(淺間)산의 분화(噴火) 등.
74 앞의 책, 도날드 킨, p.323 참조.
75 사시누끼(指貫) : 발목 부분을 졸라매는 바지로 중고시대에 약식 조복, 귀족옷, 사냥복 등을 입을 때 입었다.

은 다음 하이쿠에도 보인다.

鳥羽殿へ五六騎いそぐ野分かな

토바전으로 대여섯 기마 서둘러가는 세찬 바람이여

세찬 바람을 기마 탄 무사 대여섯 명이 토바鳥羽천황전을 향해 달려가는 모습에 비유하고 있다. 여기에서 세찬 바람은 일본 늦은 가을부터 초겨울에 부는 태풍과 같은 바람을 일컫는다. 역사적인 사건 호우겐保元의 난亂76을 상상하며 질풍의 모습을 느낄 수 있는 구이다.

暑き日の刀にかゆる扇かな

더운 날 칼을 바꾸는 부채인가

더운 여름날의 무사들의 평범한 인간적인 모습을 나타내고 있다. 더위 속에서는 무사도 별 수 없이 부채를 펴든다는 사실 하나로, 무사도 인간일 수밖에 없다는 부송의 생각을 읽어낼 수 있다. 그의 폭넓은 인간애와 긍정적인 사고관을 엿볼 수 있는 구이다.

한편, 농가 출신의 화가이자 하이쿠 작가俳人이었던 그는 하이쿠에 많은 풍경화를 그려 넣었다. 그는 하이쿠사에서 사생의 작가라고 불리우는 만큼 하이쿠에 회화적 수법을 사용하고 있다.

---

76 1156년 平安말기 황족과 귀족간의 내분. 토바 호우오우(鳥羽法皇)의 죽음을 계기로 황실내부의 수우토쿠 죠오우(崇德上皇)와 시라카와 텐노우(白河天皇)의 대립이 표면화되었다.

苗代の色紙に遊ぶかわづかな

색종이 못자리에 노니는 개구리인가

하이쿠에서 '개구리'는 봄의 계절어이다. 이 구는 못자리 위에서 개구리가 뛰어 다니는 모습을 묘사한 것으로, 옅은 녹색의 못자리가 색종이에 비유되어 봄의 색감을 실감하게 한다.

春雨やものかたりゆく簑と傘

봄비여 이야기하며 가는 비옷과 우산

이 구는 봄비 속을 지나는 사람들의 모습을 시각적으로 나타내고 있다. 비옷과 우산에 떨어지는 빗방울 소리가 봄비와 이야기하면서 지나가는 모습으로 표현됨으로써 봄비의 정겨움을 느낄 수 있는 경쾌한 서정의 세계를 이루고 있다.

にほひある衣も疊まず春の暮

향기 있는 옷도 접지 않고 늦은 봄

위의 두 하이쿠와는 달리, 이 구는 후각적 묘사를 통해 봄날의 서정을 나타내고 있다. '향기 있는 옷'이란 꽃구경 때 입은 옷이다. 그 옷이 귀가한 후에도 정리되지 않고 벗어둔 채 놓여 있다. 저녁이 되어도 봄꽃의 향기가 그윽한 분위기와 만개滿開한 봄의 정취를 간접적으로 나타내고 있다. 이와 같은 표현법은 다음 구에도 잘 나타난다.

花を踏みし草履も見えて朝寝かな

꽃을 밟았던 짚신에도 보이고 늦잠을 자는 구나

여기에서 꽃을 밟은 짚신이라는 추정이 가능한 것은 봄을 상징하는 꽃에 의해서이다. 일본의 전형적인 봄날의 꽃은 벚꽃이다. 따라서 그 꽃구경을 다녀온 신발은 흙이나 꽃잎이 묻어 있을 터, 일반적인 상황과는 차이가 있다. 꽃을 밟았던 짚신은 봄나들이의 피곤함과 늦잠을 나타내는 매개체로 작용한다. 짚신에 꽃잎이 남아 있는 모습으로 늦잠 자는 이유를 말하고 있다. 즉, 늦잠을 자는 까닭은 늦은 시각까지 꽃놀이를 하였기 때문인 것이다.

牡丹散りて打ちかさなりぬ二三片

모란꽃 떨어져 겹쳐져 있는 두 세 잎

모란꽃 두 세 잎이 떨어져 있는데, 그것이 겹쳐져 있다는 사실에 기인하여 모란꽃의 특성을 이해할 수 있으며, 그 크기를 상상해 낼 수 있다.

일반적으로 꽃잎은 가볍기 때문에 겹쳐져 떨어지지 않는다. 꽃잎은 떨어지는 그 순간에도 흩날린다. 꽃잎이 떨어져 겹쳐져 있는 것은 작은 꽃잎이 무수히 많거나, 바람이 불지 않는 특정한 날에 가능한 일이다.

떨어져 있는 두 세 장의 꽃잎이 형성하고 있는 수직적인 공간은 흩날리는 일 없이 동일한 장소에 떨어지는 꽃잎의 중량감을 나타내고 있다. 모란의 도톰한 꽃잎과 무게감을 실감할 수 있다.

ところてん逆さまに銀河三千尺

우무 거꾸로 한 모습에 은하 삼천 척

그릇에서 끌어올리는 우무의 방향은 하늘에 흐르는 은하의 방향과 반대이다. 그러나 그 우무를 끌어올렸을 때 정지된 상태에서 아래로 늘어지는 모습이 마치 은하 삼천 척과 같다는 것이다. 즉, 은하의 아름다움을 우무의 아름다움으로 비유한 것이다.

蓮の香や水をはなるる茎二寸

연꽃 향기여 물을 벗어난 줄기 육 센티

연못에 피어난 연꽃의 생태적인 묘사라고 할 수 있다. 연못 물속에서 수면 위로 겨우 6~7cm 정도로 올라온 줄기 위에 피어 있는 연꽃의 아름다움과 꽃향기를 통하여 연못의 수중 공간과 수면 위의 공간을 분리시키고 있다. 연못 물속에 존재하는 뿌리와 그곳에서 벗어나 수면 위에 뻗은 줄기, 그 줄기 끝에 꽃을 피우고 있는 불교의 상징적인 연꽃은, 향기를 발산하고 있다. 이것은 인간에게 있어서의 불교의 깨달음, 즉 해탈의 경지를 제시하고 있는 것이다. 오욕칠정五慾七情의 공간에서 벗어나 깨달음의 경지에 이르는 길은 그리 먼 곳이 아닌 바로 수면 위에 있다는 것이다. 인간도 연꽃처럼 양의적兩意的 존재이지만, 그 한계에서 벗어나면 아름다운 연꽃처럼 승화될 수 있음을 암시하고 있다.

一行の雁や端山に月を印す

일행의 기러기 서산에 달을 가리킨다

이 구는 한 줄로 이동하는 기러기 무리들이 서산에 떠 있는 달쪽으로 날아가고 있는 모습을 표현한 것이다. 마치 기러기들이 달을 가리키고 있는 것처럼 기러기의 행동을 능동적으로 묘사하고 있다. 또한 그 움직임은 사생적으로 그려지고 있다.

ひるがえる蟬のもろ羽や比枝おろし
나부끼는 매미의 양 날개여 산바람에 날려

매미의 두 날개가 히에산에서 부는 바람 때문에 나뭇가지에서 떠밀려 뒤집어지는 듯 움직이고 있다. 이 구는 매미의 약하고 여린 날개가 찬바람에 젖혀지고 있는 모습을 형상화하고 있다. 계절의 이동을 여름의 상징물 매미로 나타내고 있는 것이다.

郭公琥珀の玉をならし行
두견새 호박을 이루어 가고

일반적으로 두견새를 소재로 한 하이쿠는 두견새 목소리에 대한 것을 표현하고 있다. 이 구도 마찬가지로 두견새의 목소리를 나타내고 있다. 두견새가 호박이라는 보석 형태가 되어 날아가고 있다는 의미이다. 이것은 호박에 두견새 목소리를 형상화한 것이다. 이 표현법은 그의 이미지적 회화법이라고 할 수 있다. 지질시대에 수지樹脂가 땅 속에서 화석으로 된 황색의 둥근 호박琥珀, 그 속에 여러 벌레곤충들이 들어 있다. 이 호박에 수천 년을 지낸 그대로 변함없는 두견새의 목소리를 비유하고 있는 것이다. 즉, 두견새의 목소리는 보석과 같은 귀중함과 아름다운 이미지,

전통적인 것들의 소재로 사용되고 있다.

朝霧や村千軒の市の音
아침 안개여 마을 집 천 채의 시장 소리

눈에 보이는 것은 아침 안개, 귀에 들리는 것은 시장 사람들의 소리. 실제로 인가가 천 채인 마을이 보이지는 않지만, 사람들의 떠들썩한 소리로 이른 아침의 마을 광경을 그려내고 있다.

襟卷の淺黃にのこる寒さかな
목도리의 누런색에 남은 추위인가

초봄의 추위를 목도리에 누렇게 낀 색감으로 묘사하고 있다. 이것은 목도리에 '남아 있는^{のこる}' 추위, 더러움이 '남아 있는' 추위로 해석될 수 있다. 이 동음이의어도 짧은 문장에서의 효율적인 표현의 가능성을 보여 주고 있다.

春の水山なき國を流れけり
봄물이 산하를 흘러가도다

봄물이 산하를 흘러가고 있다는 내용은 지극히 평범한 표현이지만, '봄물'과 '산하'의 결합으로 봄물이 흘러가는 공간이 확대된다. '산하'는 국토 전부를 의미하므로, 이 구의 심의^{心意}는 전 지역에 걸친 봄의 도래^{到} ^{來}이다.

여기에서 소개한 하이쿠 이외에도 그는 둑에 서 있는 버들이 바람에 흔들리는 모습이나, 눈 내린 밤의 풍경을 그리는 등, 사실적이며 일상생활에 밀접한 시정詩情을 나타내고 있다. 이런 풍의 수묵화적인 표현은 그의 대표적인 표현법이라고 할 수 있다.

그는 사회의 모든 것들에 대해 침묵하며, 예술인으로서 자신의 정서나 감수성에 입각한 표현으로 일관하였다. 즉, 마음의 심연을 보이지 않는 냉정한 객관성과 조형미를 통해 문인의 유유자적한 이상을 보여주고 있다.

이렇게 그의 하이쿠는 사생적 표현, 인상파적인 회화 표현 등의 특색을 보이고 있다. 즉, 그는 색채의 밝음, 빛의 강렬함, 시각적인 콘트라스트에 의한 사생적 표현에 의해 하이쿠의 성자로서 존재하며, 한편 그 시대의 작풍을 변화시킨 작가로 지금까지 하이쿠 작가에게 많은 영향을 주고 있다.

6. 코바야시 잇사의 하이쿠 세계

● 코바야시 잇사의 삶

코바야시 잇사小林一茶 : 1763~1827는 신슈信州 카시와라柏原 지방에서 태어난 근세 후기의 하이쿠 작가이다. 그는 농민의 장남으로, 14살 때 에도江戸로 나와 하이쿠를 배웠다.[77] 코바야시 잇사는 사투리나 속담을 잘 구사하여 주관적이고 독자적인 하이쿠 세계를 구축하고 있다.

---

77 앞의 책, 도날드 킨, p.361 참조.

그가 살았던 근세는 죠닌^{町人}시대로 그는 마츠오 바쇼^{松尾芭蕉}, 요사 부송과 함께 근세의 대표적인 하이쿠 작가^{俳人}로 알려져 있다.

근세 시대^{1603~1867}는 막부가 화폐경제의 채택과 교통망 정비, 상업의 육성으로 유통경제가 발달한 시대이며, 토지와 결부되어 반농적 존재인 무사가 소비계급으로 전락하게 되고 신흥 죠닌층이 경제적으로 높은 지위를 차지하여 사회적인 활동을 전개하게 되는 시대이다. 당시 지배계급인 무사는 전통에 따른 관습을 중시하고 봉건제를 유지하려는 보수적이고 소극적인 계급이었다. 이에 비해 죠닌은 상업의 발달에 따라 경제적 지반을 다지고 스스로의 문화를 형성해 가는 적극적인 상인층이었다. 이 서로 다른 양상의 문화는 근세 문학 내의 하이쿠에도 잘 나타나 있다.

전통적인 미^美로서의 풍아^{風雅}와 사회적 풍자의 해학이 근세의 주된 내용이었다. 모든 작가가 각자 독창적인 표현기법에 의한 자기 세계를 형성하듯이 코바야시 잇사 또한 자기 나름의 작풍^{作風}을 보여주고 있다.

특히, 18세기는 농민 대중의 봉기가 되풀이되던 시대였다. 상품경제가 발달하면서 전국 시장에서의 쌀값이 대단히 유동적이었다. 연공미^{年貢}＊와 쌀의 매점^{買占}으로 서민들의 생활은 궁핍하고 불안정하여 상당히 곤란하였다.

무가^{武家} 집안에서 태어난 마츠오 바쇼와는 달리 요사 부송과 코바야시 잇사는 농민출신의 작가이다. 일반적으로 작가의 출생 또는 가정생활, 친분관계와 관련지어 살펴보는 것이 작가 개인을 이해하기 위한 하나의 방법이기도 하다. 작가의 삶이 작품 내에 영향을 미치는 것은 당연한 일이다. 그러나 요사 부송의 하이쿠가 작가의 삶을 작품에 그대로 표현되지 않은 특성을 지닌데 비해, 코바야시 잇사의 경우에는 자신의 삶, 즉 생활 감정이 그의 작품 속에 표출되고 있는 특성을 보이고 있다.

그도 하이쿠를 위해 일생을 바쳤다. 예전부터 지금까지 하이쿠 작가는 수없이 많으며 명성을 얻은 사람도 적지 않지만, 잇사처럼 하이쿠를 좋아하고 오로지 하이쿠에만 전념한 작가는 그다지 많지 않을 것이다.

그는 불을 붙일 때 사용하는 유황 개비를 종이처럼 사용하였다. 잠자리에 들어서도 구句가 떠오르면 그것에 메모를 하였다. 낮에도 이와 같은 메모 습관으로 모아둔 구첩句帖은 1892년「旅日記」를 비롯하여「寛政句帖」,「父의 終焉日記」,「亨和句帖」,「七番日記^{1810~1818}」,「八番日記^{1810~1818}」,「九番日記^{1810~1818}」,「文政句帖」등, 만년에 이르기까지 거의 남아 있다.[78] 그가 세상을 떠난 후 1804년부터 1825년까지 모은 구집이『一茶俳句集』이다.

그가 구첩句帖을 일기라고 칭한 것은 매일 일기를 쓰는 마음으로 하이쿠를 대하였음을 알게 해주는 단서들이다. 자기의 신변 소식이나 감상, 즉 일기적인 내용을 가진 것이 하이쿠로 표현된 것은 극히 적다. 매일 뭔가를 쓴다는 방법은 일기적이지만 그 내용은 일기적인 것은 아니다. 잇사가 살아온 시대의 통념으로서는 하이쿠는 하이쿠로, 기록하는 것이나 생활 감정과는 다른 별개의 것이라는 것이다.[79]

생활 감정을 드러내는 것은 이른바 일본 문학작품이 추구하고 있는 풍아風雅에 어긋나기 때문에 자칫하면 일상생활의 단면을 보는 듯한 따분한 하이쿠가 될 수 있다. 그러나 잇사의 전체 작품 약 천 구千句 중에는 다소 자신의 생활이 나타나 있다. 그가 그날 그날을 일기에 담고 자기의 생을 정리하듯 하이쿠를 꾸준히 써왔다는 사실과 생활 감정을 드러내면서 하이쿠의 객관성을 유지하고 있는 점에 주목하여 그의 문학적 특색을 살펴

---

78 萩原井泉水編,「一茶俳句集」, 岩波書店, 昭和48年, p.176 참조.
79 위의 책, p.177 참조.

보고자 한다.

코바야시 잇사가 살았던 시대는 앞에서도 언급한 것처럼, 18세기 후반 무사지배체재 안에서 상층 죠닌의 경제적 힘은 점점 강해졌으며, 그 문화적인 창조력도 활발하였다. 무사층이 강요한 '의리'의 질서와 죠닌층이 형성한 '인정人情'의 가치가 대립한 18세기 전반기와는 달리 후반기는 죠닌층에 해학이 등장하였다.

해학도 여러 형태의 웃음이 있다. 무사지배체재에 대한 무사 자신들의 자각으로서의 웃음, 사회질서와 권위에 대해 저항하는 풍자로서의 웃음은 센류川柳나 쿄카狂歌 등의 문학 형태로 자리를 잡았다. 그 가운데서 서민층을 비롯하여 세상에 보급된 하이쿠는 저속하고 진부한 형태의 내용으로 통속화되어 가고 있었다. 이런 상황에서 코바야시 잇사가 체재에 대한 부정과 서민 애환에 대한 동정을 독자적으로 표현함으로써 근세 하이쿠는 새로운 측면을 맞이하게 된다.

人は武士なぜ町人になつて來る[80]

사람은 무사 왜 죠닌이 되어 오나

이것은 이 시대의 무사에 대한 가치관을 잘 나타내주는 센류[81]이다. 무사에 대하여 죠닌이 가졌던 우월감이 선명하게 반영되어 있다. 그 시대에 '사람은 무사'라는 가치관이 바뀌지 않았으나, 그 무사가 죠닌이 되어 온다는 사실은 사회 시대의 변화를 풍자적으로 밝히고 있는 것이다.

---

80 위의 책, p.221.
81 센류는 하이쿠처럼 5·7·5의 음운문학으로, 언어유희적인 내용을 토대로 사회의 풍자나 익살을 주된 주제로 함.

18세기 무사의 직분을 떠나 죠닌층에 붙는 무사가 많아졌다. 또는 무사 쪽에 머무르면서 여가를 이용하여 죠닌 사회로 다가가려고 하는 무사도 많았다. 번藩이 재정적 곤란으로 하급 무사의 생활을 계속 압박하고 있었으며, 무사사회의 의례적인 엄격주의와 유교 윤리의 형식주의에 반하여 죠닌 사회에는 자연적 인정문화가 있었다. 18세기 후반이 되자, 무사 지식층에도 이 두 가치체계가 형성되었다. 이 두 체계의 균형을 유지하는 수단으로 자각적 표현방법으로서의 해학이 사용되었다.

이렇게 무사는 죠닌의 삶으로 다가갈 수도 있었지만, 농민의 삶은 여전히 고달프기만 하였다.

● 코바야시 잇사의 하이쿠 세계

• 시대의 저항감

武士や鷽に迄つかはるる
무사여 휘파람새마저 사용하는구나

이 구는 휘파람새와 무사라는 존재의 관계에 대한 심회心懷를 나타내고 있다. 이 구에서 휘파람새는 무사의 목적적인 수단이다. 봄을 알리는 휘파람새가 무사들에게는 수단 방법의 새로 사용된다는 현실을 통해 무가사회의 극단적인 면을 표현하고 있다. 휘파람새의 아름다운 소리를 듣기 위해 휘파람새를 잡아 울게 하였다는 이야기도 있다. 일본에서는 휘파람새의 명칭이 차茶나 향香의 도구에 사용되어 왔다. 이런 풍아의 멋을 무사가 악용한다는 것에 대해 작가는 부정의 시각으로 노래하고 있는 것이다. 무사들이 그 가치를 알지 못하고 휘파람새를 수단과 목적으로 사용하고 있음을 야유하고 있다. 특히, 조사 '마저^迄'는 무사의 수단방법이 한정 없이 고조되어 가는 한계적 상황에 대한 개탄을 잘 나타내고 있다.

世の中にか(蚊)ほどうるさきものはなしぶんぶ(文武)といひて夜もねられず[82]

이 세상에 모기만큼 시끄러운 것은 없다. 윙윙(文武) 소리를 내어 밤에도 잘 수가 없고

이것은 사회질서 권위에 대한 풍자이다. 무사 사회의 풍속과 막번^{幕藩} 체제의 정책에 대한 비판이라고 할 수 있다. 죠닌이나 무사에게 해학의 동기는 강해져 가고 있었지만, 농민은 웃을 수 없었다. 웃음을 통하여 자기를 표현할 수 없었다. 18세기말 농민들에게 있어서 자기표현의 수단은 문학이 아니라, 태어난 아이를 죽이거나 마을을 떠나 도망가거나 농민 봉기를 행하는 것이었다.[83]

白露にざぶとふみ込む烏哉

흰 이슬에 첨벙 내딛는 까마귀인가

흰 이슬에 대한 까마귀의 동작에 작가의 심의가 나타나고 있다. 물에 첨벙 내딛는다는 동작은 까마귀의 거침없는 행동을 말한다. 흰 이슬과 검은 까마귀의 대비, 한순간의 흰 이슬과 까마귀의 거침없는 행동의 대비로 흰 이슬의 무상감이 더욱 부각된다.

---

82 加藤周一(김태준·노영희 譯), 『일본문학서설 2』, 시사일본어, 1996, p.222.
83 위의 책, p.222 참조.

地車におつぴしがれし菫哉

수레에 짓눌려 시든 제비꽃인가

　　수레와 제비꽃의 병치 관계로 그 장소에서 일어난 사건을 암시하고 있다. 인간의 무의식적인 행동과 제비꽃의 가련한 존재감을 무참한 언어인 '짓눌려 시든^{おつぴしがれし}'으로 표현하고 있다. 수레^{地車}는 무거운 물건을 나르는 운반차이기에 한층 더 제비꽃의 상태를 느낄 수 있다. 의식적이든 무의식적이든 무심한 사람들에 의해 희생된 초라한 생명체를 묘사하고 있다.

何櫻かざくら錢の世也けり

무슨 벚꽃인지 금전 세상이 되었도다

　　이 구는 여러 가지로 명목을 붙여서 돈을 받는 세태에 대한 개탄을 나타내고 있다. 벚꽃을 보는데도 돈이 필요한 세상이 되어버렸다는 것이다. 따라서 돈이 없는 사람은 벚꽃, 즉 자연조차 즐길 수 없게 되어버렸다는 의미이다. 희망이 없는 서민들, 더구나 봄이 와도 벚꽃조차 볼 수 없는 처절한 현실을 봄의 상징적인 '벚꽃'을 통해 암시적으로 나타내고 있다.

　• 서민의 애환

　　코바야시 잇사의 하이쿠에는 농가의 일상생활을 표출하고 있는 작품이 적지 않다. 작가 자신의 처지와 농민들에 대한 동정심이 어우러져 그의 작품 내에 감도는 서민적 애환을 살펴볼 수 있다.

我と來てあそべや親のない雀

나와 놀자구나 어미 없는 참새

어린 시절에 대한 회고이다. 어미와 헤어져 울고 있는 참새와 작가 자신의 모습이 일치되어 있다. 여기에는 그가 3살 때 어머니를 여읜 슬픔과 고독이 내재되어 있다. 참새에게 함께 놀자고 하는 동정의 마음은 곧 자신에 대한 위안이기도 하다. 이와 같이 그에게 있어 혈연을 잃은 슬픔은 인간 생명에 대한 성숙한 사고로 성장한다.

鶴の子の千代も一日はやへりぬ

학의 새끼의 천년도 하루는 줄었구나

학이란 어떤 특정한 계절에 날아오는 철새가 아니다. 이 구는 천 년을 산다는 학을 통해 생명의 유한성을 나타내고 있다. 지금부터 천 년을 살아갈 학의 어린 새끼의 시간 가운데 하루가 줄었다는 작가의 시간 의식은, 천 년을 살 수 있다는 학도 언젠가는 죽는다는 의식에서 도출된 것이라고 할 수 있다. 결국 이 의식의 표출은 한정된 생명의 유한성에 기인된 것이다. 하루가 지난 시간에 대한 아쉬움과 한탄의 감정이 뒤섞여 있다.

천 년에서의 하루란 정말 얼마 안되는 시간에 불과하다. 그러나 하루라는 말에 내재되어 있는 개념은 분절된 시간의 지시성^{指示性}을 떠나 그 이상의 의미로, 작가 자신의 표출성을 갖는 어휘인 것이다. 천 년과 하루의 결합으로 하루의 무게감이 결정된다. 그 무게감은 생명이 있는 것에 대한 무상감에 의해 더욱 심화된다. 천 년 중의 하루만으로도 무상감을 느낄 정도라면 인간의 수명 기간 중의 하루는 더욱더 무상감을 느낄 수

밖에 없기 때문이다. 인간에게 있어서의 하루, 분절된 개념 속에서의 하루라는 시간 단위는 현실에 해당하는 것이다. 즉, 이 현실은 결국 인생이라는 의미로 대체될 수 있다.

穀直段くつくとさがるあつさかな
곡물 가격 자꾸 떨어지는 더위이구나

곡물 가격과 더위의 상호관계를 통하여 농민의 삶을 나타내고 있다. 더위의 강도는 곡물가격과 반비례 관계이다. 곡물은 더운 날씨로 풍작을 이룬다. 풍작이 되면 곡물 가격은 오히려 떨어져 버린다. 따라서 농민은 더욱 더위를 느끼게 된다. 농민에게 있어서 생산과 소비의 균형을 생각해 볼 때, 더위가 주는 풍작과 그 가치는 삶의 아이러니컬한 측면을 느끼게 한다. 풍작이 되면 소비보다 공급이 많아져 가격이 떨어진다. 생산량에 비해 수입은 흉작 때와 별 차이가 없다. 농민의 생활은 풍작일 때에도 경제적인 고통에서 헤어날 수 없다. 그 경제적 악순환과 굴레를 '더위'로 암시하면서 자연적 고통, 경제적인 고통을 동시에 나타내고 있는 것이다.

かりそめの娶入月夜や啼く蛙
형태뿐인 결혼 달밤이구나 우는 개구리

'카리소메かりそめ'란 영원하지 않은 것, 임시적인 것, 형태뿐인 것을 의미한다. 이것은 농촌생활 풍습으로서 농번기에 행해지는 예비결혼을 의미한다. 이 예비결혼의 슬픔을 개구리의 울음으로 나타내고 있다. 개구

리는 결혼을 하는 사람의 대유법적 표현으로, 그 개구리가 우는 이유는 형태뿐인 결혼을 슬퍼하기 때문이다. 여기에는 불확실한 앞날에 대한 불안감이 내재되어 있다.

宵越の豆麩明りになく蚊哉
하룻밤 넘긴 두부 불빛에 우는 모기여

하룻밤을 넘긴 두부가 부패하였다는 사실이 모기에 의해 나타난다. 모기는 술을 좋아한다. 시큼한 냄새가 나는 두부 위에 모기가 소리를 내며 달려드는 모습이다. 하룻밤을 넘긴 두부는 빈곤한 삶의 모습을 간접적으로 암시하고 있다.

이 구에는 두부와 불빛에 의해 새벽의 이미지가 형성된다. 활동하기 시작한 모기의 존재를 날고 있는 동적인 감각과 불빛의 정적인 감각을 통해서 나타내고 있다. 하룻밤을 넘긴 두부라는 표현에는 새벽의 불빛과 두부의 흰 빛이 겹쳐져 있다. 이 흰색과 흰색의 결합은 놓아두었던 두부가 어렴풋하게 보이는 시간의 경과를 나타내고 있다. 새벽녘 먹을 것을 준비하는 부엌의 상황을 새벽녘 불빛에 비추어진 두부를 통해 나타내고 있다.

有明や淺間の霧が膳をはふ
새벽녘이여 희미한 안개가 밥상을 덮네

새벽과 안개는 이른 아침을 의미한다. 이른 아침 밥상 위의 상황을 온통 희미한 안개에 덮여있는 흰 색감으로 표현하고 있다. 희미한 안개는 이른 아침이라는 시간적 상황을 나타내주는 동시에 밥상 위의 상황을 암시하고 있다.

아침 일찍부터 일을 해야 하지만 먹을 것이 없는 밥상을 앞에 두고 있다. 밥상 위에는 안개가 펼쳐져 있다. 만약, 밥상 위에 진수성찬이 놓여 있다면 희미한 안개가 밥상을 덮더라도 전체 이미지가 희미한 색상으로 될 수는 없다. 밥상 위에 안개가 놓여 있는 것처럼 특별나지 않은 밥과 반찬, 혹은 아무 것도 없는 밥상이다. 즉, 그 밥상은 '가난함'의 환치換置이다. 여기에는 이른 아침 일을 해야 하는 고단함과 굶주림의 일상이 내재되어 있다.

작가는 안개 속과 같이 미래를 알 수 없는 삶, 직면하고 있는 가난한 생활을 '밥상'을 통해 들여다보고 있는 것이다. 작가는 밥상이라는 대상에 자신의 감정을 이입하고 있다.

涼風の曲りくねつて來たりけり
시원한 바람이 구불구불 돌아서 왔도다

이 구는 무더운 여름이 지나 가을이 도래하는 모습을 묘사하고 있다. '시원한 바람이 구불구불 돌아왔다'라는 표현이 구의 핵심이다. '바람이 구불구불 돌아서 왔다曲りくねつて來たりけり'라는 표현은 바람이 똑바로 통과할 수 없는 상황을 제시하고 있는 것이다. 줄지어 있는 집들로 인해 바람도 그 굴곡을 따라 불고 있다. 구불구불 돌아온 바람은 여름의 무더위를 식힐 시원한 바람이 오기를 기다리는 사람들의 심정을 대변해주고 있다. 그러나 바람은 자연적인 현상이기에 누구라도 그 바람을 느낄 수 있는 것이다.

한편, 구불구불한 바람은 시간의 지체와 함께 공간의 확대라는 양의적

兩義的 의미를 나타내고 있다. 시원한 가을의 도래를 기다리는 마음, 골고루 미치는 폭넓은 공간을 통해 자연현상인 바람조차 어떤 우여곡절을 통해서 맞이할 수 있게 되었다는 가을, 그 계절을 애타게 기다리는 마음과 자연에 대한 고마움 또는 가을에 대한 반가운 심정을 동시에 엿볼 수 있다.

秋の夜や障子の穴の笛をふく
가을밤이여 장지문 구멍이 피리를 부네

　시각적 표현과 청각적 표현이 병행되어 방안에서 외부세계의 가을 저녁을 실감할 수 있다. 장지문 구멍의 공간을 통하여 느낄 수 있는 가을 감각, 즉 밤하늘의 색감과 피부에 닿는 차가운 촉감 등의 중층적인 감각이 해학적으로 표현되고 있다. 가을바람의 촉감을 증대시키는 테크닉이다. 시원한 바람에서 시간적 흐름에 따라 겨울의 도래를 알리는 바람, 그 바람이 부는 풍경을 장지문 구멍이 피리를 분다는 동작으로 나타내고 있다. 거기에는 웃을 수 없는 해학과 낭만이 담겨 있다. 구멍난 장지문의 공간은 즐거움이나 낭만적인 요소는 아니다. 장지문은 외부세계와 내부세계를 차단하는 매개체로, 조금 찢어진 장지문의 구멍은 늦가을이라는 계절을 전달하는 공간이다. 이것은 격리된 감정의 발로가 아니라 내면의식과 외부와의 교섭을 가능하게 하는 매개체적인 공간이다. 이 공간에서 가을을 느끼는 자신의 감정을 자연과 일치시킴으로서 자연과의 교감을 얻게 된다.

　장지문이 흔들려 움직이는 모습과 불어오는 바람 소리를 동시에 느끼게 한다. 이 바람의 감각을 시각과 청각, 촉각으로 포착하고 있다. 작가는 빈곤한 생활을 자연과의 교감을 통해 유모아적인 표현을 하고 있다.

露の世は露の世ながらさりながら

덧없는 세상은 덧없는 세상이지만 그렇지만

이 세상은 이 표현 그대로 덧없는 세상이다. 그러나 '그렇지만^{さりなが}ら'이라는 역접 접속사에 의해 그의 긍정적인 삶의 의지를 엿볼 수 있다.

• 풍아^{風雅}의 미^美

月花や四十九年のむだ歩き

월화여 사십구년의 허송 세월

'월화^{月花}'는 계절감을 나타내는 어휘가 아니다. 월화는 풍아를 가리키는 말이다. 달은 가을을, 꽃은 봄을 제시하고 있다. 즉, 가을과 봄의 흐름은 세월의 의미를 나타낸다. 또한, 월화란 화조풍월^{花鳥風月}처럼 시가^{詩歌}의 중요한 대상으로 음영되어 왔던 월화이다. 세월이 지나도 변하지 않는 달과 봄이 되면 반드시 피는 꽃의 존재는 세월의 경과로, 풍아의 세계를 상징하고 있다. 즉, 풍아에 전념한 자신의 인생을 비유하고 있는 것이다.

자기가 살아온 세월이 헛되다는 판단 의식은 현실 상황을 기반으로 한 과거로의 소급으로, 살아온 생의 모든 시간에 대한 부정 의식이다. 헛되다는 것으로 일관된 부정의식은 월화에 대한 자화상이기도 하다. 이것은 지금까지 오로지 월화의 길을 걸어온 시간의 무게를 허탈한 심정으로 되돌아본 자기 성찰인 것이다. 현실에 대한 부정의식에서 연유한 애감 그 자체이다. 그는 49세에 고향에 정주하면서 겪는 고통과 안정감을 다음과 같이 노래하고 있다.

故郷は蠅まで人をさしにけり

고향은 파리마저 사람을 찌르는구나

고향을 푸근한 어머니의 품이라고 비유할 만큼 고향을 그리워하는 마음은 인간 누구나 느낄 수 있는 공기적共起的 요소이다. 그에게 있어 귀향의 현실은 달콤하지 않았다. 곤충에 불과한 파리까지도 잇사를 괴롭히고 있다. 이것은 한정적 조사 '마저まで'를 사용하여 자기를 괴롭히는 많은 존재를 표출하고 있는 것이다. 재산 상속을 둘러싼 계모와 이복형제와의 갈등을 그의 삶 속에서 연상해 볼 수 있다.

그러나 그에게 있어 혈연관계를 벗어난 자연은 다음과 같이 그의 작품을 풍아의 미로 이끌어 올릴 수 있는 존재로도 작용한다.

山里は汁の中迄名月ぞ

산마을 국 안에도 명월이로다

국을 매개체로 산마을과 명월의 관계를 표현하고 있다. 명월이 산마을 전체를 환하게 비추고 있는 풍경을 '국'이란 작은 공간을 통해 나타내고 있다. 즉, 국 속에 비추어진 달까지 명월일 정도로 산마을에서의 명월은 밝고 환하다. 산마을의 어둠과 대비되어 명월은 더욱 더 밝은 감각으로서 작가의 감동을 충분히 나타내주고 있다.

しづかさや湖水の底の雲のみね

조용함이여 호수 바닥에 산봉우리 구름

호수 밑이라는 공간에 구름 봉우리가 존재하고 있다. 이 구의 전제가 되는 상황은 조용한 청천^{晴天}이다. 조용하고 푸른 호수에 비친 산봉우리의 구름은 잔잔한 움직임을 갖고 있다. 산봉우리 위에 떠있는 구름의 동작을 호수의 동적인 공간을 통해 표현하고 있는 것이다. 정적의 공간과 동적인 현상이 함께 투입되어 있지만, 호수라는 상황에 의해 봉우리에 얹힌 구름은 정적인 세계에 흡수되어 버린다. 따라서 주체의 시각적 초점은 호수 밑이고 그 풍경을 바라보고 있는 주체는 정적인 분위기에 동화된다. 이 관조적인 태도가 고요함의 경지를 획득하게 한다.

이 구는 정^靜과 동^動의 순수한 미의 표출할 뿐만 아니라, 하늘과 땅이 합쳐진 보다 넓은 우주 공간을 형성하고 있다. 호수 밑을 기점으로 하여 반대 측에 존재하고 있는 구름 봉우리는 하늘과 호수 양방의 공간을 모두 나타내고 있는 것이다. 이렇게 안정된 분위기의 하이쿠는 그의 삶의 결정체라고 할 수 있다.

歩きながらに傘ほせばほととぎす
걸으면서 우산 말리니 두견새

이 구는 연속적인 시간의 흐름에 의해 의미가 생성된다. 이 연속적인 시간은 '걸으면서'라는 동작에 의해 형성된다. 비가 내릴 때에 외출하고 그 사이에 비가 멈추어 우산을 접는다. 그 접은 우산을 말리니 두견새가 운다는 과정을 서술적으로 표현하고 있다. 날씨 변화와 두견새의 울음소리의 결합은 한층 더 두견새의 소리를 선명하게 이끌어낸다. 이렇게 구는 단시간 내에 복잡한 상황이 진행된다. 하이쿠의 서술적인 묘사의 특징을 살펴볼 수 있는 구이다.

인생이란 코바야시 잇사가 노래하고 있는 이 구와 같은 것이 아닐까. 인생을 걸어 가다보면 비가 오고, 가는 도중에 비도 멈추고 우산의 물기가 마르면, 밝고 명쾌한 두견새의 울음소리도 들을 수 있는 것처럼.

코바야시 잇사는 농가의 장남으로 태어나 어머니를 일찍 여의고, 할머니와 계모, 이복형제의 가정 속에서 성장한다. 그는 14살 에도江戸로 나가게 되며 오랜 객지 생활로 방랑과 궁핍한 세월을 보낸다. 에도에서 하이쿠 작가가 된 그는 49세에 귀향하여 정주하게 된다. 그러나 유산 상속의 분쟁과 어린 자식의 죽음, 첫 부인과의 사별, 재혼과 이혼, 중풍으로 인한 육체의 고단함 등, 그의 삶은 파란만장하다. 이런 작가 자신의 처지와 그의 고향 농가에서의 생활이 어우러져 사회에 대한 저항감과 농민들에 대한 동정심이 그의 작품 내에 자리 잡게 된다. 이 서민적 애환은 평범한 삶을 살아가는 우리들에게 공감을 불러일으키는 요소로 작용하고 있다.

그는 농촌과의 유대를 직시하고 특히 가족의 감정적인 대립을 문학 소재로 택하였다. 그리고 모든 생활감정을 메모하며 시종일관 하이쿠에 전념하였다. 그는 생활감정을 솔직하게 표현하면서 인간미 넘치는 서정으로 승화시켜 자신의 독자적인 세계를 구축하였다. 이 시대에 이렇게 사실성을 바탕으로 하여 현실주의적 문학을 실현한 작가는 코바야시 잇사가 대표적이라고 할 수 있을 것이다.

7. 마사오카 시키와 하이쿠의 전환기

마사오카 시키正岡子規 : 1867~1902에 의해서 일본 하이쿠는 근대에 있어서 커다란 전환기를 맞이하게 된다. 바로 '하이쿠'란 명칭은 '하이카이'의 개칭으로, 마사오카 시키에 의한 것이었다. 이것은 하이쿠가 기존의 문학 장르, 즉 '하이카이'에서 독립되어 독자적인 문학세계로 인정받게 되었다는 의미로, 하이쿠를 둘러싼 제이론이 본격적으로 새로운 시도의 장을 열게 되었다는 것이다.

그는 시코쿠에히메켄 마츠야마시^{四國愛媛縣松山市}에서 태어났다. 본명은 츠네노리^{常規}, 아명은 토코로노스케^{處之助}였지만, 후에 노보루^升로 개명하였다. 그리고 그는 토쿄 대학 철학과에 입학한 후 국문과로 전과하였으며, 쿠가카츠난^{陸羯南} 일본신문사에 입사한 후, 하이쿠 혁신을 단행하였다. 청일전쟁이 발발하자 종군기자를 자청하여 중국 여순지방에서 활동하고 귀국하는 도중 피를 심하게 토하여 신문기자로서의 활동은 끝나게 된다. 병이 악화되어 병고가 심하였지만, 그는 많은 모임을 개최하며 창작활동에 몰두하고 그림을 그리기 시작하였다. 그러나 그의 병은 더욱 악화되고, 주변 친구들의 간호를 받으며 1902년 9월 18일 절필의 구^{絶筆}^{の句}를 작성한 후, 19일 오전 1시경에 사망한다.[84]

그의 간행서에는 『獺祭書屋俳話¹⁸⁹²』, 『俳諧大要¹⁸⁹⁸』 등이 있고 하이쿠집으로는 『俳句集短歌集』이 있으며, 그는 「호토토기스^{ほととぎす}」와 「新俳句¹⁸⁹⁷」에서 신파하이쿠의 간행을 원조하였으며, 『춘하추동^{春夏秋冬}』의 편집활동을 하였다. 그는 이런 활동들을 통하여 짧은 생애에 많은 과제를 담당한 사람이었다.

---

84 日本近代文學大系(第16卷), 『正岡子規集』, 角川書店, 昭和47, pp.452~460 참조.

● 메이지 시대의 하이카이^{俳諧}

근세의 경이적인 힘을 갖고 일어난 하이쿠는 메이지^{明治}에 들어와 계속 침체되어 갔고, 근세의 전통 그대로를 받아들이거나 마츠오 바쇼^{松尾芭蕉}를 신성시하는 하이쿠 전문가 선생^{宗匠}들에 의해 계승되는 정도였다. 개량^{改良}의 시도는 있었지만, 본격적인 재생^{再生}은 마사오카 시키가 등장한 이후라고 할 수 있다. 하이쿠 창작인구는 전국적으로 다수 존재하였으며, 그들에 의해 하이쿠는 유지되어 갔다. 그 가운데 마사오카 시키와 타카하마 쿄시^{高浜虚子}의 등장으로 하이쿠 창작인구는 더욱 증가하게 된다.

메이지에 있어서의 하이쿠는 단가^{短歌} 이상의 부흥을 필요로 했다. 탁월한 하이쿠 작가^{俳人}는 한사람도 없었고, 백년이란 세월동안 문학적인 가치가 있다고 명백히 인정되는 하이쿠는 없었다. 그러나 하이쿠가 절멸 직전에 놓인 것은 아니었다. 여러 유파와 하이쿠 작가의 수는 셀 수 없이 많았다.

각각의 유파는 아주 작은 차이에 집착하여 자신의 유파가 다른 유파보다 뛰어나다고 주장하고 '계통'을 매우 중요시하였다. 그 대부분은 에도 시대의 유파의 뜻을 모방하고 그 기교를 발휘하는 것이었다. 표면적인 기지^{機智}를 획득하는 작품이 유행하고 있었다. 그들의 창작 기교는 여가를 주체하지 못하는 유복한 신사^{紳士}들을 매료시켰다. 제자들이 쓴 하이쿠의 첨삭으로 생계를 꾸려가고 있던 하이쿠 전문가 선생들에게는 이런 유한신사들의 지원은 정말로 고마운 일이었다. 메이지유신 직후, 아직 세상이 불안정하고 사람들도 하이쿠를 제대로 할 수 없었던 시절에 집 밖에 커다란 상자를 놓고 다망한 제자들이 한 구에 여덟 푼^{八文}의 첨삭비와 함께 하이쿠를 넣게 하는 묘안을 생각해 낸 직업 하이쿠인도 있었

다.[85]

어느 유파나 월 1회 '월례회'를 만들어 작품을 비평하였으며, 이것은 '츠키나미月並み'라고 불리었다. 후에 마사오카 시키가 이런 모임에서 만들어진 평범하고 낡은 하이쿠를 경멸하여 '츠키나미쵸月並調'[86]라고 하여, 현재 진부한 방식이라는 의미를 갖게 된 것이다.[87]

메이지유신 직후에 만들어진 하이쿠의 대부분은 많은 사회적 변동에 전혀 관심이 없었다. 최초로 반응다운 반응을 보인 것은 그 다음해부터 태양력이 사용된다고 하는 포고가 있었던 1872년 11월부터이다. 일본의 시가 가운데서도 하이쿠는 특히 계절과 깊은 관계를 갖고 있었고, 계절어가 없는 하이쿠는 '잡음雜吟'으로 취급되고 있었다. 바쇼가 사용한 계절어는 훗날의 하이쿠 작가에 의해 그 수가 늘어나 1803년에는 2,600개가 넘었다. 그런데 태양력의 사용으로 종래의 계절감이 완전히 바뀌어 버렸다. 1874년에 진보적인 하이쿠 스승들이 새로운 계절어집을 만들었다. 계절과 달력曆의 관계를 조정하다 보니 1개월 정도의 차이가 생기었고, 봄은 정월이 아닌 2월에 시작되는 근대 일본 생활에 맞춘 새로운 계절어가 추가되었다.[88]

당시의 하이쿠 작가들은 이런 사소한 일에 정신을 빼앗긴 나머지, 자신들의 하이쿠가 침체되고 의미 없는 것들이 되어 버린 것조차 자각하지 못하였다. 그들은 세상이 변해도 제자들의 수가 줄지 않고 평판이 떨어지지 않는 것을 기뻐하고 있었다. 1873년 교부성教部省은 메이지 정부의 정책을 하이쿠와 연결하기 위하여 네 명의 하이쿠 작가들을 교도직에 임

---

85 앞의 책, 도날드 킨, pp.161~163 참조.
86 진부함을 지적한 시키의 하이쿠론 중의 하나.
87 河東碧梧桐, 『子規を語る』, 岩波文庫, 2002, pp.200~204 참조.
88 위의 책, p.164.

명하였다. 이것에 의해 하이쿠 작가들의 자기만족은 더욱 강해졌다.[89]

그러나 많은 공식적인 지원에도 불구하고 하이쿠는 신체시의 제창자로부터 날카로운 비판을 받았다. 복잡한 근대생활을 취급하는데 하이쿠 같은 짧은 시는 불충분하다는 것이 신체시인들의 생각이었다. 그때까지 한문과 칙찬집勅撰集인 와카和歌만이 갖고 있다고 생각되었던 '문학'의 기능을 최초로 하이쿠에 부여한 것은 모리 산케이森三溪[90]이다.[91]

그리고 신체시와 하이쿠의 특징을 비교한 최초의 비평가는 스즈키 쇼우세키鈴木鵬鶴이다. 서양에 그 근본을 두고 있는 신체시는 서양시처럼 감정을 모두 말하여 아무 것도 상상에 맡기지 않는다. 신체시는 일본인 취미와는 근본적으로 다르기 때문에 그렇게 길게 가지는 않을 것이라고 생각하였다. 그러나 신체시는 그 후 점차 성행하였다. 신체시에 대한 반동으로 하이쿠로의 움직임이 있었지만, 하이쿠가 신체시에 대항할 수 있는 문학형식이란 것을 작품에 의해 증명할 수 있는 뛰어난 하이쿠 작가는 그 때까지 없었다고 할 수 있다.[92]

● 마사오카 시키의 하이쿠 혁신

마사오카 시키는 하이쿠를 격렬히 비판하였고, 그 후 독자적으로 하이쿠를 일본 시가의 중요한 위치에 올려놓았다.

그의 최초의 하이쿠론은 1892년 『獺祭書屋俳話』라는 제목하에 발표

---

89 위의 책, p.165.
90 하이카이는 하나의 문학이고, 하나의 미술이고, 이로써 정신을 발휘하고 사상을 고상하게 하는 덕이다 (俳諧ハ一の文學なり, 一の美術なり, 以て精神を發揮し, 思想を高尚にするの德なくんバあらず).
91 앞의 책, 도날드 킨, p.166.
92 위의 책, pp.166~167 참조.

되었으며, 여기에 하이쿠의 역사가 간단히 정리되어 있다.

마츠오카 시키는 정치 지망생이었지만 철학 지망생으로 바뀌었고, 점차 문학에 접근하여 1890년『風流仏』을 읽고 코우다 로항幸田露伴에 심취하였다. 그는 1891년말『달의 수도月の都』의 집필에 몰두하여 1892년 2월 중순 코우다 로항에게 보여 주었지만, 그 결과는 기대에 어긋나 버렸다. 그는 소설가의 꿈을 버리고 하이카이를 연구하기 시작하였다. 무엇이든지 철저했던 그는『俳句分類』의 작업을 비롯하여 구파旧派의 소주관小主觀, 즉 바쇼가 말하는 '사의私意'와 이론에 의한 틀에 박힌 하이쿠를 퇴치하고 나카무라 후세츠中村不折의 스케치론에 자극받아 '사생寫生'을 주장하였다.[93]

사생은 공상이상에 대비되지만, 어느 의미에서는 마사오카 시키가 말하는 사생은 공상이 포함되어 있다고 할 수 있다.

1896년 하이쿠 혁신이 궤도에 올랐다고 확신한 그는 신체시新體詩에 관심을 나타내고「新体詩會」에 입회한다. 신체시회는 1897년「新詩會」로 개칭하고, 그 해 4월에『이 꽃この花』라는 합동시집을 간행하였다.[94] 그러나 그의 신체시에 대한 열정은 급격히 식어버린다. 그는 1898년『가인에게 바치는 글歌よみに与える書』의 발표를 시작으로 단가의 혁신을 꾀한다.

이렇게 그는 하이쿠 혁신부터 착수하였고, 그의 혁신은 하이쿠에서 단가로 이어졌다. 또한, 그는 신체시에도 의욕을 보였고, 산문 영역에서는 '사생문寫生文'을 제창하였다.

---

93 松井貴子,「子規と寫生畵と中村不折」,『國文學』, 學灯社, 2004年3月号, p.36 참조.
94 앞의 책, 河東碧梧桐, pp.177~181 참조.

● 마사오카 시키의 하이쿠와 '사생'의 실천

柿くへば鐘が鳴るなり法隆寺

감을 먹으면 종이 울리네 법륭사

이 구는 매우 유명한 작품이다. 이 작품은 일본인들이 구의 의미의 정확한 파악에 앞서 단지 좋아하며 즐기는 구이다. 감을 먹는 행위와 법륭사의 종이 울리는 것과의 연결은 유추관계를 형성하지 못하기 때문에 논리적인 설득력을 갖지 못한다. 그러나 일본인들은 하이쿠에 논리성을 요구하지 않는다. 어떤 대상에 계절에 대한 인간의 감정을 담아내고 그 아름다움을 이야기하고자 한다.

여기에서의 '감'과 '종'은 계절감각과 시간감각을 나타내는 매개체이다. 감은 가을의 대유代喻로서 가을의 색감으로 시각화되며, 종은 그 색감으로 인하여 해질녘의 시간 개념으로 작용하게 된다. 즉, 감의 붉은 색과 종이 울리는 석양의 이미지가 중첩된다. 이 이미지의 일치는 청각이 시각화되어 가는 과정 속에서 가능하며, 이 때 미美가 생성된다. 법륭사 주변의 가을 풍경을 감 이미지로 형상화하고, 그 감을 먹는 행위를 통하여 그 가을 풍경이 가슴 깊이 스며드는 감각으로 나타내고 있는 것이다.

이렇게 마사오카 시키는 하이쿠에 사물의 색감이나 청각적인 표현법으로 그의 감각을 표출하고 있다.

水鳥や蘆うら枯れて夕日影

물새여 갈대 해변 시들고 저녁 노을빛

萩ちるや檐に掛けたる靑灯籠
싸리나무 지는구나 처마에 걸려있는 푸른 불빛

山々は萌黃淺葱やほととぎす
산들은 연두빛 옅은 남빛이여 두견새

이 구들은 모두 색감에 의해 시공감각이 효과적으로 나타나고 있다. 파스텔 계열의 색감은 일본 전통적인 미의 추구와 일치한다. 일본의 미, 유현幽玄은 동일계열의 색상농도를 통하여 중첩된 이미지를 형성한다. 그 심연 속에 작가가 표출하고자 하는 심의를 담아내는 것이 유현의 이념이다. '저녁노을/저녁노을 속의 갈대/그 갈대 해변에 있는 물새', '어두운 공간을 밝혀주고 있는 푸른 불빛/그 불빛에 비쳐지는 처마 끝/그 주변에 있는 싸리꽃', '연두빛 산과 옅은 남빛의 산들', 한 작품 한 작품이 회화 한 폭처럼 묘사되고 있다.

그는 하이쿠와 회화가 근본적으로 동일한 예술이라고 확신하였듯이 작품에 회화적인 감각을 그대로 반영하고 있다.

다음 하이쿠들은 대상에 대한 사생이라고 할 수 있을 만큼 사물의 존재가 회화적으로 표현되고 있다.

古城や菫花唉く石の間
옛 성이구나 제비꽃 피어있는 돌 틈

馬の背や風吹きこぼす椎の花

말 등이여 바람 불어 흐트러지는 모밀잣밤나무꽃

人もなし木蔭の椅子の散松葉

사람도 없는 나무그늘 의자에 흩어진 솔잎

桑の實の木曾路出づれば穗麥かな

오디 열린 키소길을 떠나면 이삭 핀 보리인가

入口に麥ほす家や古簾

입구에 보리 말리는 집이여 낡은 발

　오래된 성 안 돌 틈 사이에 피어있는 '제비꽃', '바람에 흩어지는 메밀잣밤나무꽃/그 모습을 말 위에서 바라보고 있는 사람', '아무도 없는 곳의 소나무 그늘/그 곳에 놓인 의자에 솔잎만이 떨어져 있는 모습', '뽕나무 열매가 열려 있는 키소 마을/그곳을 지나니 이삭 핀 보리 풍경', '집 앞 입구에 널려 있는 보리와 낡은 발', 이렇게 먼 거리 풍경에서 하나의 대상으로 초점이 옮겨짐에 따라 계절감이 형상화된다.

　봄꽃인 제비꽃은 오래된 성城과 바위에 의하여 봄날의 영원한 생명력을 실감하게 하는 매개체로서 존재한다.

　메밀잣밤나무꽃이 바람에 흩어져 그 계절적 공간은 더욱 확대된다. 그러므로 바람에 흩어진 꽃이 말 위에 떨어질 수 있는 상상 또한 가능하다. 이 때, 멀리서 바라보는 시각적 존재인 메밀잣밤나무꽃이 아니라 가까이에서 느낄 수 있는 촉각적 감각의 밤나무로 전환된다. 따라서 바람의 존재도 함께 느낄 수 있게 된다.

인적이 사라진 나무그늘을 통해 계절의 추이를 나타내고 있다. 나무와 그늘, 떨어진 솔잎의 색감에 의해 가을 분위기가 고조된다.

오디가 열린 마을은 여름철이고, 이삭 핀 보리는 초가을을 의미한다. 이 계절적인 요소들을 키소라는 마을을 통해 계절의 추이를 나타내며, 그 계절 변화를 공간감각으로 전환시키고 있다.

집 앞에는 보리가 널려 있고, 방문 앞에는 오래된 발이 쳐져 있는 풍경이다. 가을 햇살이 따가운 오후 한 때의 풍경이 실감나게 묘사되고 있다.

아래의 하이쿠들은 공감각적 표현으로 생생하게 묘사되어 있다.

凩や自在に釜のきしる音
초겨울 바람이구나 자유자재로 솥단지 삐걱거리는 소리

夕立や人聲こもる溫泉の煙
석양이구나 사람소리 깃드는 온천 연기

どこ見ても涼し神の灯仏の灯
어디를 보아도 서늘한 신의 등불 부처의 등불

늦가을에서부터 초겨울까지 부는 찬바람의 세기를 무거운 솥단지가 삐걱거리는 소리를 통하여 표현하고 있다. 시각적 표현이 청각적 감각에 의해 생동감을 형성한다. 저녁노을이 지고 시야에는 온천 연기뿐이다. 온천 연기로 사람들이 모여 있는 풍경을 상상해 낼 수 있다. 여기저기 비추어지고 있는 등불을 신이나 부처의 존재로 파악함으로써 서늘한 바람을 주관하는 존재와 그 고마움에 대한 마음을 상징적으로 나타내고 있다.

이렇게 사생적인 표현으로 시인의 깊은 감정을 산뜻하게 나타내고 있다. 인간이 자연에 대해 느끼고 표현하는데 있어서 사생은 중요한 표현법의 하나라고 할 수 있다. 그러나 사생의 구는 단순히 관찰에 의해서 만들어지는 것은 아니다. 사생의 방법은 정신의 자기억제를 요구하며, 그런 자세를 통해 인간사人間事와 자연을 가능한 한 그 자체로 파악하는 것이다. 따라서 마사오카 시키뿐만 아니라, 작가의 공통적인 수단일 수 있다. 특히, 최단의 시형에 압축하여 표현하는 하이쿠는 이런 사생적 표현법을 효과적으로 사용할 수 있다.

한편, 다음 구들은 사생적 표현에 의해 작가의 심의가 구체적으로 드러나 있는 작품들이다. 마을 하나, 꽃 한 송이, 달 하나, 소나무 한 그루, 집 한 채의 공통적인 수數 '하나'에는 작가의 고독한 내면이 잘 반영되어 있다. 병마에 시달리고 있는 자신을 대상에 비유하여 노래하고 있다. 그러나 겨울철에 집안에 있는 상황, 그늘에 남은 꽃, 달, 유채꽃 속의 집한 채 등의 설정으로 주관적 감정의 표출을 억제하고 있다.

冬枯の中に家居や村一つ
황량한 겨울철에 집안에 있구나 마을 하나

朝顔や日うらに殘る花の一つ
나팔꽃이여 그늘에 남은 꽃 하나

見あぐるや湖水の上の月一つ

우러러 보는구나 호수 위의 달 하나

月一つ瀬田から膳所へ流れけり

달 하나 세타에서 제제로 흘러 가도다

涼しさや鶴かたぶき松一つ

시원함이여 학이 쏠리는 소나무 하나

菜の花の中に路あり一軒家

유채꽃 속에 길이 있네 집 한 채

　하이쿠의 주된 취지는 현재의 우리가 상상하는 것과는 차이가 있다. 하이쿠 작가는 대상을 바라보며 현재의 자신의 모습과 비교하면서 자연 속에 귀속되는 자기 자신을 인정하며, 즉 승화된 감정을 느끼며 만족하는 것이다.

　특히, 마사오카 시키에게 있어서 하이쿠란 더욱 그런 매개체였는지 모른다. 죽어가면서 자기의 심정을 기록하며 인간에게 있어서의 죽음을 인정해 가는 순응적인 삶의 과정을 엿볼 수 있다. 그의 삶에 있어서 고통과 역경의 주체는 지병持病이었다. 그러므로 그는 자신의 풍류에 만족할 만한 시간적 여유가 많지 않았다. 그러나 36년이라는 짧은 생애에 비하여 일본 문학사에서 그는 오히려 대단한 위치를 차지하고 있다. 이것은 바로 그의 삶의 과정을 대변해 주고 있는 것이다.

죽음을 앞둔 한 인간의 절실한 심정이 사물의 존재에 비유되고 있다.

うららかや空を見つめる痛み上り

화창하구나 하늘을 바라보네 통증 후

君を送りて思ふことあり蚊帳に泣く

자네를 보내고 그리워서 모기장에서 우네

秋風や糸瓜の花を吹き落す

가을바람이여 수세미꽃을 불어 떨어뜨리네

臥して見る秋海棠の木末かな

누워 보는 추당화[95]의 나뭇가지 끝인가

西へまはる秋の日影や糸瓜柵

서쪽으로 돌아가는 가을 해여 수세미 울타리

筆も墨も溲瓶も内に秋の蚊帳

붓도 먹도 요강도 안에 가을 모기장

驚くや夕顔落ちし夜半の音

놀라는구나 박꽃 떨어져 야반 소리

---

95 베고니아에 속하는 꽃으로, 7월 25일경부터 10월 25일에 걸쳐 핀다. 일본어명으로는 '추도래(秋到來)'이
고, 중국어명은 추해당(秋海棠)이다.

병상을 떠나지 못하게 되어 방안에 고립된 자신이 누워서 할 수 있는 일이란 하늘, 해, 철따라 피는 꽃들을 바라보는 일들이다. 병문안 온 친구를 보내고 가을이 되어도 걷어내지 못하는 모기장 안에서 우는 일, 객혈로 인해 함께 해 온 수세미를 바라보며 때로는 자기 자신의 모습으로서, 때로는 자신의 병을 치유해주는 존재로서 느껴온 그는, 죽기 전날 그 수세미를 소재로 마지막 세 구를 남기고 생을 마감하게 된다.

糸瓜咲て痰のつまりし仏かな
수세미 피고 담이 막혀 죽은 자인가

をととひの糸瓜の水も取らざりき
그저께의 수세미 즙도 취하지 못하고

痰一斗糸瓜の水も間にあはず
담 한 되 수세미 즙도 소용이 없고

수세미가 피는 계절에 담이 막혀 죽어야 하는 심정, 끝내 수세미 즙조차 취할 수 없는 상황을 통해 죽음에 대한 예감을 표출하고 있다.

그에게 있어서 중요한 것은 '하이쿠'라는 명칭을 정착시킨 점과 '홋쿠發句'의 형태만으로 하나의 시형詩形으로서 근대에 일관된 기초를 확립한 점이다. 한편 진부한 하이쿠에 대한 과단성 있는 비판에는 전통의 재생 여부에 대한 그의 기본적인 인식이 뒷받침되고 있다.

그는 마츠오 바쇼의 '오래된 연못의 구古池や蛙とびこむ水の音'를 하이카이

역사상 최고의 구라고 평가하며 바쇼의 전통성을 칭찬하였지만, 폭탄적인 발언으로 바쇼의 악구惡句에 대해 논설하며 후세의 안이한 바쇼 숭배를 비판하였다.[96] 또한, 요사 부송에 대한 경의를 표하며, 부송의 적극적인 미美에 대하여 논하고 부송이 정당한 평가를 받지 못하고 있는 점에 불만을 표시하였다. 이런 마사오카 시키의 문학에 대한 인식은 '사생'의 개념을 명확하게 하였다. 하이쿠의 기본이념으로서 명확해진 '사생'은 단가에도 적용되고 산문에도 확대되었다.

그는 20세기 하이쿠 부흥의 지도자였다. 그의 하이쿠에 대한 사상은 사후 그의 제자이자 하이쿠의 지도자인 카와히가시 헤키고토우와 타카하마 쿄시高浜虚子에 의해 이어진다.

8. 카와히가시 헤키고토우와 신흥 하이쿠

● 마사오카 시키의 제자, 카와히가시 헤키고토우

일본 근대초기, 마사오카 시키正岡子規에 의해 하이쿠는 혁신적인 전환기를 맞이한다. 마사오카 시키가 20세기 하이쿠 부흥의 지도자였음을 실감나게 할 정도로 그의 제자들 카와히가시 헤키고토우河東碧梧桐：1873~1937와 타카하마 쿄시高浜虚子는 마사오카 시키의 하이쿠 사상을 활기차게 전개한다. 한편 그의 제자들과 하이쿠 작가俳人들이 서구사상과 표현기술의 방법론을 도입하며 다양한 시도를 꾀함으로써 근대 하이쿠는 상당한 혼

---

96 松井利彦, 『正岡子規集』, 日本近代文學大系, 角川書店, 1972, p.156 참조.

란에 휩싸이기도 한다.

카와히가시 헤키고토우와 타카하마 쿄시는 마사오카 시키의 사후死後, 하이쿠 문단俳壇의 지도자 자리를 다툴 만큼, 그들의 문학세계와 이론에 있어서 쌍벽雙璧을 이루고 있다. 마사오카 시키 이론의 공개적 장場이었던 출판물, 신문 「日本」의 하이쿠란 편집을 카와히가시 헤키고토우가 이어받고, 잡지 「호토토기스ホトトギス」의 편집을 타카하마 쿄시가 이어받게 된다. 이것은 하이쿠가 신문 「日本」파와 「호토토기스」파로 구분되는 계기가 되었다고 할 수 있다.[97] 이것은 하이쿠의 현대성을 제창하는 카와히가시 헤키고토우와 하이쿠의 전통을 중시하는 보수적인 타카하마 쿄시와의 대립을 의미하기도 한다.[98]

헤키고토우는 하이쿠의 현대성을 제창하던 독특한 작가였지만, 하이쿠사에서 부정적인 평가를 받고 있는 작가이기도 하다. 그의 문학 사상과 재능을 다수의 사생적인 하이쿠에서 살펴볼 수 있음에도 불구하고, 현재 출판되고 있는 잡지 「하이쿠」에서조차 최근 몇 년간 헤키고토우에 대한 언급이 없을 정도로 그의 이론은 커다란 주류를 형성하지 못하고 있다. 이런 점을 고려하여 쿄시에 앞서 헤키고토우에 대해 살펴보도록 하자.

● 헤키고토우의 초기 하이쿠

헤키고토우碧梧桐와 쿄시虛子는 두 사람 모두 시키子規와 마찬가지로 마츠야마松山 출신이다. 이렇게 마츠야마는 새로운 하이쿠의 중심이 되었다

---

97 「俳句研究」, 2001년 6월, p.142.
98 앞의 책, 도날드 킨, p.193.

고 할 수 있다. 마사오카 시키를 처음 만난 사람은 헤키고토우였다. 헤키고토우는 소년시절에 하이쿠에는 그다지 흥미가 없었으나, 1889년 토쿄에 있던 그의 형의 권유에 의해 시키와의 만남이 시작된다. 그의 형은 헤키고토우에게 시키가 '야구'라는 재미있는 스포츠를 잘 알고 있으니 만나보라는 편지를 보낸다. 그리고 그의 형은 마츠야마에 귀향^{歸鄉}하는 시키에게 야구방망이와 공을 헤키고토우에게 전해 달라고 부탁을 한다. 시키는 쾌히 기뻐하며 헤키고토우에게 야구를 가르치고, 하이쿠를 소개한다.[99]

1891년에 헤키고토우는 마츠야마 중학교를 중퇴하고 토쿄^{東京}에서 학업을 계속할 작정으로 몇 개월간 수험 공부를 하고 고등학교 입학시험을 치르지만 실패한다. 이 때 마침 학급친구였던 쿄시가 시키를 만나게 해달라고 헤키고토우에게 편지를 보낸다. 그 해 여름, 시키도 헤키고토우도 마츠야마에 귀향하여 쿄시와 함께 하이쿠에 몰두한다.[100]

헤키고토우는 소설을 쓰겠다는 희망을 버리지 않지만, 1892년에 발표한 단편이 코우다 로항^{幸田露伴}에 의해 격렬히 비판된 후, 그는 소설에의 꿈을 완전히 포기한다. 헤키고토우와 쿄시는 후에 시키보다 뛰어난 소설을 쓰지만, 시키의 경우와 마찬가지로 그들이 명성을 얻게 되는 것은 하이쿠에 의해서였다.[101]

1893년 헤키고토우와 쿄시는 쿄토^{京都}의 제3고등학교에 입학하였다. 헤키고토우는 입학 후 바로 교우회 잡지에 '하이쿠가 가까운 장래에 멸망할 것이다'라는 문장을 썼다. 그 논리는 1892년에 시키가 사용한 것과 같이, 순열과 조합의 생각을 기본으로 하고 있다. 그 시기에 헤키고토우

---

99 河東碧梧桐,『子規を語る』, 岩波文庫, 2002, p.23 참조.
100 앞의 책, 도널드 킨, p.191.
101 위의 책, p.192.

의 야심은 문호가 되는 것으로, 하이쿠는 기분전환 이상의 것은 아니었다. 빠른 시일 내에 순탄하게 하이쿠로 성공을 거둔 헤키고토우였지만, 하이쿠의 거장이 되기 위해서 하이쿠에 관하여 착실히 공부할 생각은 없었다. 시키는 처음에는 헤키고토우의 하이쿠를 칭찬하였지만, 헤키고토우가 하이쿠를 성실하게 배우려고 하지 않자, 날카로운 비판을 퍼부었다. 심한 비판을 하면서도, 시키는 그에게 호의적이었다. 시키는 1895년 중국으로 갈 때에 신문 「日本」의 하이쿠란 선고選考 담당을 23세인 헤키고토우에게 위임하였다.[102]

아래의 구는 헤키고토우의 초기 하이쿠이다. 젊은 신진 작가답게 새로운 분위기를 느낄 수 있다.

木屋町や裏を流るる春の水

키야마치여 뒷쪽을 흐르는 봄 물

初日さす朱雀通りの靜さよ

설날 아침 해가 비치는 스자쿠 대로의 조용함이여

我善坊に車引き入れふる霰

가젠보에서 수레를 끌어들이고 내리는 싸라기눈

---

102 위의 책, p.192.

桃さくや湖水のへりの十箇村

복숭아꽃 피어 있구나 호수가의 열 개 마을

위의 구들은 일본 각 지역의 실경實景을 노래한 구이다. 첫째 구와 둘째 구는 쿄토京都를 노래한 구이다. 키야마치木屋町는 쿄토시京都市 니죠二條에서 고죠五條까지 타카세가와高瀬川를 따라 남북으로 통하는 곳으로, 여관이나 요리집이 줄지어져 있다. 꽃구경하러 온 손님들로 붐비는 키야마치도 뒤쪽으로 돌아가면 조용하다. 봄물春の水이 작은 소리를 내며 흐르고 있는 풍경이다.

스자쿠 대로朱雀通り는 쿄토京都 헤이안쿄平安京의 스자쿠몽朱雀門에서 라쇼몽羅城門까지 남북으로 통하는 대로이다. 이 대로를 기준으로 쿄토를 동서로 구분한다. 설날 아침의 해가 비치는 스자크대로의 조용함을 묘사하고 있다.

셋째 구는 가젠보에서 싸라기눈을 만나 수레를 타고 가는 심정을 노래한 구이다.

넷째 구는 일본 농촌 정원에 즐겨 심는 복숭아나무를 통해 그 풍경을 노래하고 있다. 복숭아꽃은 매화꽃이 지고 벚꽃이 피기 전에 핀다. 호수 주위의 열 개 마을에 피어 있는 복숭아꽃 풍경은, 온 세상이 복숭아꽃으로 뒤덮여 있는 아늑한 봄의 정취를 느끼게 해준다.

다음 구들은 헤키고토우의 사생법을 알 수 있는 하이쿠이다.

春寒し水田の上の根なし雲

봄은 춥고 수전 위의 조각구름

河骨の花に集る目高かな
개연꽃에 모인 송사리인가

　개연꽃河骨은 일본어로 코우호네こうほね 또는 카와호네かわほね라고 한다. 늪 등지에서 자생하는 수련과의 다년생 수초水草로 잎은 토란잎을, 뿌리는 백골을 닮았다. 이 잎 사이로 한여름에 작고 노란 선명한 꽃이 핀다. 송사리는 3센티 정도의 담수어이다. 개연꽃에 모여 있는 송사리 떼를 노래하고 있다. 세심한 관찰력에 의해 여름의 연못 정취를 느낄 수 있다.

遠花火晋して何もなかりけり
멀리 불꽃놀이 소리를 내고 아무 것도 없도다

　불꽃놀이花火는 위령제魂祭의 공양에서 출발한 것으로, 하이쿠에서는 가을을 나타내는 계절어이다. 불꽃은 터지는 소리가 나자 곧 꺼져버리는 아주 짧은 순간의 일이다. 따라서 멀리서 터지는 불꽃놀이 소리를 듣고 밖을 내다보지만, 이미 꺼져버린 경우이다. 불꽃에 대한 기대감이 아무 것도 없는 적막감으로 전환되는 순간을 포착하고 있다.

藪入のさびしく戻る小道かな
고향에서 쓸쓸하게 되돌아오는 오솔길인가

　야부이리藪入는 정월 16일 고용인들이 휴가를 얻어 생가나 고향에 돌아가는 것을 말한다. 그 설레던 휴가가 끝나고 쓸쓸하게 되돌아오는 오솔길을 묘사하고 있다.

赤い椿白い椿と落ちにけり

빨간 동백이 하얀 동백과 떨어졌구나

빨간 동백꽃이 하얀 동백꽃과 함께 져버린 풍경 묘사는 색상의 대조에 의해 명료한 이미지를 이끌어내는 사생적인 표현이다.

筆筒に団扇さしたる机かな

필통에 부채가 꽂혀 있는 책상이구나

우치와団扇는 원형圓形, 방형方形 등의 모양으로 일본 종이를 붙이고 그림을 그린 부채이다. 책상 위의 필통에 꽂혀 있는 부채를 묘사하고 있다.

栗の花こぼれて居るや神輿部屋

밤꽃이 흐드러져 있구나 가마 넣어 둔 방

밤꽃栗の花은 오월 경부터 작은 황백색의 꽃이 실처럼 가늘게 늘어져 핀다. 미코시베야神輿部屋는 신위神位를 안치하는 가마神輿를 넣어 보관하는 방이다. 밤꽃과 신여神輿를 넣어두는 방과의 연결이 독특하다. 만개한 밤꽃 냄새가 가마를 보관하는 방까지 바람을 타고 멀리까지 퍼지고 있음을 나타내고 있다.

すべり落つる薄の中の螢かな

미끄러져 떨어지는 참억새 속의 반딧불이구나

夏帽を吹き飛ばしたる蓮見かな

여름 모자를 날려 보낸 연꽃구경이여

하스미蓮見는 아침 일찍, 늪이나 연못 등에 피어 있는 연꽃을 보러 가
는 것을 말한다. 바람에 휘날려 버린 여름 모자를 통해 더운 여름 속에서
의 상쾌한 바람을 표현하고 있다.

그런데, 쿄시의 두 제자로 친밀했던 헤키고토우와 쿄시 두 사람 사이
에 1897년, 불화가 생겼다. 헤키고토우가 천연두에 걸려 한 달 정도 입
원하였는데, 그 사이에 애인이었던 하숙집 딸의 마음이 변해 쿄시와 사
귀게 되었던 것이다. 쿄시는 그 해 6월에 결혼하였다. 커다란 충격을 받
은 헤키고토우는 더욱 하이쿠에 전념하여 하이쿠 잡지 「호토토기스」에
비평가로서 영향력을 행하게 되었다.[103]

1899년에 시키는 전년前年의 하이쿠 문단俳壇의 동향을 되돌아보고 '일
본파日本派'라고 불리우게 된 그들의 유파가 신문 「日本」에서 회자되고 있
는 것을 만족스럽게 생각하였다. 시키는 이 잡지에 '헤키고토우의 하이쿠
는 노련하게 문장의 필력이 강함, 쿄시의 작품은 기품이 있고 명랑하게
활발하다고 칭찬하며 두 사람이 경합競合하면 어느 쪽이 이길지 예측할 수
없다[104]'고 서술하고 있다.

1899년은 하이쿠 작가 및 하이쿠 비평가로서 시키가 정점에 달한 해
였다. 시키는 단가에 주력하게 되고, 이후 병이 급속도로 악화되었기 때
문에 하이쿠에 적극적으로 관계하지 못하게 된다. 한편, 그의 제자 헤키

---

103 위의 책, p.193.
104 위의 책, p.193 재인용.

고토우와 쿄시의 관계는 더욱 나빠져 갔다.[105]

헤키고토우는 1901년 7월에 쿄시와 하이쿠 작가들과 후지^{富±}산을 오르고, 그 때를 노래한다.

> **この道の富士になり行く芒かな**
> 이 길이 후지가 되어 가네 참억새여

참억새가 난 길을 따라가면, 점차 후지산이 가까워져 가는 것이다. 참억새는 가을을 나타내는 계절어로 바람에 흔들리는 풍경을 연상할 수 있다. 후지산의 넓은 참억새 밭을 걸어가는 정취를 느낄 수 있다.

> **思はずもヒヨコ生れぬ冬薔薇**
> 생각치 못하게 병아리 태어났네 겨울 장미

막 태어난 병아리와 겨울 장미의 상관관계는 구의 표면상 명확하게 드러나 있지는 않다. 그러나 장미를 보는 것과 병아리의 탄생은 겨울이라는 계절에 경이로움을 느끼게 해주는 소재들이다. 두 소재의 암시에 의해 같은 생명의 경이로운 분위기를 나타내고 있다.

시키의 이론을 거의 문자 그대로 받아들인 헤키고토우는, 무엇보다도 사생이 필요하다고 주장하며 세부의 묘사를 강조하였다. 그렇지만 헤키고토우는 시키와 달리 하이쿠의 형식상의 규칙에 불만을 느끼고 있었기

---

105 위의 책, p.193.

때문에, 그의 근대성은 형식의 규정을 깨뜨리는 형태로 나타나는 경우가 많았다. 그의 1903년 작품은 그 전형이라고 말할 수 있다.

> 溫泉の宿に馬の子飼へり蠅の聲
> 온천 숙소에 어린 말을 기르네 파리 소리

사랑스런 어린 말과 불쾌한 파리와의 부자연스런 조합은, 일본 전통의 온천 분위기와는 다른 분위기를 형성하고 있다. 말이 사는 곳과 파리는 결코 무관한 관계가 아니다. 어린 말을 괴롭히는 파리의 존재는 코바야시 잇사의 '고향집에서의 모기'의 표현과 동일한 것이라고 할 수 있다. 온천의 어린 말 주변을 날아다니는 파리는 온천의 숙소의 안락한 이미지를 깨뜨리는 존재이다.

한편, 이 구는 그의 후기 작품 가운데 최대의 결점을 나타내고 있는 작품으로 평가되고 있다. 그의 최대의 결점은 전통을 진부한 것으로 생각하여 무시하고자하는 일종의 강박관념 속에서 현실을 그려내려고 했던 과도한 시도에 기인하고 있다. 또한, 참신한 하이쿠를 위해 새로움을 항상 모색하려 했던 그는 우리에게 오히려 하이쿠의 본질을 잘 일깨워 준 선구자였다고 할 수 있다. 그러나 실제로 있었던 광경이든 아니든, 작가의 상상력에 의해 정확하게 묘사된 점은 하이쿠 세계에서 흔히 찾아볼 수 있는 예이다.

> から松は淋しき木なり赤蜻蛉
> 낙엽송은 쓸쓸한 나무가 되고 고추잠자리

카라마츠는 낙엽송으로 가을에 낙엽이 진다. 잎이 다 지고 난 나무의 모습과 빨간 고추잠자리와의 조응은 계절의 추이에 의해 신선한 이미지를 형성한다. 쓸쓸한 공간을 날고 있는 고추잠자리가 가을의 파란하늘을 연상하게 해준다.

1902년 헤키고토우는 「호토토기스」에 익명으로 문장을 실었다. 그것은 '쿄시는 하이쿠선생 47%, 장사꾼 53%, 장사에 열중하여 하이쿠가 서투르게 되었다'라는 문장이었다. 쿄시는 분개하여 반박하였고, 두 사람 사이에 불화가 더욱 깊어진 것을 걱정한 시키는 자신이 그 문장을 썼다고 언명言明하였지만, 사태는 이미 돌이킬 수 없게 되어 있었다.[106]

헤키고토우는 하이쿠문단의 중심인물로서 널리 인정받게 되었다. 1906년부터 1907년에 걸쳐 구집句集 『속 춘하추동續 春夏秋冬』을 출판하였지만, 이것은 1902년부터 1906년까지 신문 「日本」의 하이쿠란의 선자로서, 115만 구의 하이쿠 중에 4천 구를 뽑아 정리한 것이다. 헤키고토우는 하이쿠는 참신해야 한다고 항상 역설力說하였고 다른 시형으로는 표현할 수 없는 재료를 취급하는 것이 그 특징이라고 주장하였다. 그는 하이쿠는 일본 고유 생활의 상세한 풍습을 비롯하여 새롭고 진귀한 외래품에 이르기까지 세상의 '통속'적인 부분을 효과적으로 묘사할 수 있다고 생각하였다.[107]

月前に高き煙や市の空
달 앞에 높은 연기로구나 시장의 하늘

---

106 위의 책, pp.193~194 재인용.
107 위의 책, pp.193~194 재인용.

鳥渡る博物館の林かな
새가 날아가는 박물관 숲인가

門跡に我も端居や大文字
절에 나도 마루 끝이구나 대문자

雲母坂下りて來つるよ寒念仏
운모언덕길 내려왔다 추운 밤의 염불

　이렇게 실경實景을 노래한 사생적인 구는 그의 초기 작품에 많이 나타
난다. 이 시기에는 하이쿠 운율 17음에 충실한 작품을 남기고 있다.

　하이쿠 작가 가운데는 헤키고토우의 발언에 영향을 받고, 농촌의 미
라고 하는 전통적인 테마를 물리치고 실제로 가난한 마을에 들어가서
관찰을 행하는 사람도 있었다. 이 새로운 하이쿠는 토쿄의 하이쿠 작가
들 사이에서만 나타나는 것은 아니었다. 이런 풍의 하이쿠가 전국적으
로 퍼져가야 마땅하다고 확신한 헤키고토우는 1907년부터 1911년까지
북쪽 호카이도우北海道에서 남쪽 오키나와沖縄까지 여행하며, 지방 하이
쿠 작가들에게 새로운 하이쿠를 전하였다.[108]

上の山泊りにせうぞ月寒き
카미산에 머무르려고 한다 달이 차고

---

108 위의 책, p.196.

蝦夷に渡る蝦夷山も亦燒くる夜に

에조로 건너가는 에조산도 역시 불타는 밤에

위의 구들은 호카이도우北海道의 풍경들이다. 이 여행에 의해 헤키고토우는 전국적으로 명성을 얻게 되었다.

● 헤키고토우의 신경향 하이쿠

헤키고토우는 하이쿠를 이미 시키가 제창하였던 사물의 묘사가 아닌, 보다 내성적인 사항으로 취급하였고, 더 급진적인 견해를 갖기 시작하였다. 1910년에 헤키고토우는 '무중심론無中心論109'을 제창한다. 그는 여행 중, 사생과 계제季題의 전승伝承적인 규범에 대한 모순을 깨닫고, 하이쿠를 자연현상과 생활현상으로 다가가게 하는 방법으로써 인위성을 배재한 하이쿠의 무중심론無中心論을 주장하고, 평면묘사平面描寫의 구를 시도하여 하이쿠풍에 변화를 보였다. 이 헤키고토우의 이론은 자연주의 작가들의 지지를 받았다.110

이렇게 그는 1908~1909년에 하이쿠의 신경향新傾向을 주장하고 개성존중과 인습타파를 강조하였다. 그리고 그는 다시 전국 각지를 돌아다니며 왕성한 활동을 하였다.

相撲乗せし便船のなど時化となり

스모선수 태운 배가 왜 잔잔하게 되는지

---

109 日本現代文學全集「高浜虚子　河東碧梧桐集」, 講談社, 昭和39年, p.420 참조.
110 앞의 책, 도날드 킨, p.199 참조.

北そよと吹けば有磯の荒るる秋

북쪽에서 조금만 불면 아리소가 거칠어지는 가을

浦辺來れば浦峯尖りや夏の月

바닷가에 오면 해변 산봉우리 뾰족하여라 여름 달

此の日巡遊興のなかりし足袋拂ふ

오늘 여행이 흥이 나지 않아 버선을 터네

하이쿠의 형식을 이루지 않고 길어지는 경향이 있었던 헤키고토우의 하이쿠는 참신한 하이쿠론에 비해서 나날이 난해해 졌다. 1911년 이후, 그의 인기는 사양길에 있었지만, 그는 아랑곳없이 새로운 하이쿠론을 계속 제창하여 갔다.

1915년에는 하이쿠의 정형定型에 반발하였고, 또 문어대신에 구어가 허용되어야 한다는 생각을 제시하였다. 계절어에 관해서는 아직 긍정적이었지만, 그의 자유율 하이쿠를 스스로 하이쿠가 아닌 단시短詩라고 부른 것[111]처럼, 이미 하이쿠의 형식을 이루고 있지 않았다. 아래의 하이쿠처럼 1916년에는 루비 하이쿠ルビ俳句나 구어체 하이쿠, 자유형식의 하이쿠가 나타난다. 루비 하이쿠는 한자어에 특수한 루비일본가나를 붙이는 것으로 의미를 확대시켜 단시 표현의 폭을 넓히고자 한 시도라고 할 수 있다. 그러나 난해성으로 인하여 별다른 호응을 얻지 못한다.

---

111 위의 책, p.200 참조.

間(あひ)を割(さ)く根立てる雲の

사이를 갈라놓는 뿌리가 난 구름이

峰づくる雲明方の低し

봉우리 만드는 구름 새벽녘이 낮고

雲の峰稲穂の走り

봉우리 같은 구름 벼이삭이 달리고

うまし柿口つけてはにかんで何を云ふか

맛있는 감을 입에 대어 이로 깨물고 무엇을 말하는 것일까

菊がだるいと云つた堪へられないと云つた

국화가 나른하다고 말했다 견딜 수 없다고 말했다

忘れたいことのまたあたふたと菜の花が咲く

잊고 싶은 것이 또 황망히 유채꽃이 핀다

林檎をつまみ云ひ盡くしてもくりかへさねばならぬ

사과를 집고 모두 말하려고 해도 되풀이 하지 않으면 안 되네

이렇게 구어표현과 자유율 하이쿠, 특히 마지막의 산문적인 작품은 헤키고토우의 새로운 작풍의 전형典型이라고 말할 수 있다. 이 구는 24문자로 되어 있고, 언어사용은 구어에 가깝다. 사과는 여름의 계절어이지만, 사과의 사생적 요소는 전혀 찾아볼 수 없다.[112] 거의 하이쿠라고는 할 수

없을 정도이다.

> そちこちの山の尖りの春さきは霞みてあらず
> 여기저기 산이 뾰쪽한 초봄은 안개가 끼지 않고

> 海を渡る日の鷗おほどかに波に浮きゐる
> 바다를 건너는 태양의 갈매기 유유히 파도에 떠 있다

> 第一櫻の櫻だらけの中から島便りする
> 최초의 벚꽃이 벚꽃 투성이 속에서 섬을 의지하고 있다

> あちこち桃櫻咲く中の山峽の辛夷目じるし
> 여기저기 복숭아꽃 벚꽃 피는 가운데에 골짜기의 목련 표지

위의 구들은 20~26자를 사용하고 있다. 와카적인 하이쿠의 철폐를 목표로 하는 단시의 모습이다.

헤키고토우는 1923년 2월, 개인잡지 「碧」을 창간한다. 이 시기에는 이전과 달리 하이쿠 표현이 원만한 편이다. 「碧」은 1925년, 동인 하이쿠 잡지 「三昧」로 개칭된다. 그는 이 「三昧」에서 종간終刊될 때까지 루비 하이쿠ルビ俳句를 전개해 간다.[113] 그러나 루비 하이쿠는 전문가도 알기 어려울 정도로 난해하다.

1929~1930년경부터는 루비 하이쿠의 난해함이 극단적인 변모를 보인

---

112 위의 책, p.201.
113 앞의 책, 日本現代文學全集, 「高浜虛子 河東碧梧桐集」, p.425.

다. 루비 하이쿠란 앞에서도 언급한 대로 한자에 토를 다는 것으로, 1929년경부터 잡지 「三昧」에서 선보인다. 루비 하이쿠[114]는 헤키고토우의 제자 가자마 나오에風間直得에 의해 창안된 것으로, 헤키고토우는 감정의 정적인 표현과 동적인 표현에 의해 종합적 음수율音數律이 감정의 율동적인 내용을 구상화具象化한다고 주장하며, 자신이 루비 하이쿠를 수용하는 이론적 근거로 제시한다. 루비 하이쿠는 하이쿠의 제약적인 음수율을 해결하고자 하는, 또 다른 시도였다고 할 수 있다.

「신흥하이쿠로의 길1929년」 논문집은 헤키고토우의 견해가 잘 나타나 있다. '단시'는 시인이 주변의 것들로부터 받은 순간적인 자극이나 인상을 토대로 하고, 시인의 감정 표현은 신선해야 하며 전통이나 관례에 빼앗기지 않은 감성을 토대로 해야 한다고 제시하고 있다. 그는 하이쿠의 정형률定型律에 구애받는 것을 관습에 대한 맹목적이고 유치한 고집이라고 비난하고, 문어와 구어의 구별을 단순한 외적조건으로 취급하였다. 관습에 항상 반발하고 있던 그는 중년이 되어 전국을 돌며 자신의 생각을 끊임없이 펼쳐갔지만, 그다지 호응을 얻지는 못하였다.[115]

1934년, 60세의 생일 축하 자리에서 그는 하이쿠 문단의 은퇴를 표명하였다. 헤키고토우의 제자라고 자인했던 하이쿠 작가는 많았지만, 마지막까지 그의 생각을 따른 작가는 많지 않았다.

근대에 많은 하이쿠 작가 중 카와히가시 헤키고토우는 아주 특별난 작가 중의 한 사람이었다. 시키의 제자로서 사생 하이쿠를 전개하고, 당시의 자연주의 문학自然主義文學과 함께 하며, 신경향 운동을 전개해 나가면서 무중심론無中心論을 제창하고, 17음을 파괴하였다. 결국, 계제季題도 버

---

114 위의 책, p.425 참조.
115 앞의 책, 도널드 킨, pp.201~202 참조.

린 자유율 하이쿠 운동의 선봉이라고 할 수 있는 헤키고토우는 하이쿠의 표현내용이나 표현법에 대한 모든 가능성에 대해 끝없는 도전을 하였다. 또한, 하이쿠 잡지에 많은 평론과 소설을 쓰고, 요사 부송의 연구에도 열중하며, 마츠오 바쇼처럼 일본 전국 각지를 순례하며 기행문을 쓴 다재다능한 인재였다.

1934년, 그는 스스로 낙오자임을 시인하며 하이쿠 문단에서 은퇴를 선언하였다. 1938년 2월 1일, 그는 장티부스 패혈증으로 파란만장의 생을 마감하였다.[116] 하이쿠에 있어서 근대성을 추구하고, 시詩의 순수성만을 추구한 것이, 하이쿠라는 고유의 성질을 잃게 된 요인이었다. 그것이 헤키고토우가 하이쿠 문단에서 부정적으로 논의되고 있는 점이라고 할 수 있다. 그러나 서구시의 영향과 그것을 수용하는 그의 자세는 참신한 하이쿠의 이미지를 형성하였다. 이것으로 인해 그는 하이쿠사에 있어서 새로운 자극제의 역할을 충분히 담당하였다고 할 수 있다.

9. 타카하마 쿄시와 하이쿠의 전통성

● 하이쿠의 격동의 시대

일본 메이지明治 시대[1868~1912]에서 타이쇼大正 시대[1912~1926]에 이르는 시기는 하이쿠사에 있어서 가장 큰 격동의 시기였다고 해도 과언이 아니다.

마사오카 시키正岡子規 : 1867~1902에 의해 하이쿠가 혁신적인 전환기를 맞이하게 되었지만, 사실 이 혁신은 유신 이후의 서구화 사회가 널리 수용

---

116 앞의 책, 日本現代文學全集, 『高浜虚子 河東碧梧桐集』, p.434 참조.

되어 비실용성을 운운하는 시가관詩歌觀에 의한 '단시 부정론短詩否定論' 이나 '단시 멸망론短詩滅亡論' 에 대한 저항이기도 하였다. 와카나 하이쿠가 문화개화 사상의 진보에 적응하지 못하는 것이 그 부정의 근거였다.

근대 하이쿠는, 일반적으로 ① 1895년부터 시키가 죽은 1902년까지 일본파, ② 1903년부터 1912년까지 쿄시와 헤키고토우의 대립시대, ③ 1912년부터 1918년까지 쿄시가 이끌던 수구파守旧派, ④ 1918년부터 1926년말까지 타카하마 쿄시가 객관사생客觀寫生을 역설力說하던 시대, ⑤ 1927년경부터 1957년까지 화조풍영花鳥諷詠시대로 구분된다.

전후 10여년까지 사회성 하이쿠, 조형造型하이쿠, 전위前衛하이쿠 등 각양의 주장 속에서 하이쿠는 격동의 시기를 갖는다. 1950년대, 60년대에 신흥하이쿠 운동 및 그 외의 새로운 여러 움직임 모두를 총합한 전위 하이쿠 운동의 최성기 시대를 거치고, 그 후 대세는 타카하마 쿄시가 지시하는 방향으로 되돌아간다.

새로운 것을 동경하는 하이쿠 작가들, 현대 하이쿠에서 뛰어난 작가들의 수는 적지만, 그들이 타카하마 쿄시高浜虚子 : 1874~1959가 1920년경부터 주창한 객관사생, 화조풍영을 결코 반대하지 않았다는 점은 오늘날 시사하는 바가 크다.

앞에서도 언술한 바와 같이, 마사오카 시키의 하이쿠 사상은 그의 제자들, 그 가운데 카와히가시 헤키고토우河東碧梧桐 : 1873~1937와 타카하마 쿄시에 의해 서구사상과 표현기술의 방법론이 도입되고 다양한 시도가 이루어진다. 따라서 하이쿠는 돌풍 속에서 앞을 헤쳐 나가는 상황에서 조금씩 새로움과 전통의 조화를 이루어 갔다. 이러한 변화가 어느 날 갑자기 한 작가의 사상과 시도에 의해 이루어지는 것이 아니라는 것은 자명한 사실이다. 그렇지만 한 작가의 영향이 때에 따라서 너무나 커다란 영향력으로 작용하기도 한다. 근대에 하이쿠는 여러 작가에 의해 시도된 다양한 방법이 첨삭되면서 하나의 형태로 정립되어 왔고, 지금의 많은 하이쿠 작가에게 영향을 주고 있다. 근대 하이쿠의 파란만장한 체험이 지금의 하이쿠를 큰 갈등 없이 지속시켜 주는 에너지가 되었다고 할 수 있을 것이다.

하이쿠에 있어서의 전통과 새로움의 대립, 그리고 조화를 앞에서 다룬 카와히가시 헤키고토우에 이어 타카하마 쿄시를 통해 살펴보고자 한다. 그의 사상과 이론, 작품 세계를 통해 그들의 차이점을 살펴보고 현대 하이쿠의 전통성에 대한 맥락을 이해하여 보기로 한다.

● 시키의 제자, 헤키고토우와 쿄시

1892년 마사오카 시키는 하이카이론 '다츠사이쇼오쿠하이와獺祭書屋俳話'를 신문 「일본」지誌에 게재하여, 하이쿠 혁신을 착수한다. 1891년 말부터는 옛古하이쿠를 계제·사물季題·事物로 분류하는 '하이쿠 분류'를 시작하였지만, 이것은 자신의 눈으로 작품을 확인하고 가능성의 실마리를 찾으려고 하는 것으로서 '다츠사이쇼오쿠하이와' 속에 나타난 문학미술이라는 새로운 개념에 의해 하이쿠를 생각하고자 한 것이었다.[117] 하이쿠의 가능성에 대해서 메이지에 멸망할 것이라는 견해를 나타내며, 하이쿠 존재에 대한 부정적인 생각을 가지면서도 메이지의 가능성을 인정하고 전인적인 노력을 꾀한다.

---

117 柴田曲, 『正岡子規』, 岩波文庫, 1997, pp.93~96, pp.302~310 참조.
118 宗匠 : 일본어로는 소우쇼우(そうしょう)라고 읽으며, 문예나 기예 등에 숙달되어 가르치는 입장에 있는 사람. 주로 와카(和歌)나 렌가(連歌), 하이쿠(俳句)등의 분야에서의 스승들을 가리키는 말.

그 첫걸음으로서 구류종장旧流宗匠[118]이 신격화하였던 바쇼를 비판하고, 홋쿠를 렌가에서 분리하여 개인이 개인의 감정을 담는 형식으로 독립시켰다. 시키의 초기 작풍은 합리성과 핵심 파악이 중심이었다. 시키는 1894년 나카무라 후세츠中村不折를 만나 회화의 '스케치'를 배우고 이것을 하이쿠 작법에 응용하였다. 사실을 시각에 의하여 파악하는 방법을 취하고, 그 과정에서 바쇼상像를 대신하는 신우상新偶像으로 부송蕪村 : 1716~1783을 발굴하여 칭송하였다. 1896년부터 1899년에 걸쳐 '인상명료'의 작품 세계를 창출하고 드디어 형상形狀, 색채, 사물의 위치 등을 독자에게 가능한 한 정확하게 전달하는 작풍을 형성하였다.[119]

이론 면에서는 하이쿠는 "문학의 일부, 문학은 미술의 일부로, 미의 표준은 문학의 표준, 문학의 표준은 하이쿠의 표준이기 때문에 회화도 조각도 음악도 연극도 시가소설도 모두 동일한 표준으로 논평해야 마땅하다[120]"는 하이쿠론을 펼치며 일반 예술과의 관계를 강조하였다. 시키는 자기의 미로 느낀 사물을 표현하기 위하여 결국 자기가 느낀 결과도 나타내고자 한다는 점에서 그것이 사족이 될 수 있다는 점을 깨닫고, 다시 미를 느끼게 하는 객관의 사물만을 표현하고자 하였다.

1897년부터 하이쿠 잡지 「호토토기스」를 이끌며 순순한 하이쿠 운동을 펼쳐 갔다.[121] 하이쿠에 정착시킨 사생법, 이른바 시각적·인상적인 사물파악과 표현을 신체시新体詩·단가短歌·문장체文章体로 확대하는 등 다면적인 시도를 꾀하였다. 하이쿠에서는 니이노미 히후우新海非風·이오키 효우테이五百木飄亭·타카하마 쿄시高浜虚子·카와히가시 헤키고토우河東碧梧桐·나츠

---

119 앞의 책, 도날드 킨, pp.174~177 참조.
120 淺井清 外 6人 編, 「現代日本文學(第6卷)」, 明治書院, 2000, p.2 참조.
121 앞의 책, 柴田曲, pp.174~176 참조.

메 소우세키夏目漱石, 단가短歌에서는 이토우 사치오伊藤左千夫·나가츠카 타카시長塚節·아카기 카쿠도우赤木格堂 등에 의해 사생문이 시도되었다.

시키가 죽은 후, 쿄시는 공상空想적인 경향을 신장시키기 위한 하이쿠를 목표로 하였고, 헤키고토우는 본 것, 들은 것을 그대로 구로 표현하는 방법을 목표로 하였다. 이런 입장의 차이는 1913년, 「호토토기스」에 헤키고토우가 발표한 '온천백구溫泉百句'에 의하여 정면으로 대립하면서 나타난다.[122]

쿄시는 헤키고토우의 작품에 대하여, "소재의 조화성이 나쁘고 기교가 강하여 소박한 구가 아니다"라고 지적하였고, 헤키고토우는 "사실 그대로를 아무런 꾸밈없이 서술한 것이다"라고 강조하며 반박하였다. 쿄시는 1916년에 객관 사생 취미의 구를 장려하겠다는 의지를 명확히 표명하였다.[123]

이후 문단에서는 자연주의 문학이 융성해지고 이 영향 하에 헤키고토우는 하이쿠의 신화新化를 시도하였다. 이 운동을 통상적으로 신경향구 운동이라고 부르고 있지만, 우선 1918년, 오오스가 오츠지大須賀乙字가 「일본 및 일본인」지誌의 변화를 '하이쿠계의 신경향'이라는 제목으로 지적하였다.[124] 그 새로운 경향은 이전의 인상명료印象明瞭의 구인 '활안법活眼法'[125]의 구와는 반대로 계절의 관념성을 살리는 것에 의해 암시적으로 본체를 나타내는 것이 특색이다. 이 경향의 구를 '암시법의 구'라고 하였다.[126]

---

122 앞의 책, 도널드 킨, pp.174~177 참조.
123 위의 책, pp.174~177 참조.
124 앞의 책, 日本現代文學全集,「高浜虚子 河東碧梧桐集」, p.424 참조.
125 사물의 도리나 본질을 분별하는 안식.
126 앞의 책, 淺井淸 外 6人 編, p.2 참조.

그 지적에 이어서, 헤키고토우는 계절취미를 토대로 하여 사생취미를 구성하고자 하였다. 그러나 계절의 관념성을 벗어나 그 개성화를 생각하게 되고, 묘사 외에 '감상感想의 직설直說'을 인정하게 된다. 이것을 토대로 개성발휘를 표면에 내세우고 종전의 하이쿠가 염세적이고 비사회적이라고 비판한다.[127]

따라서 계절취미의 전승성을 중요하게 생각하는 오츠지와 개성을 우선시하는 헤키고토우는 서로 표면적으로 대립하게 된다. 그 해 11월에 헤키고토우는 하루에 일어나는 어떤 부분을 이끌어내어 거짓없이 서술한 구를 강조하며, 중심점을 버리고 상화想化를 무시하고 가급적 인위적 방법을 떠나 자연 현상 그대로의 것에 접근한 구[128]를 주장하며 '무중심론'을 펼쳐나간다. 인상을 명료하게 표현하는 방법이 이전의 것보다 더욱 철저해 진다.

쿄시는 하이쿠는 본질적으로 화조花鳥를 읊는 기법이라고 선언하였다. 헤키고토우와는 교우이자, 같은 시키의 제자였지만, 서로 다른 방향으로 진행하기 시작한 것은 바로 이 선언부터였다. 사생에 대하여 쿄시는 시키와는 다소 다른 생각을 가지고 있었다.

시키는 눈앞에 있는 것만을 묘사해야 하는 사실성[129]을 강조하였지만, 쿄시는 어떤 사물에서 확장되는 문학적 연상이 그 사물의 본질적인 부분을 이루고 있다고 주장하였다. 쿄시는 사생의 대상이 되는 광경光景은 처음부터 하이쿠 작가의 내부에 존재하는 감정을 자극하기 때문에 흥미가 있다고 생각하였다. 한편, 쿄시는 하이쿠에는 주관적인 요소가 필요하고

---

127 위의 책, p.2 참조.
128 위의 책, p.3 참조.
129 앞의 책, 河東碧梧桐, p.229 참조.

과거의 연상에 의한 시간의 감각이 필요하다고 주장하였다. 따라서 객관 묘사를 통하여 주관이 침투하여 나오는 것으로 작가의 주관은 감출 수 없는 것이며 객관사생의 기량을 체득할 필요가 있다고 하였다. 또한 그에게 있어 객관사생이란 화조풍영을 옮기는 것이다.[130] 이에 대해 헤키고토우는 하이쿠 작가의 역할은 눈앞에 있는 광경이나 귀에 들리는 소리를 느끼는 것이었다.[131]

● 타카하마 쿄시 하이쿠에서의 전통성

• 사생寫生

헤키고토우가 대단한 인기를 얻고 있었던 시기에 쿄시는 하이쿠 문단을 떠났다. 쿄시가 다시 하이쿠 문단에 돌아온 것은 헤키고토우의 신경향 하이쿠에 대한 평판이 좋지 않을 때부터였다. 이때부터 그의 작품은 내면의 능력에 전력을 다하여 헤키고토우에 비해 간결하고 명료하며 보수적인 작품을 썼다.

> 遠山に日の当りたる枯野かな
> 먼 산에 해가 비치는 마른 들판이여

> 桐一葉日当りながら落ちにけり
> 오동나무 한 잎 햇살 받으며 떨어지도다

---

130 高浜虚子, 『俳句への道』, 岩波文庫, 1997, pp.33~34 참조.
131 앞의 책, 日本現代文學全集, 『高浜虚子 河東碧梧桐集』, p.413 참조.

위의 두 구는 해가 비치는 광경을 노래하고 있다. 첫째 구는 '먼 산^遠^山'과 '마른 들판^{枯野}'의 두 명사를 동사 '해가 비치다^{日の当りたる}'에 연결하고 있다. 쓸쓸한 겨울 들판에 비치는 한줄기 빛의 출처가 먼 산이기 때문에 해가 비치는 공간이 확장된다. 따라서 겨울 광경이 아늑하고 폭넓게 사생적으로 묘사되고 있다.

둘째 구에서 오동나무는 가을을 나타내는 계절어로 특히, 만추의 계절 감각을 잘 나타내는 소재이다. 또한 전통적인 표현방법으로 내용이 지극히 평범하다. 오동나무 한 잎이 나무에서 떨어지고, 그 오동나무에 햇살이 비치고 있는 광경이다. 그 순간을 일광이 계속 비치고 있는 나뭇잎 하나로 포착하여 표현한 사생 하이쿠이다.

아래의 구들은 해가 비치는 광경을 직접적으로 표현하지는 않았지만, 햇살과 관련된 하이쿠로 해에게서 느낄 수 있는 정서를 잘 나타내고 있다.

草間に光りつづける春の水
풀잎 사이에 빛나고 있는 봄 물

爛々と昼の星見え菌生え
반짝 반짝 낮별이 보이고 곰팡이가 자라고

唯今只春日爛干蝶も飛ばす
지금 단지 봄날의 난간 나비도 날리고

旗のごとなびく冬日をふと見たり

깃발처럼 나부끼는 겨울 햇살을 우연히 보았네

　첫째 구는 풀잎 사이를 햇살이 촉촉하게 내비치고 있는 광경으로 봄의 도래를 노래하고 있다. 둘째 구는 빛 속에서 곰팡이가 자라고 있는 자연 현상을, 셋째 구는 봄이 되자 난간에 나비가 날아드는 모습을 노래하고 있다. 넷째 구는 겨울 햇살의 모습이 동적으로 표현되어 구의 묘한 이미지를 형성하고 있다. 겨울 햇살이 깃발처럼 나부낀다는 표현을 통해 외부와 내부의 공간을 동시에 형성하고 있다. 내부에서 바라본 외부는 겨울바람이 세차게 부는 공간이고, 내부는 창가로부터 비치고 있는 짧은 겨울 햇살을 느낄 수 있는 공간이다. 이런 동적인 표현은 다음 구에도 잘 나타나고 있다.

木々の霧柔かに延びちぢみかな

나무들의 안개 부드럽게 늘었다 줄었다 하네

流れ行く大根の葉の早さかな

흘러가는 무잎의 빠르기여

草原に蛇ゐる風の吹きにけり

초원에 뱀 있네 바람이 불어대도다

髪洗ふ女百態その一つ

머리 감는 여자 백태의 하나

첫째 구는 동적인 표현이지만, 오히려 무척 유연한 움직임이 안정적인 분위기를 형성하고 있다. 이것은 작가의 섬세한 관찰에 의해 가능하다. 나무들 사이에 끼어 있는 안개가 기류의 영향 아래 움직이고 있는 광경이다. 그 동작을 마치 안개가 행하고 있는 것처럼 표현하고 있다. 둘째 구는 떠내려가는 무잎을 생생하게 묘사한 활사적活寫的인 표현이다. 물에 떠내려가는 무잎은 일반적인 나뭇잎처럼 빠른 속도로 떠내려 갈 수는 없다. 무잎의 무게감을 통해 물줄기의 속도를 실감케 한다.

셋째 구에서, 초원에 뱀이 있을 수 있다고 생각하는 것은 일반적인 상식에 의한 것이다. 그렇지만, 이 구에서는 바람에 의해서 인지되는 것이다. 바람이 불 때 초원의 풀들이 움직이고 있는 상황에서 뱀의 모습을 연상시키고 있는 것이다. 바람이 불어대는 모습이 마치 뱀이 지나가는 흔적처럼 보이는 것이다. 넷째 구는 여자의 여러 가지 모습 중에 머리감는 여자의 모습이 그 하나에 해당된다는 생각을 나타내고 있다. 긴 머리를 늘어뜨리고 머리를 숙이고 있는 모습이 마치 인물풍속도를 보고 있는 듯하다.

山の雪胡粉をたたきつけしごと
산 위의 눈 백색 안료를 내던진 것

위의 구는 산 위에 펼쳐진 눈이 백색 안료를 내던져서 만들어진 것이라고 표현하고 있다. 이 표현은 마치 인공적으로 만든 듯 단번에 온통 하얗게 펼쳐진 풍경을 노래하고 있다. 균일적인 흰 색채감을 느끼게 한다.

쿄시의 하이쿠는 '평이담백平易淡白'하여 그의 하이쿠에는 정열이나 상상력이 강하지 않다. 그러므로 대체적으로 지나치게 평범하다는 평가를 받을 수 있다. 그는 자연을 묘사하기 위해서는 자연을 경험해야 한다고 생각하였다. 어떤 자연 현상을 떠올리는 것은 쉬운 일이지만, 실제로 그 광경을 보지 않으면 본연의 모습을 떠올릴 수 없다고 하였다. 즉 그의 사생에 대한 기본자세는, 자연의 응시에 의해 '환기된 정감'을 선명하게 표현하는 것이었다. 이것은 '직관'의 세계와 맥락이 같다고 할 수 있다.

따라서 쿄시에게 있어서의 사생이란, 사물의 형태와 색을 충실하게 묘사하는 형태의 사생, 즉 자연을 사진처럼 옮기는 것이 아니고 투명하고 충실하게 자연을 옮기는 것이다.

- 풍아風雅와 쓸쓸함さび・わび, 가벼움かるみ

쿄시는 본인이 전통을 고수한 만큼 바쇼의 영향을 많이 받았다. 쿄시는 일본 전통 문학의 미적 이념인 사비寂び 또는 와비侘び, 가벼움輕み의 세계를 추구한다. 그 이념을 토대로 쿄시는 사계절을 다루는 하이쿠가 진정한 의미에서의 하이쿠라고 확신한다. 화조풍영을 노래하고 있는 그의 작품에서 그것을 명확히 살펴볼 수 있다. 쿄시는 그 시대의 하이쿠 작가가 시대의 흐름에 조화를 맞추고 근대를 반영하고자 하는 신흥하이쿠 운동, 즉 헤키고토우와는 달리 일본 하이쿠의 전형적인 작품 세계를 형성하고 있다.

> 古城あり青葉の中に殘る雪
> 오래된 성이 있고 푸른 잎 가운데 남은 눈

> 老梅の穢き迄に花多し
> 늙은 매화나무의 추한 곳에까지 꽃이 많고

一つ根に離れ浮く葉や春の水

하나의 뿌리에서 떨어져 봄 물 위에 떠 있는 나뭇잎이여

위의 구들은 세월의 흐름에 의해 변화한 모습과 그 생명력을 대조적으로 표현하고 있다. 첫째 구는 오래된 성 주변에 펼쳐진 들판의 풀들이 봄을 맞아 쌓인 눈을 녹이고 모습을 드러내고 있는 풍경이다. 이 풍경을 푸른 잎들 사이에 남아 있는 눈을 초점으로 하여 묘사하고 있다. 오래된 성의 역사성과 역경을 헤치고 살아남은 풀의 색채감에서 생명력을 실감할 수 있다. 둘째 구도 위의 구와 마찬가지로 늙은 매화라 여기저기 추해진 모습을 드러내겠지만, 노목의 세월 수만큼 꽃도 많이 피어내고 있기에 그 아름다운 생명력이 아직 다하지 않고 있음을 나타내고 있다.

셋째 구는 봄이 되어 새 잎이 돋아나 있는 풍경이다. 그러나 하나의 뿌리인 나뭇가지에서 떨어져 나와 봄 물 위에 떠 있는 잎은 첫째 구와 둘째 구와는 달리 아쉬움과 여운을 남기고 있다. 그러나, 봄 물 위에 떠 있는 나뭇잎의 존재는 봄이 되어 푸른 잎들이 돋아나 있는 나무들의 모습을 연상하게 해준다.

위의 구와는 달리 아래의 구들은 쓸쓸함^{사비}의 세계를 표현하고 있다.

紅葉や旅人我になつかしく

단풍이구나 여행길 나그네인 나에게 그립게

日ねもすの風花淋しからざるや

하루 종일 내리는 눈 쓸쓸하지 않구나

肌寒も殘る寒さも身一つ

으스스한 추위도 남은 추위도 나 혼자

大寒の埃の如く人死ぬる

대한의 먼지처럼 사람은 죽네

위의 구들은 노년에 갖게 되는 외로움이나, 죽음에 대한 감정에 대해
표현하고 있다. 첫째 구는 단풍을 보며 풍아風雅를 즐기던 젊은 날을 그리
워하는 마음을 노래하고 있다. 둘째 구는 하루 종일 내리는 눈이 쓸쓸하
지 않다고 표현하고 있다. 이것은 역설적인 표현이다. 춤추듯이 내리는
눈을 보는 일이 따분한 일상 속에서의 소일거리이기도 하고, 눈이 벗처
럼 느껴질 수 있어서 쓸쓸하지 않다고 생각할 수 있다. 하루 종일 내리는
눈을 바라보고 있는 노년의 처지가 오히려 더욱 쓸쓸함을 자아내게 할
수도 있다. 혼자 남은 노년의 모습은 셋째 구와 넷째 구에서 더욱 심화된
다. 혼자이기에 추위는 더욱 고독한 상황이며, 가장 혹독하다는 대한의
먼지처럼 죽어 가는 생명의 허무함은 죽음을 앞둔 인간의 마지막 절망일
것이다.

일본 시가의 전통적 소재가 화조풍월의 자연이다. 쓸쓸함사비은 무상無
常이나 고적孤寂에서 오는 애상적哀想的 심미의식審美意識이라고 할 수 있다.
일본인의 무상이나 고적의 수용태도는 소멸하는 것의 아름다움에 대한
의식에서 출발한다. 그 화조풍월의 모든 변화가 자연의 섭리라고 깨닫고
관조하는 자세 속에서 형성된 미의식이라고 할 수 있다.

아래의 구들은 가벼움카루미의 세계를 나타내고 있다. 가벼움이란 경박

함이나 비속함을 의미하는 것이 아니다. 오히려 이 가벼움은 사물의 본성을 깨닫고 자연의 이치와 질서, 조화를 깨달은 경지에서 나오는 '평이담백平易淡白', '평평담담平平淡淡'한 마음가짐이라고 할 수 있다. 즉, 풍아의 진리를 깨달은 진솔한 미의식이라고 할 수 있다.

夏草に延びてからまる牛の舌

여름풀에 늘어져 휘감기는 소의 혀

이 구는 소의 혀를 사생적으로 표현하고 있다. 무성하게 자란 풀을 한가하게 먹고 있는 소의 모습을 혀를 통한 조명감각으로 노래하고 있다.

世の中を遊びごころや氷柱折る

세상을 즐기는 마음이여 고드름 꺾네

雪解の俄に人のゆききかな

눈이 녹아 급히 사람들이 왔다 갔다 하네

위의 구는 자연을 즐기는 인간의 감정을 표현하고 있다. 세상을 즐기는 마음이 바로 풍류라고 할 수 있다. 자연의 이치를 깨닫고 수용하는 태도는 관조하며 즐기는 마음이다. 따라서 첫째 구처럼 고드름 꺾는 일 하나에도 즐거움을 느낄 수 있는 것이다. 둘째 구는 어느덧 봄이 되어 눈이 녹고 따뜻해지자 봄을 즐기고자 하는 인간의 설레는 마음을 표현하고 있다. 그 설레는 마음을 사람들이 왔다 갔다 하는 행동을 통해 나타내고 있다.

蝶々のもの食ふ音の静かさよ

나비가 먹는 소리의 조용함이여

　나비가 꿀을 빨고 있는 행위를 '먹고 있다'는 동사로 표현하고 있으며, 그 먹고 있는 모습을 청각적으로 나타내고 있다. 쿄시는 사물의 움직임을 일단 이미지로 정착시켜 두면서 그 이미지를 작동하게 하는 표현법을 사용하고 있다. 하나의 대상을 포착하고 붙잡아 언어로 고정시켜 놓고 있다. 그의 언어 표현 속에는 끊임없는 움직임이 보인다.

　쿄시는 하이쿠를 대중 문학으로 이끈 작가이기도 하다. 그는 「호토토기스」에 투고하는 하이쿠 작가 중에서 그다지 재능이 없는 하이쿠 작가라도 작품에 조금이라도 신선한 요소가 있으면 그들에게 격려를 아끼지 않았다고 한다.

　쿄시의 하이쿠에는 생활 속에서의 작은 아름다움이 잘 나타나 있다. 쿄시가 주로 사용하는 소재 '화조풍월'은 그 아름다움을 나타내는데 가장 중요한 요소로서 작용한다. 그 요소가 전통 하이쿠에서는 가장 중요하게 생각되는 계절어인 것이다. 이에 비해 신흥하이쿠는 현대의 도시생활을 소시민의 입장에서 음영吟詠한다. 이 신흥하이쿠는 가벼움카루미은 중요한 감각으로 여겼지만, 쓸쓸함사비나 와비은 그렇지 않았다. 이것은 전통 하이쿠와 비전통 하이쿠의 가장 큰 차이점이라고도 할 수 있다.

　쿄시의 보수성은 일부의 하이쿠 작가가 멀리 하였지만, 동시에 또 다수의 하이쿠 작가를 호토토기스파로 끌어들였다. 그리하여 「호토토기스」는 전국적으로 퍼져 갔고, 하이쿠는 20세기 일본 생활과 문학에 있어서의 다양한 변화에도 불구하고 지속될 수 있었다. 하이쿠 작가의 주의를 이끈 것은 화조였고 사회적 계급, 교육, 정치적 사상 등의 개인적인 요소는 모두 없어졌다. 이 시기의 「호토토기스」의 역사는 하이쿠 그 자체의 역사라고도 말할 수 있을 정도였다. 다른 문학이 근대의 제 문제를 정면으로 받아들이고자 할 때도 「호토토기스」는 보수적인 태도를 유지해 갔다. 특히 전쟁 중의 쿄시의 작품은, 당시의 다른 문학의 양상과는 대조적으로 안정되어 있었다.

쿄시의 하이쿠는 한적閑寂 취미나 초연의 형태를 취하였다. 한편, 그 자체가 쿄시의 하이쿠의 기본적인 약점을 나타내고 있다. 쿄시의 하이쿠는 순간적인 지각현상을 다루었지만, 인간의 본질적인 부분을 다루지는 않았다. 화조는 인간에게 있어서 자연 현상이나 섭리를 깨닫게 해주는 요소이기는 하지만, 화조가 인간의 입장에서 노래되어 우리에게 자연의 매개체를 전해주는 생명체로 존재할 때 하이쿠는 더 큰 의미에서의 우주 조화를 이룰 수 있지 않을까 생각한다.

10. 시키 이후의 근대 하이쿠의 흐름과 현대 하이쿠의 동향

지금까지 근세 하이쿠에서 근대 하이쿠에 이르는 몇 작가들을 중심으로 시대적 특징과 작품세계를 살펴보았다. 이번에는 근대 이후의 하이쿠의 흐름을 이해하고, 현대 하이쿠의 동향을 잘 나타내주는 나카무라 쿠사다오中村草田男를 통하여 현대 하이쿠의 주된 흐름을 살펴보자.

근대 초기 마사오카 시키正岡子規 : 1867~1902의 하이쿠에 대한 사상이 그의 제자들, 특히 카와히가시 헤키고토우$^{河東碧梧桐 : 1873~1937}$와 타카하마 쿄시$^{高浜虛子 : 1874~1959}$에 의해 이어지고, 이 두 사람의 대립과 제 이론이 근대 하이쿠 흐름을 크게 양분화시켜 왔다는 것은 앞에서 이미 언급하였다. 근대에서 현대로 변화되는 하이쿠의 특징을 다시 간략하게 설명하고자 한다.

시키의 사생이론을 거의 문자 그대로 받아들인 카와히가시 헤키고토우는, 무엇보다도 사생의 필요성을 주장하며 세부의 묘사를 강조하였다. 그렇지만 헤키고토우는 시키와 달리 하이쿠 형식상의 규칙에 불만을 느끼고 있었기 때문에, 그의 근대성은 사생적 표현형태보다는 형식의 규정을 깨뜨리는 형태로 나타나는 경우가 많았다. 헤키고토우는 사생^{寫生}과 계제^{季題}의 전승적인 규범에 대한 모순을 지적하며 하이쿠를 자연현상과 생활현상으로 다가가게 하는 방법으로 간주하였다. 그는 인위성을 배제한 하이쿠의 무중심론을 주장하며 평면묘사의 구들을 시도하여 하이쿠의 변화를 시도하였고, 이 이론은 자연주의 작가들의 지지를 받았다. 또한 그는 하이쿠의 정형^{定型}에 반발하며 자유률 하이쿠, 구어체 하이쿠, 루비 하이쿠 구작^{句作}에 열중하였다. 이런 극단적인 변화와 난해성, 다의성^{多義性}, 커다란 비약은 신흥 하이쿠에 있어서 중요한 요소로 작용하게 된다.

이렇게 헤키고토우의 이론을 수용한 오오스가 오츠지$^{大須賀乙字 : 1881~1920}$를 중심으로 오기와라 세이센스이$^{荻原井泉水 : 1884~1976}$, 오자키 호우사이$^{尾崎放哉 : 1885~1926}$, 나카츠카 이치헤키로우$^{中塚一碧樓 : 1887~1946}$ 등의 작가들에 의해 내면의 암시적인 묘사법, 자유율, 무계제 등을 추구하는 신경향의 하이쿠 개혁운동이 전개된다.

특히, 오기와라 세이센스이^{荻原井泉水}는 1912년에 계제^{季題}를 무용^{無用}한 것, 비예술적인 것으로 부정한다. 그러나 그가 창간한 기관지「層雲」에서 1914년 정식으로 계제가 폐지되자, 헤키고토우와 제자들은 신경향 하이쿠를 비판하기 시작한다.[132]

한편, 타카하마 쿄시는 객관사생客觀寫生의 형태로 시키의 사생을 계승하였다. 하이쿠 본래의 방향으로 되돌아가고자 하는 쿄시는 그의 지도력과 잡지「호토토기스」를 중심으로 하이쿠 일파를 이끌어간다. 이 잡지에 1915年 6月~1917年 8月「하이쿠가 나아가야 할 길進むべき俳句の道」을 연재하며 '객관사생'을 최대한으로 강조하였다. 이 객관 사생의 '화조풍영花鳥諷詠'은 쇼와昭和, 1926년이후에 들어서 하이쿠 문단에 지배적인 영향을 미치게 된다.

쿄시의 문하에는 와타나베 스우하渡辺水巴 : 1882~1946, 무라카미 키쬬우村上鬼城 : 1865~1938, 우스다 아로우臼田亞浪 : 1879~1951, 이다 다코츠飯田蛇笏 : 1885~1962, 하라 세키테이原石鼎 : 1886~1951, 마에다 후라前田普羅 : 1888~1954 등이 있다. 미즈하라 슈우오우시水原秋櫻子 : 1892~1981, 타카노 스쮸우高野素十 : 1893~1976, 호토토기스파의 출신인 아하노 세이호阿波野青畝 : 1899~1992, 야마구치 세이시山口誓子 : 1901~1994 4인은 현대 하이쿠의 초기 문단에서 4S 시대를 형성한다.

그러나 호토토기스파 내부에서는 화조풍영만을 고수하는 쿄시의 구작에 불만을 품는 사람들이 이 유파에서 탈퇴하거나 새로운 잡지를 창간하며 각자 자신의 구풍을 찾고자 하는 다양한 시도를 모색한다. 1936년 이후, 특히 전통 하이쿠파나 신흥 하이쿠파와는 달리, 일상생활을 노래하는 유파가 생겨나게 되는데 이 유파를 후에 '인간 탐구파'라고 칭한

---

132 앞의 책, 도널드 킨, p.213.
133 위의 책, p.247, p.279 참조.

다.[133] 이 인간 탐구파란 주로 카와바타 보우샤川端茅舍 : 1897~1941, 나카무라 쿠사다오中村草田男 : 1901~1983, 카토우 슈우손加藤楸邨 : 1905~1993, 이시다 하쿄우石田波鄉 : 1913~1969를 일컫는다.

전후에는 호토토기스파도 신흥 하이쿠파도 일상생활의 현실적인 경향을 가미한 하이쿠를 노래하였다. 하이쿠의 내면 구조에 문제를 삼은 쿠와하라 타케오桑原武夫가 하이쿠의 제2예술론을 주장하여 하이쿠 문단의 일대 위기를 맞이하게 된다. 하이쿠 형식 자체에 문제를 삼는 이 하이쿠 부정론에 맞서 야마모토 켄키치山本健吉 : 1907~1988, 미즈하라 슈우오우시, 야마구치 세이시, 나카무라 쿠사다오 등이 대응한다. 전반적으로 전후의 하이쿠 문단도 역시 전통파 하이쿠 작가들이 주류를 이루지만, 새롭게 사이토우 산키西東三鬼 : 1900~1962, 카네코 토우타金子兜太 : 1919~ 등이 전위적인 시도를 꾀한다.

이와 같이 시키 이후, 근대 하이쿠는 다양한 시도를 거쳐 오늘의 하이쿠에 이르게 된다. 근대 하이쿠의 커다란 변화와 복잡다기複雜多岐한 유파 형성은 하이쿠의 형식과 내용을 서구시 개념에 따라 혁신하고자 한 작가들과 일본 전통시를 답습하고자 하는 작가들의 대립이기도 하였다. 그들은 제 이론을 주장하면서 실제적인 구작句作의 형태로 그 주장들을 구축하여 왔다. 하이쿠사에서는 이런 동향들을 헤키고토우의 신경향파와 쿄시의 호토토기스파, 시詩와 하이俳, 신新과 구舊, 전위파前衛派와 보수파保守派, 쉬르파sur파와 고지파古志派 등의 대립적인 개념으로 분류하고 있다.

원래 하이카이는 와카나 렌가의 고상한 세계에 대응하여 일상의 비근한 것들 속에서 시감을 발견하는 시형이었다. 따라서 하이쿠 일면에는 사물의 존재감이나 일상생활, 인생시와 같은 성격을 갖고 있는 것이다. 어떠한 요소를 지나치게 추구하게 되면 방향성을 상실하여 극단적인 국

면에 놓이게 되고 한편으로는 또다시 새로움에 대한 인간의 욕구가 작용하는 문학사의 패턴처럼, 명승고적이나 화조풍월과 같은 자연 음영에만 주력하였던 작가들의 풍경관, 즉 자연의 소재를 실제 있는 그대로 표현하는 유형화된 발상에서 벗어나, 평범하고 소박한 대상에서도 그 나름대로의 운치를 발견하고 그 실경을 자신만의 독특한 감성으로 관찰하면서 체험한 것을 즉흥적으로 표현하고자 하는 형태의 변화였던 것이다.

유우머나 풍자, 때로는 유현幽玄 또는 한적한 정취 등으로 그 이미지가 한정되었던 하이카이 세계나 와카和歌풍의 화조풍영의 세계를 고수한 근대 하이쿠와는 달리, 현대 하이쿠에서는 작가의 감정과 생활자체를 다루고 있는 것이 특징이라고 할 수 있다.

현대 하이쿠는 초기 1926년대 이후, 정체된 보수화에 의해 단순히 자연을 음영吟詠하는 하이쿠에서 탈피하여 자기 신변의 생활을 실감적으로 파악하는 것을 중심으로 하는 하이쿠로 변화하였다. 이것은 본래의 하이카이 내성을 끄집어 낸 더 큰 하이쿠에 대한 가능성을 의미한다. 이것이 '전통의 종말'이라는 부정적 평가와 이런 복잡다기한 유파 속에서 현대 하이쿠가 갖는 의미라고 할 수 있을 것이다.

'인간 탐구파'라는 명칭은 「俳句研究」 1939년 8월호에 게재된 '새로운 하이쿠의 과제'라는 강연회의 기사 가운데 사용된 '하이쿠에 있어서의 인간의 탐구'라는 표현에서 출발하였다.[134] 이전에도 인간에 대한 감정을 표현한 하이쿠가 있음에도 불구하고 '인간탐구파'로 구분하고 있다. 인간 탐구파의 작가로는 앞에서도 언급한 것처럼, 카와바타 보우샤川

---

134 瓜生鐵二, 「人間探究派의 俳人」, 日本文學講座의 詩歌, 日本文學協會編, 大修館書店, 1988, p.322.

端茅舍 : 1897~1941, 나카무라 쿠사다오中村草田男 : 1901~1983, 카토우 슈우손加藤楸邨 : 1905~1993, 이시다 하쿄우石田波鄉 : 1913~1969를 꼽고 있다.

인간 탐구는 현대 하이쿠의 과제라고 할 수 있는 테마로서 현대 하이쿠 표현의 특징 중의 하나인 쉬르레알리즘surréalism, 초현실주의과 관계가 깊다.

전술한 바와 같이 이전의 하이쿠에서는 자연을 테마로 하는 '화조풍영'이 중심이었다. 쿄시는 계제와 정형을 결합한 형태로 사생이라는 태도나 방법에 의해 하이쿠를 한정하고 순수시로서 다른 장르와 준별하였다. 이런 자연 중시의 가치관에 대해 인간성 중시의 가치관을 취하는 유파가 인간탐구파이다.

문예로서의 독자성과 작가로서의 주체성에 대한 자각이 결여된 채, 근대성이라는 일반적인 규준요소에 입각하여 기계적으로 구작句作하는 풍조 속에서 인간 탐구파는 문예의 전통성을 존중하면서 각자 자기 자신의 새로운 내면을 구축하고자 하였다.

그 중에서도 쿠사다오는 슈우손과 함께 몽타쥬와 같은 표현법을 사용하는 난해한 하이쿠 작가로 꼽히고 있지만, 사회적 관심에서 출발하여 하이쿠의 제재를 대부분 도시적인 생활에서 취하고 있는 슈우손과는 달리, 폭넓게 대상을 취하고 있고 전통과 새로움이라는 이율배반적인 요소의 합일을 이루고자 끊임없이 도전한 작가 중의 한 사람이라고 할 수 있다. 따라서, 그를 통하여 확장된 영역으로서의 인간 탐구의 모습과 현대 하이쿠의 특징을 살펴볼 수 있다.

어떤 소재를 어떻게 표현하여 인간에게 새로운 감동을 이끌어 내는가가 문학과 예술의 과제라고 할 수 있다. 문학은 문학다워야 하고, 시는 시다워야 한다. 따라서 하이쿠는 하이쿠다워야 한다. 하이쿠에 하이쿠다운 요소란 무엇인가, 그 요소를 어떻게 끄집어내는가가 하이쿠의 과제인 것이다.

우선, 이 하이쿠의 요소는 하이쿠의 정형화된 리듬이다. 이 17자의 리듬에 우주의 삼라만상을 담은 하이쿠의 틀은 언제나 표면장력表面張力의 긴장감과 고조감을 내포하고 있다. 한편, 이 형식적인 틀은 소재와 표현의 한계적 요소로 존재할 수밖에 없다. 그렇지만, 이 틀을 무시하는 파격의 형태로는 하이쿠다운 하이쿠가 될 수 없는 것이다.

또한, 하이쿠가 하이쿠다울 수 있는 것은 표현내용에 달려있다. 근세나 근대에 있어서 17자의 센류와 구별 짓는 방법 중의 하나가 대상을 객관적으로 사생하는 것이었다. 그러나 대상을 바라보고 묘사하는 자연음영은 창작활동의 한계성에 부딪치게 되고, 실제로 현대인이 살아가는 시대적인 정서와는 거리가 멀다. 이질적인 정서는 무감동으로 이어지기 때문이다. 작가 자신이나 작가 정신은 자기가 살아가는 시대와 환경에 의해 형성되므로 그들이 표현하고자하는 것이 변화하는 것은 당연한 일이다.

이것은 마츠오 바쇼의 마코토誠로도 설명될 수 있다. 모노物의 마코토와 심정心情의 마코토에서 표출된 것이면 어떤 소재나 대상도 하이쿠의 제재가 될 수 있다는 것이 바쇼의 주장이다. 구작법상의 여러 규칙을 넘어 진정眞情이 움직이면 그대로 구작해야한다는 이론과 통하는 것이다.

자연을 대상으로 하기만 하면 객관사생이 되는 것은 아니다. 수용에 의한 대상 세계의 진실한 수용과 표출이라면 객관적 하이쿠가 되지 못할 이유가 없는 것이다. 작가의 가치관, 개념, 감정 등의 객관적이고 설득력 있는 표현 방법은 언어가 가지고 있는 특성에 의하여 충분히 가능하기

때문이다. 제한된 형식 속에 우주의 삼라만상을 담아내고자 하는 하이쿠
는 인간이 구사하는 언어의 기본적인 특징을 잘 나타내 주는 하나의 예
라고 할 수 있다.

| 참고 문헌 |

日本古典文學大系, 『芭蕉集』, 岩波書店, 1962.

_____ , 『蕪村集 一茶集』, 岩波書店, 1959.

新日本古典文學大系 69, 『初期俳諧集』, 岩波書店, 1991.

日本近代文學大系(第16卷), 『正岡子規集』, 角川書店, 昭和 47.

日本現代文學全集, 『高浜虚子河東碧梧桐集』, 講談社, 昭和 39年.

深川正一郎 編, 『高浜虚子集』, 朝日新聞社, 1984.

『日本文學史事典 近世編』, 有精堂, 1977.

『日本文學史事典 近代編』, 有精堂, 1977.

『日本文學史 (第7卷)』, 岩波書店, 1996.

『日本文學史 (第9卷)』, 岩波書店, 1996.

『日本文學史 (第12卷)』, 岩波講座, 1996.

『日本文芸史 (第4卷)』, 河出書房新社, 1990.

『日本文芸史 (第5卷)』, 河出書房新社, 1990.

淺井清 外 6人 編, 『現代日本文學(第6卷)』, 明治書院, 2000.

淺野信, 『俳句前史の研究』, 中文館書店, 昭和 40年.

도날드 킨 (德岡孝父 譯), 『日本文學の歷史 7』, 中央公論社, 1995.

_____ , 『日本文學の歷史 8』, 中央公論社, 1995.

_____ , 『日本文學の歷史 16』, 中央公論社, 1996.

松尾芭蕉 (久富哲雄 譯), 『おくのほそ道』, 講談社學術文庫, 1980.

尾形仂, 『蕪村의 世界』, 岩波書店, 1997.

柴田曲, 『正岡子規』, 岩波文庫, 1997.

河東碧梧桐, 『子規を語る』, 岩波文庫, 2002.

平井照敏 編, 『現代の俳句』, 講談社學術文庫, 1993.

宗左近, 『21世紀の俳句』, 東京四季出版, 1997.

秋尾敏, 『虚子とホトトギス』, 本阿彌書店, 2006.

高浜虚子, 『俳句への道』, 岩波文庫, 1997.

이영구, 『松尾芭蕉硏究』, 중앙대학교출판부, 1994.

일본학교육협의회, 『일본의 이해』, 태학사, 2002.

松井貴子, 「子規と寫生畫と中村不折」, 『國文學』, 學灯社, 2004年 3月号.

瓜生鐵二, 「人間探究派의 俳人」, 日本文學講座의 詩歌, 日本文學協會編, 大修館書店, 1988.